Das Buch der Sinne

Lara Steel

Ähnlichkeiten von Romanfiguren mit realen Personen
sind rein zufällig.

Logo: Tociljdesigns by Michelle Tocilj
Coverdesign: Art4Artists, Yvonne Less

Kontakt: lara.steel.mail@gmail.com
Twitter: steel_lara
www.larasteel.de

ISBN: 9781980589631

»Das Leben und dazu eine Katze,
das ergibt eine unglaubliche Summe, ich
schwör's euch!«

R.M. Rilke

I

Alice stand vor dem großen Schaufenster, das im hintersten Winkel der Abraham-Street in Dublin versteckt war, und kämpfte mit den Tränen.

Wie oft hatte sie durch die gelbliche Scheibe geblickt und ihrem Großvater zugewunken? Wie oft hatte er von einem Buch auf- oder an einem Kunden vorbeigesehen und ihr strahlendes Lächeln erwidert?

Und nun sollte er tot sein?

Einfach so?

Sie wischte sich mit dem Ärmel unter der Nase entlang und umklammerte den Schlüssel in ihrer Manteltasche.

Das Antiquariat und sämtliche Bücher darin gehörten jetzt ihr.

Aber Alice wollte nichts davon!

»Hey, Mädel!«

Sie hob den Blick. Eine alte Frau mit tief ins Gesicht gezogener Kapuze stand auf der anderen Seite der Straße.

»Vor dieser Tür warten Sie vergebens. Der alte Mr. O'Rourke jedenfalls wird Ihnen nicht mehr aufmachen können.«

Als ein Wagen vorbeifuhr und Alices Gesicht im Licht des Scheinwerfers kurz erhellt wurde, veränderte sich der abweisende Gesichtsausdruck der Frau schlagartig.

Alice kannte sie; und die Frau kannte sie auch.

»Oh, Alice, Schätzchen! Es tut mir so leid!«

Sie kam über die schmale Straße gelaufen, so schnell es ihr Gehstock und der beißende Wind zuließen. Noch ehe Alice reagieren konnte, hatte sie ihre Hand genommen und tätschelte sie mitfühlend.

»Mrs. Strauss, hallo«, sagte sie tonlos.

»Es tut mir ja so leid, was passiert ist! So unendlich leid!«

Alice nickte und drängte die Tränen zurück. Beileidsbekundungen waren besonders schmerzhaft.

»Danke.«

»Ist jetzt alles deins, hm?«

Mrs. Strauss nickte in Richtung des Antiquariats und Alice nickte ins Leere. »Sieht so aus.«

»Willst du den Laden behalten?«

Das wollte sie!

Sie wollte es mehr als alles andere, aber ...

»Ich werde es mir wohl nicht leisten können. Die Leute kommen nur noch selten in verwinkelte Gassen und suchen nach seltenen Büchern.«

»Das glaube ich, Mädel. Das glaube ich.« Wieder tätschelte sie Alices Hand. »Wenn du etwas brauchst, ruf einfach rüber, ja?«

»Vielen Dank, Mrs. Strauss.«

»Jederzeit, Alice. Jederzeit.« Sie blickte Alice noch einmal lange in die grünen Augen und drehte sich dann herum. Auf ihren Stock gestützt machte sie sich zurück auf den Weg zur Tür ihrer kleinen Wäscherei und schüttelte dabei den Kopf, murmelte etwas von: »Armes Mädel« und verschwand schließlich im Haus.

Alice blickte ihr noch einen Augenblick lang nach und drehte sich dann herum. Diesmal schaffte sie es, den Schlüssel aus ihrer Tasche zu ziehen, sie steckte ihn ins Türschloss, drehte und betrat das Antiquariat.

Der Duft von alten Büchern, von Leder, Tinte und Papier stieg ihr in die Nase. Hinter dem Tresen mit der alten Registrierkasse waren die Regale mit den wertvollsten Ausgaben. Drei Gänge, so hoch wie der Laden, fast vier

Meter, führten weit nach hinten. Alles war voller Bücher; weit mehr, als man in einem Menschenleben lesen konnte. So viele wundervolle Geschichten; so viel Wissen. Aber die Menschen interessierten sich nicht mehr für Pracht- und Jubiläumsausgaben, für kunstvolle Illustrationen und Bücher mit Goldschnitt.

Heutzutage gab es Wikipedia und Google; den meisten genügte das völlig.

Alice wollte auch gar nicht abstreiten, dass Beides seine Berechtigung hatte; im Gegenteil, als Studentin nutzte sie das Internet ständig. Aber wenn man sich in diesem Laden umsah und zwischen all den Jahrhunderten herumging, die zwischen Buchdeckeln festgehalten waren: Was sollte es jemals hiermit aufnehmen können?

Als es plötzlich neben ihr raschelte, zuckte sie zusammen. Unwillkürlich machte sie einen Schritt zurück zur Tür.

Womöglich war jemand eingebrochen, während der Laden geschlossen gewesen war!

»Ich bin bewaffnet!«, rief sie auf gut Glück aus, woraufhin das Rascheln zu einem Scheppern wurde. Und genau in dem Augenblick, als Alice die Türklinke packte, sprang plötzlich etwas auf den Tresen.

Sie fuhr so sehr zusammen, dass ihr Herz für einen Augenblick stehenblieb. Doch als sie begriff, wer sich da so unheimlich in Szene gesetzt hatte, atmete sie erleichtert auf und versuchte, ihren Puls wieder in Gang zu kriegen.

»Sirius!«

Der schwarze Kater stand auf dem Holztresen und musterte sie voller Missbilligung. Sie kam zu ihm und als sie die Hand ausstreckte, um ihn zu streicheln, miaute er aus Leibeskräften.

»Großer Gott, dich hat niemand gefüttert, oder?«

Ein langgezogenes, sehr vorwurfsvolles *Miau* war die Antwort. Alice schüttelte schuldbewusst den Kopf.

Katzen mochten theatralisch sein, aber Sirius hatte eindeutig recht. Er war vernachlässigt worden. Ihr Großvater war seit drei Tagen tot und sie hatte seinen treuen Bücherkater in ihrer Trauer völlig vergessen.

Sie umrundete den Tresen und fand ein Chaos vor.

Sirius hatte in seiner Not offenbar den Mülleimer von seinem Beutel befreit und alle Katzenfutterdosen ausgeleckt; sogar das Etikett war hie und da angefressen.

»Es tut mir so leid, Sirius«, sagte Alice und griff schnell nach einer neuen Dose, woraufhin Sirius seinem Miauen eine wirklich beeindruckende Lautstärke verlieh.

Alice kippte kurzerhand die komplette Dose in sein Schälchen und der schwarze Kater stürzte sich darauf wie ein Verhungernder; was er - streng genommen - sogar war.

Während er große Brocken aus der Pastete herausbiss, schnurrte er.

Alice streichelte gedankenverloren über seinen Rücken.

»Großvater fehlt dir auch, nicht wahr?«

Eigentlich hieß der Kater Lord Angus, doch Alice, deren erstes Buch Harry Potter gewesen war, hatte den Kater kurzerhand umgetauft in Sirius Black; der Name war ihr für einen rabenschwarzen Kater ganz wundervoll passend erschienen und er tat es noch heute.

Kurz überlegte sie. Damals war sie etwa sieben oder acht Jahre alt gewesen. Wie alt konnte Sirius jetzt wohl sein?

Im Prinzip war es egal. Sirius war jetzt, da ihr Großvater tot war, alles, was Alice an Familie noch hatte.

»Wir fahren nachher erst einmal schön in unsere Wohnung, hm?«, sagte sie zu ihm und setzte sich auf

Großvaters Holzstuhl, während der Kater sein Futter verschlang.

Sie rieb sich die Arme und sah sich nach der Heizung um, drehte sie so weit auf, dass sie klopfend ansprang.

Die Beerdigung ihres Großvaters war erst gestern gewesen, und doch hatten sich schon vier Händler bei ihr gemeldet und sich nach dem Verkauf der Bücher erkundigt.

Es würde nicht schwer sein, das Antiquariat zu räumen. Jedenfalls nicht, wenn es um die Nachfrage ging.

Rein emotional betrachtet sah die Sache schon anders aus.

Denn Fakt war: Alice wollte dieses Antiquariat nicht auflösen! Sie liebte es! Es war ihre Heimat.

Praktisch jede Minute außerhalb der Schule hatte sie hier verbracht, insbesondere nachdem ihre Eltern gestorben waren.

Sie wollte es behalten!

Wenn sie nur ein bisschen mehr Ahnung von Büchern gehabt hätte, hätte sie den Verkauf vielleicht durch die Veräußerung einiger besonders wertvoller Stücke hinauszögern können, aber ... sie wusste ja nicht einmal, was die besonders wertvollen Stücke waren.

Wobei: Eigentlich stimmte das nicht. Die Bücher direkt hinter dem Tresen, hinter Glas und immer im Blick ihres Großvaters waren von besonderem Wert. Das wusste sie.

Aber sie hatte keine Ahnung, ob sie von 500 oder 5.000 Euro sprach.

Alice klappte ihren Laptop auf und beschloss, einen Versuch zu wagen. Kurzerhand schaltete sie eine Anzeige, kündigte an, einige antiquarische Raritäten an den Meistbietenden zu verkaufen, schrieb ihre Telefonnummer dazu und wiederholte das Prozedere in allen Online-Portalen und auf allen thematisch passenden Seiten, die ihr einfielen.

Dann lehnte sie sich zurück.

Sirius hatte seine Portion aufgefressen und lag, sich die Pfoten putzend, neben ihr auf dem Tisch.

Alice betrachtete sein Halsband mit dem silbernen Anhänger. Er war klein und stellte eine verschlungene, verknotete Schlange da, die sich in den Schwanz biss.

Das Motiv war mit bloßem Auge kaum zu erkennen, aber Alices Augen waren auch alles andere als gewöhnlich. Sie hatte laut mehrerer Tests 340 Prozent Sehstärke. Sie erkannte Dinge, für die andere Ferngläser und Lupen benötigten. Doch Alice brauchte nichts von alledem. Sie war mit diesem außergewöhnlich scharfen Sinn gesegnet und hatte beschlossen, einen Beruf zu ergreifen, der Menschen half, die schlecht oder fast gar nicht sehen konnten: Sie studierte Augenheilkunde.

Alice goss sich einen Tee auf und legte die Hand an die warme Heizung. Dann schaltete sie die Hängelampen ein, die im Abstand von jeweils einem Meter die Reihen von Büchern erhellten. Das Licht war warm und weich.

Plötzlich öffnete sich die Ladentür, die Klingel ging im vertrauten Ton und sorgte dafür, dass Alice sich herumdrehte.

Obwohl ihr nicht danach zumute war, lächelte sie.

Doch ihr Lächeln erstarb, denn ihr Gast brachte eine Art von Kälte mit herein, die rein gar nichts mit dem eisigen Winterwind zu tun hatte.

Alice hielt sich an der Kante des Tresens fest, um nicht zurückzuweichen.

Ihr Gegenüber hatte die dunkle Kapuze seines Mantels

tief in die Stirn gezogen. Doch dank Alices Sehvermögen nahm sie die Narbe wahr, die seine linke Braue spaltete, und den eisigen, stechenden Blick, der sie traf.

»Wir haben geschlossen«, erklärte sie mit etwas unsicherer Stimme.

Der Kunde trat unbeirrt näher. »Ich habe ihr Inserat gelesen«, erklärte er und legte eine Hand auf den Tresen. An seinem linken Ringfinger trug er einen Siegelring.

Alice schluckte. »Ich hatte keine Adresse angegeben.«

»Das war nicht nötig. Ich weiß von Mister O'Rourkes Verscheiden und mir war klar, dass es sich nur um dieses Antiquariat handeln konnte.« Nun zog er die Kapuze von seinem Kopf und blickte Alice unverwandt an. »Ich würde mich für ausgesuchte Stücke interessieren. Falls Sie erlauben, dass ich mich umsehe?«

Alice ermahnte sich, sich zusammenzureißen.

»Natürlich«, brachte sie hervor und zeigte hinab in die Gänge. »Sehen Sie sich ruhig um.«

Der Fremde lächelte. »Vielen Dank.«

Als er an Alice vorbei in den linken Bücherkorridor ging, wäre sie am liebsten zurückgewichen. Doch sie beherrschte sich im letzten Moment.

Verdammt, was war nur los mit ihr?

Der Kerl sah ein bisschen unheimlich aus. Na, und? - Taten das nicht alle Leute, die sich mit alten Büchern beschäftigten auf die eine oder andere Weise?

Ihr Blick fiel auf Sirius, der von der Theke gesprungen und hinüber zu seinem Körbchen stolziert war, das in einem Bücherregal stand. Dort rollte er sich zusammen und schloss die Augen.

Alice sah den Korridor hinab. Der Fremde blieb immer wieder stehen, schob die Leiter mit sich, die für die oberen

Regale nötig war, benahm sich dabei, als wäre er schon viele Male hier gewesen. Immer wieder nahm er ein Buch heraus, besah es, stellte es wieder zurück oder klemmte es unter den Arm. Dann ging er weiter.

Als er um die Ecke in den nächsten Korridor bog, gab Alices Handy ein Ping von sich. Eine E-Mail.

Als sie las, staunte sie nicht schlecht: Schon der nächste Händler, der sich für eine Stippvisite ankündigte.

»Könnten Sie mir hierfür einen Paketpreis machen?«

Sie fuhr zusammen, als plötzlich der Fremde neben ihr stand. Er stellte einen Stapel von ... elf Büchern auf den Tresen und verschränkte die Hände daneben.

Alice drängte ihren Schreck zurück und nickte. »Klar.«

Sie schlug den obersten Buchdeckel auf und las die vertraute Handschrift ihres Großvaters.

120,- €

Seine geschwungene Schrift würde sie niemals vergessen, ein schmerzvolles Gefühl fuhr ihr in den Brustkorb, doch sie riss sich zusammen, notierte die Zahl auf einem Block und schlug das nächste Buch auf.

80,- €

So arbeitete sie sich durch den ganzen Stapel, bis sie zum letzten Buch kam.

Auch ohne besondere Kenntnis über alte Bücher war klar, dass es sich hierbei um etwas Außergewöhnliches handeln musste.

Das Buch war groß, in prachtvolles Leder gebunden, mit Holzeinlegearbeiten versehen und es hatte eine Schließe, die zwar alt, aber offenbar absolut funktionstüchtig war, denn Alice bekam sie nicht auf. Offenbar schien es einen Öffnungsmechanismus zu geben, den sie jedoch nicht kannte.

»Es tut mir leid«, sagte sie. »Ich bekomme es nicht auf.«

»Das macht nichts. Ich würde es auch so kaufen.«

Sie hob den Blick. »Ich könnte Ihnen aber für den Zustand des Inneren keine Garantie geben.«

Er lächelte auf eine Art, die mehr verstörend als freundlich war. »Ich mag Überraschungen.«

Alice schluckte. »Und ich habe dafür keinen Preis.« Sie strich über das Leder. Es war weich wie Seide, fühlte sich sogar warm an. »Mein Großvater hat die Preise immer auf der ersten Innenseite notiert. Solange ich es nicht öffnen kann -«

»Ich kann Ihnen ein Angebot dafür machen!«

Sie stockte. »Ich ... weiß nicht.«

»Was halten Sie von 1.000?«

Alice zuckte beinah zusammen. »Euro?«

Sein Mundwinkel hob sich. Es hatte etwas Linkisches.

»Natürlich.«

Das würde die Kosten für das Antiquariat für mindestens drei Monate decken; würde ihr Zeit verschaffen.

Alices Hand lag noch immer auf dem Buch und tief in ihrem Inneren wusste sie, dass die 1.000 dem Wert des Buches nicht gerecht wurden.

»Ich würde es lieber noch einem Kollegen zeigen, bevor ich es verkaufe.«

»2.000.«

»Sir, wirklich ...«

»2.500. Aber das ist mein letztes Wort.«

Sie biss sich auf die Unterlippe, während in ihrem Kopf die Gedanken Achterbahn fuhren. Das würde ihr mindestens ein halbes Jahr Zeit geben.

Sechs Monate, in denen sie sich von diesem Laden nicht

zu trennen brauchte, in denen sie vielleicht einen Weg fand, ihn zu halten.

»Wissen Sie ...«

Er legte seine Hand auf das Buch und drehte es zu sich herum. Sie bemerkte die Druckerschwärze unter seinen Nägeln, kleine Narben auf seinen Fingerkuppen. Der Siegelring blitzte und funkelte, als würde er täglich poliert.

»Mein Paketpreis für dieses Buch und die anderen sind 3.500 Euro. - Das wäre dann allerdings mein allerletztes Wort.«

Seine Hand glitt über den Einband und genau in dem Augenblick, da Alice spürte, wie ihr Widerstand bröckelte, sprang Sirius wie von der Tarantel gestochen auf den Tresen.

Wie eine Furie fauchte er den Fremden an, der plötzlich sein Lächeln verlor und die Hand vom Umschlag des Buches zurückzog, als hätte er sich daran verbrannt.

»Sirius!«, rief Alice entsetzt aus und wollte den Kater nehmen, um ihn auf den Boden zu setzen, doch ein tiefes Grollen drang aus seiner Kehle und seine gelben Augen fixierten den Kunden so eindringlich, dass Alice eine Gänsehaut bekam.

»Sieht aus, als wollte er das Buch nicht verkaufen«, scherzte sie etwas angestrengt.

Der Fremde riss den Blick empor und trat noch einen Schritt zurück, als der Kater sich nun auf das Buch stellte, als wäre es ein Podest, das nur für ihn gemacht worden war.

Alice erkannte den ewig schlafenden Stubentiger nicht wieder. Doch sie spürte, dass die Schwäche überwunden war. Sie wollte das Buch nicht verkaufen; jedenfalls nicht, bevor sie wusste, was es wirklich wert war.

Es musste ja immerhin einen Grund geben, warum der Kerl so verflucht scharf darauf war. Am Ende war es ein Vermögen wert und sie verschleuderte es aus Unwissenheit.

Ihr Blick fiel auf Sirius, der sich kurz zu ihr umwandte. Er beruhigte sich ein wenig, als würde er sich denken: *Endlich begreift sie es!*

»Es wäre vielleicht gut, Sie würden zu einem späteren Zeitpunkt nochmals wiederkommen«, erklärte sie über den Tresen hinweg. Auch wenn es verrückt klang: Sirius gab ihr ein wenig Sicherheit!

Der Fremde trat überraschenderweise ohne Widerworte zurück. Er warf einen letzten Blick auf den Kater und das Buch, auf dem er stand. Dann wirbelte er herum und verschwand durch die Tür.

Alice sank zurück auf den schlichten Holzstuhl und stieß die Luft aus ihren Lungen. Es fühlte sich an, als hätte sie sie die ganze Zeit über angehalten.

Als die Türglocke verklang, fing Sirius an, zu schnurren.

Er rollte sich auf dem Buch zusammen und schloss die Augen. Alice streichelte ihn und fragte sich, ob diese Begegnung wirklich so unheimlich gewesen war, wie sie sie empfunden hatte.

Während sie Sirius streichelte, streiften ihre Finger den Anhänger, der an seinem Halsband baumelte. Er war ungewöhnlich schwer und während sie ihn betrachtete, rollte sich Sirius vom Buch herunter und entzog sich ihr. Er legte die Pfoten auf das Buch, als wollte er ihr zeigen, dass es ihm gehörte. Er miaute.

Sie besah den kunstvollen Einband und stockte.

War das nicht genau das Symbol, das Sirius um den Hals

trug? Die Schlange?

Alice blickte Sirius an und der miaute zur Antwort.

»Darf ich mal?«, fragte sie ihn und wider Erwarten ließ er es sich anstandslos gefallen, seinen Anhänger abgenommen zu bekommen.

Ihr Herz schlug wie wild, als sie das kleine Silbermedaillon zwischen den Fingern drehte und dann auf das Gegenstück auf der Buchschließe legte.

Es passte genau und Alice presste zwei Finger darauf. Es gab keinen Drehmechanismus, aber als sie den Anhänger in das Metall drückte, setzte es offenbar einen winzigen Mechanismus in Gang.

Die Schließe sprang auf.

Alice starrte fassungslos darauf und blickte dann wieder Sirius an. »Wusstest du das etwa?«, fragte sie ihn.

Er miaute verlangend und sie nickte.

»Natürlich«, murmelte sie dabei und streifte ihm das Halsband wieder über.

Dann lief sie schnell zur Tür und verschloss sie von innen, bevor sie wieder zurück zum Tresen und zu dem großen Buch ging, das sie so magisch anzog.

Alice war natürlich kein Antiquar wie ihr Großvater, doch ein kleines Bisschen hatte sie durchaus mitbekommen.

Sie schätzte das Buch auf das 17. Jahrhundert und als sie es unendlich vorsichtig aufschlug, zitterten ihre Finger.

Anstelle eines Titels und eines Autorennamens fand sie auf der ersten Seite eine kunstvolle, offenbar von Hand angefertigte Zeichnung. Sie war verwirrend.

Zuerst bemerkte sie das große Auge, das in der Mitte alles beherrschte, das Auge hatte Hände, unzählige, die sich wie Sonnenstrahlen in alle Richtungen streckten.

Die Hände griffen nach Zungen, Ohren, Lippen, sie verbanden sich miteinander, verschränkten sich, verknoteten sich. Sie waren mal groß, mal klein, mal bunt, mal schwarz. Und hinter ihnen schien - war das ein Wasserzeichen? - ein Menschenkörper durchzuscheinen.

Alice strich mit den Fingerspitzen über die Zeichnung und blätterte dann langsam weiter.

Sie traf auf ein Inhaltsverzeichnis, das jedoch in einer Sprache verfasst war, die sie nicht lesen konnte. Auch die Buchstaben waren ihr teilweise fremd.

War das Kyrillisch?

Sie blätterte weiter und betrachtete die Handschriften mit den großen, bunten Anfangsbuchstaben auf jeder Seite.

Ihre Finger begannen zu kribbeln, so sehr, dass sie sie ineinander rieb, bevor sie weiterblätterte. Doch das Gefühl blieb, wurde sogar stärker. Beinah war es sogar, als würde das Buch in ihren Händen ... zittern. Aus dem Zittern wurde ein Beben, das Alices Puls in die Höhe trieb.

Verdammt nochmal, was ging hier vor sich?

Trotzig blätterte sie weiter, mittlerweile war es, als würde das Buch in ihren Händen tanzen, es bockte auf dem Tresen, schlug hart dagegen.

Etwa eine Sekunde, bevor Alice ihre Hände zurückzog, riss es sich buchstäblich von ihr los, schoss empor bis unter die Decke und dann wie ein Pfeil den mittleren Korridor entlang bis zum Ende, wo es mit einem Krachen gegen die Wand flog und liegenblieb.

Das Licht ging aus; nicht nur dort, wo das Buch aufgekommen war, sondern im ganzen Laden.

Alices ungutes Gefühl hatte sich zu Panik ausgewachsen und man musste kein Wissenschaftler sein, um zu wissen, dass hier irgendetwas nicht mit rechten Dingen zuging.

Fahrig tastete sie sich durch die Finsternis auf der Suche nach einer Taschenlampe.

Stattdessen fand sie Streichhölzer.

Mit zitternden Fingern, zündete sie eines davon an und hielt es an die alte Votivkerze, die aller antiquarischer Vorsicht zum Trotz neben dem Tresen auf dem Boden stand.

Immerhin ein sanfter Lichtschein, während Alice herumfuhr und den Korridor hinabblickte.

Alles war still. Alles war dunkel.

Sie versuchte, im Schein der Flamme irgendetwas zu finden, das sich als größere Lichtquelle nutzen ließ. Die Sicherungen waren nämlich im Keller und dort würde sie in ihrer momentanen Verfassung nichts und niemand hinunterbringen!

Unweigerlich musste sie an all die Horrorfilme denken, die sie in ihrer Teenagerzeit inhaliert hatte. In mindestens 80 Prozent davon hatte es Situationen gegeben, die ihrer momentanen gar nicht so unähnlich waren. Und sie wusste ganz genau, wie das für gewöhnlich endete!

Als sie die Hoffnung schon beinah aufgegeben hatte, fand sie noch eine Packung Kerzen, die sie fahrig aus der Verpackung befreite und an der Flamme entzündete. Mit zweien davon in der Hand leuchtete sie in Richtung des Buches. Doch es war am Ende des Korridors so dunkel, dass nicht einmal ihr außergewöhnliches Sehvermögen ihr half, zu erkennen, was mit dem Buch geschehen war. Sie konnte nur hoffen, dass es nicht zerstört war.

Als plötzlich etwas ihr Bein streifte, schrie sie laut auf! Der Schrei hallte im Laden wider und jagte ihr selbst einen Schreck ein; vor allem, als sie begriff, dass sich nur Sirius gegen ihren Unterschenkel geworfen hatte; schnurrend.

»Dich lässt das wohl alles völlig kalt, was?«, fragte sie vorwurfsvoll flüsternd.

Zur Antwort ging er ein paar Schritte voraus in den Korridor und warf ihr über die Schulter einen spöttischen - auf jeden Fall spöttischen! - Blick zu.

Alice nickte und schluckte trocken.

Eigentlich sollte sie weglaufen und den Laden nie wieder betreten.

Aber sie spürte, wie sich ihr Körper in Bewegung setzte und Sirius, wenn auch zögerlich, folgte.

Je weiter sie sich zwischen die Regale vorwagte, desto mehr fühlte sie sich in der Falle.

Die Dunkelheit, die Stille.

Beides vermochte sie mehr als nur zu beunruhigen, vor allem, wenn man bedachte, dass das Buch, das sie nun suchte, gerade zig Meter durch die Luft geflogen war; von allein wohlgemerkt!

Je näher sie dem Ende des Korridors und damit dem Buch kam, desto mehr konnte sie erkennen. Offenbar hatte es bei seiner Bruchlandung ein komplettes Regal mit Reiseführern umgerissen. Gott sei Dank nichts allzu Wertvolles!

Das Regal lag umgestürzt in einem Haufen von Büchern und vermutlich lag das, das sie suchte, ganz unten.

Als sie davorstand, beschloss sie, ihre Angst zu überwinden, und das Buch aus dem riesigen Haufen von Büchern und losen Blättern zu befreien. Sie tropfte ein wenig Wachs auf den Boden und stellte die Kerzen hinein, so dass sie ihr Licht spendeten und sie dennoch beide Hände freihatte.

Dann packte sie das Regal und schob es mit aller Kraft

zur Seite.

Eichenregale, das begriff sie spätestens jetzt, hatten ein enormes Gewicht, vor allem, wenn sie massiv gearbeitet und drei Meter hoch waren.

Alice packte es am untersten Regalboden und zerrte es von dem Bücherhaufen. Zweifellos gab es dabei einige Kollateralschäden, denn sie hörte Papier reißen und das dumpfe Geräusch von Buchdeckeln, die übereinander schabten.

Es dauerte Minuten, bis das Regal endlich beiseitegeschafft war. Alice war völlig erledigt, stützte die Hände auf die Knie und beugte sich vornüber, um wieder zu Atem zu kommen.

Sirius umkreiste sie und miaute.

»Moment noch«, keuchte sie. »Bin gleich soweit!«

Verdammt, sie sollte wirklich mehr Sport machen!

Der Kater kletterte auf die Bücher und stellte sich an den höchsten Punkt, um noch einmal zu miauen.

Alice richtete sich auf und nickte. »Okay, wo ist das Ding?«

Sie nahm einige Reiseführer und stapelte sie möglichst sorgfältig neben sich auf, bis sie im Halbdunkel unter all den modernen Büchern braunes Leder entdeckte.

Alice war sich sicher, dass sie das alte Buch endlich entdeckt hatte, und wollte es herausziehen, doch es war schwerer, als sie es in Erinnerung hatte. Sie schob noch ein paar weitere Bücher beiseite, um es freizulegen, doch als sie das tat, begriff sie das Unbegreifliche:

Das hier war kein Buch! Es war ein Schuh, ein Schuh, in dem ein Fuß war, an dem wiederum ein Bein hing, das in dunklen Stoffhosen steckte. Und als sie zurücktaumelte, bewegte sich das Bein.

Irgendwo unter den Büchern war ein Stöhnen zu hören.
»Großer Gott«, hauchte sie fassungslos und als ihr Blick auf Sirius fiel, war seine einzige Reaktion ein ziemlich gleichgültiges: »Miau.«

II

Alice starrte auf die riesige Reiseführer-Apokalypse und versuchte zu begreifen, dass da offenbar jemand unter all den losen Seiten begraben war.

Konnte das ein Einbrecher sein?

Womöglich der Kerl, der vorhin so überstürzt abgehauen war? Konnte er durch einen Hinterausgang zurückgekommen sein?

Sie überlegte. Soweit sie wusste, gab es im Antiquariat gar keinen Hinterausgang.

Sekundenlang taumelte Alice zwischen dem Wunsch zu fliehen und dem Drang, die Bücher wegzuräumen und festzustellen, wer sich darunter verbarg.

Sie beugte sich zögernd nach vorne und legte die linke Hand frei.

Unweigerlich durchflutete sie Erleichterung. Denn an diesen Fingern gab es keinen Siegelring. Die Hand war außerdem jung, die Finger waren lang und elegant. Zu dem Kerl vorhin am Tresen gab es nicht die geringste Ähnlichkeit.

Sirius stolzierte über den Bücherberg und setzte sich dorthin, wo ungefähr das Gesicht desjenigen sein musste, der bewusstlos unter den Reiseführern lag.

Alice beschloss endgültig, ihre Scheu zu überwinden, und schaufelte die Bücher von dem Körper, legte nach und nach handgenähte braune Schuhe und eine teuer wirkende Tweedhose frei. Darüber trug der Mann offenbar ein Jackett mit hellem Hemd und einem altmodischen Schlips. Zuletzt musste sie Sirius verscheuchen und unter einem großformatigen Bildband über die Anden das Gesicht des Mannes freilegen.

Er war bewusstlos, doch sein Brustkorb hob und senkte sich ruhig. Sein Haar war dunkel, die Züge fein und elegant. Sie schätzte ihn in etwa auf 25. Und er war groß.

Alice hatte keine Ahnung von Einbrechern, aber eine klassische Kluft war dies sicherlich nicht für jemanden dieser Zunft.

Plötzlich schlug er die Augen auf.

Alice fuhr auf, als das dunkle Braun seiner Iris sie traf. Er hatte winzige, goldfarbene Sprenkel darin, für ein gewöhnliches Auge nicht zu erkennen. Sie stockte, genau wie ihr Atem. Und wenn sie vor Schreck nicht regelrecht gelähmt gewesen wäre, dann hätte sie vermutlich die Beine in die Hand genommen und wäre schreiend aus dem Laden gelaufen.

Doch selbst als sich der Fremde mit einem Stöhnen aufsetzte und die letzten Bücher von ihm herunter rieselten, schaffte es ihr Selbsterhaltungstrieb nicht, die Oberhand zu gewinnen.

»Ich bin Ryan.«

»Alice.« Offenbar war wenigstens ihr Sprachzentrum noch intakt.

»Wo bin ich?«

»O'Rourkes Antiquariat in der Abraham-Street.«

Als seine dunklen Augen auf ihre trafen, tanzten die Goldsprenkel in seiner Iris. »Welche Stadt?«

Sie hob eine Braue.

»Dublin«, antwortete sie automatisch.

»Jahr?«

»Haben Sie eine Gehirnerschütterung?«

»Ich vermute, nein.«

»Vielleicht Wirbelbrüche?«

»Eher nicht.«

»Spüren Sie Ihre Beine noch?«

»Mit meinen Beinen, das versichere ich Ihnen, ist alles in bester Ordnung.«

»Und warum wissen Sie dann nicht, in welchem Jahr Sie sich befinden?«

Er sah um sich herum und streichelte Sirius, als würde er ihn schon ewig kennen. »Das ist eine dieser klassischen, langen Geschichten. Aber bevor ich sie erzähle: Wo ist das Buch?«

Alice stand auf. »Das Buch?«

»Ja.«

»Welches Buch?«

»Na, das, aus dem ich gerade die Reise zu Ihnen antreten durfte. - Meinen Dank hierfür natürlich.«

Sie schüttelte fassungslos den Kopf. »Ich fürchte, ich verstehe nicht.«

Der Fremde, der sich ihr als Ryan vorgestellt hatte, erhob sich ebenfalls. Er schwankte bedenklich und es war mehr ein Reflex, als ihm Alice die Hand hinstreckte. Er ergriff sie etwa eine Millisekunde, bevor ihn der Schwindel von den Füßen riss.

»Vielen Dank.« Dann ein Geräusch aus seiner Kehle, das sie nicht einordnen konnte; vielleicht anerkennend. »Außergewöhnlich weiche Haut, obwohl Sie als Kind offenbar ein ziemlicher Wildfang gewesen sind.«

Sie starrte perplex zu ihm empor. »Woher wissen Sie das?«

»Kleine Narben, die auf Abschürfungen und die ein oder andere Brandblase hindeuten.«

Alice schüttelte den Kopf.

»Wie war doch gleich Ihr Name?«

»Ryan. Ryan Somerset, Sohn des 4. Earl of Worcester.«

»Worcester? Wie die Soße?«

Ryan hob eine Braue. »Möglicherweise. Das könnte gegebenenfalls die Frage nach dem Jahr beantworten.«

»2018.«

Dieser Ryan Somerset hatte einen aristokratisch, blassen Teint, aber bei der Erwähnung der Jahreszahl wurde er weiß wie eine Wand.

»Das ist lange.«

»Was ist lange?«

»Wo ist das Buch?«

Sie schnaufte. »Könnten Sie wohl aufhören, meine Fragen mit Gegenfragen zu beantworten?«

»Das werde ich mit Freuden tun, wenn Sie mir nur endlich sagen, wo das Buch ist!«

Sie hätte ihn nochmals fragen können, von welchem Buch er eigentlich sprach.

Aber es war schon ziemlich eindeutig, also ...

»Dort.« Sie zeigte in die Dunkelheit auf einen bestimmten Punkt unter dem Reiseführer-Haufen.

»Wo?«

»Na, dort.«

»Ich sehe nichts.«

»Ich habe ziemlich gute Augen. Ich hole es Ihnen.«

Als Alice sich in Bewegung setzen wollte, hielt er sie am Arm fest. »Warten Sie!«

»Was ist denn nun schon wieder?«

»Wie gut sind Ihre Augen?«

Sie erwiderte seinen Blick. »Ziemlich gut.«

»Wie gut ist ziemlich gut?«

Obwohl ihr der Fragenkatalog etwas seltsam vorkam, sah sie keinen Grund, die Antwort zu verweigern. »340 Prozent.«

Er riss die Augen auf und obwohl er sichtlich schwach auf den Beinen war, machte er einen schnellen Schritt nach vorne und packte Alice bei den Schultern.

»Haben Sie das Buch angefasst?«

»Ja.«

»Und was ist dann passiert?«

»Das Buch ist quer durch den Laden geflogen und dann lagen Sie hier plötzlich! - Hören Sie, was geht denn hier vor sich? Ich bräuchte wirklich ziemlich dringend eine Erklärung.«

Ryan nickte hektisch. »Die bekommen Sie in jedem Fall. Nur zuerst müssen wir das Buch in Sicherheit bringen. Es hätte nie entdeckt werden sollen. Und vor allem hätte das Buch Sie nicht entdecken dürfen!«

»Wie meinen Sie das?«

»Wo sind wir ungestört?«

Schon wieder eine Gegenfrage, dachte sie, doch da begriff Alice, dass die Frage offenbar an Sirius gerichtet war.

»Ihnen ist klar, dass Sie mit einer Katze sprechen?«

Ryans Blick huschte erschrocken zu Sirius.

»Miau.«

Er blickte wieder Alice an. »Ist Ihnen denn gar nicht klar, wen Sie vor sich haben?«

»Äh ...«

»Das hier ist Lord Angus Aberdeen. - Einer der größten Wissenschaftler und Alchemisten des 19. Jahrhunderts.«

Sie blinzelte betont langsam. »Wissenschaftler des ... 19. Jahrhunderts? - Er ist ein *Kater*!«

»Ich kann mir kaum vorstellen, was Ihr erleiden musstet, Eure Lordschaft!«

Sirius schien zu nicken und gab ein weiteres »*Miau*« von sich. Dann drehte er herum und ging mit erhobenem

Haupt Richtung Kellertür.

Alice blieb wie vom Donner gerührt stehen. Sie fragte sich, wie sich ein Schock anfühlte.

»Ich ... verstehe das alles nicht.«

Ryans Hand legte sich auf ihren Arm, seine Finger schlossen sich darum und verströmten Wärme und Ruhe.

»Es muss für Sie sehr verwirrend sein, aber ich versichere Ihnen, Alice, es wird sich bald alles aufklären. - Kommen Sie, wir folgen Lord Angus.« Er nahm das große Lederbuch, das ihr Weltbild vor etwa 15 Minuten ordentlich aus den Fugen gerissen hatte, und folgte dem schwarzen Kater zur Kellertür.

Sirius sprang mit erstaunlichem Geschick auf die Klinke und die Tür schwang auf. Ryan folgte ihm. »Gibt es hier ...«

»Licht?« Alice betätigte den Lichtschalter und wunderte sich, dass der Strom zurück war.

Die schmale Steintreppe führte hinab in den kleinen Kellerraum, der für Vorräte und die Heizung gedacht war. Er war winzig; vermutlich gab es Gästetoiletten, die größer waren.

Sirius ging zu einem kleinen Regal und sprang hinauf. Neben dem Druckerpapier lag ein kleines Buch. Er miaute.

Ryan nahm das Buch, eine kleine ledergebundene Ausgabe von *Märchen aus 1001 Nacht*, und schlug sie auf. Darin lag ein Schlüssel, den Alice noch nie zuvor gesehen hatte.

»Wo ist die -?«

»Miau.«

Bevor Alice antworten oder sonst wie reagieren konnte, folgte Ryan Sirius zur gegenüberliegenden Wand. Daran hing ein ziemlich modriger Gobelin, der einen Kaufmann darstellte.

Ryan nahm es ab und ein Schlüsselloch kam zum Vorschein.

Alice war völlig perplex.

Als würde er ihre Fassungslosigkeit spüren, drehte er sich herum. »Geht es Ihnen gut?«

Sie schüttelte den Kopf. »Mein ganzes Leben habe ich hier verbracht und nun ... ist mein Großvater tot und ich finde heraus, dass alles um mich herum ... ein Schauspiel war? Eine Lüge?«

»Ich versichere Ihnen, nichts ist eine Lüge.« Er steckte den Schlüssel ins Schlüsselloch und drehte ihn. Die Wand war eine Tür, die langsam aufschwang. Ryan blickte Alice an und sagte dabei: »Und es ist alles andere ... als ein Spiel!«

*

Alice stand im Türrahmen, wenn man die kleine Öffnung in der Kellerwand nun so nennen konnte, und starrte auf das Zimmer, das dahinterlag und von dessen Existenz sie in über 15 Jahren nichts geahnt hatte.

Ryan legte das Buch, das seinen spektakulären Flug ohne Macke überstanden hatte, auf den Tisch und schaffte es nach kurzem Suchen das Licht auf dem Schreibtisch einzuschalten. Er murmelte etwas von *faszinierend* und setzte sich. Alice trat zu ihm.

»Denken Sie nicht, dass Sie mir eine Erklärung schulden?«, fragte sie und klang vorwurfsvoller, als sie es gewollt hatte.

»Natürlich. Setzen Sie sich.« Er stand auf, bot Alice seinen Platz an und zog sich selbst einen Hocker heran, während Sirius auf den Tisch sprang.

»Wo soll ich nur anfangen?«

»Fangen Sie doch dort an, wo mein Kater ein 200 Jahre alter Wissenschaftler sein soll«, bemerkte Alice nicht ohne Ironie.

»Richtig. Natürlich. - Also ...« Er rieb sich den vermutlich schmerzenden Nacken. »Dieses Buch ... nennt sich das *Buch der Sinne*, zumindest ist das die Bezeichnung, die Lord Angus ihm gegeben hat.«

Alice betrachtete Sirius und sah dann wieder das Buch an.

»Nehmen wir mal für eine Sekunde an, das ist nicht alles völlig verrückter Irrsinn: Warum?«

»Das Buch stammt laut seiner Lordschafts Recherchen aus einem Benediktinerkloster unweit von Sterling. Dort lebte ein Bischof, der maßgeblich an der Hexenverfolgung teilnahm; zumindest tat er das, bis er laut der Überlieferung selbst mit dem Teufel in Bunde trat. Er übereignete dem Satan 66 Hexen und Hexer und bekam dafür dieses Buch.«

Eine Gänsehaut zog sich über Alices Nacken. »Und wozu das Buch?«, fragte sie leise.

»Das Buch ist ein Werkzeug. Es garantiert ewiges Leben demjenigen, der es am Leben erhalten kann.«

»Soll das etwa bedeuten, das Buch ... lebt?«

»Miau.« - das kam von Sirius.

Ryan nickte, als würde er ihn verstehen. »In gewisser Weise, ja.« Er spreizte die Finger auf dem Leder. »Ich kann spüren, wie es rissig wird, wie es ... austrocknet. War es nicht absolut makellos anzufassen, bevor Sie mich daraus befreit haben?«

Alice legte ihre Hand neben seine und befühlte das Leder. Für sie war es noch immer geschmeidig und warm, aber wenn sie genauer hinsah, bestätigten sich Ryans Worte. Es trocknete aus, bekam kleine Risse, Falten in einem perfekten Antlitz. Sie nickte leise.

»Das *Buch der Sinne* braucht Nahrung. Es braucht ... Menschen wie uns.«

Alice hatte nicht gedacht, dass ihr Schocklevel sich noch erhöhen konnte. Aber jetzt war es soweit!

»Uns?«, rief sie eine Spur zu schrill aus.

Ryan nickte. »Menschen mit außergewöhnlichen Sinnen. Bei mir ... ist es der Tastsinn. Bei Ihnen ist es offenbar das Augenlicht.« Er blickte kurz zu Sirius hinüber. »Als Lord Angus und ich uns trafen, warnte er mich. Ich war genauso überrascht wie Sie, Alice, ich ... glaubte ihm kein Wort. Lord Angus hatte es geschafft, dem schwarzen Bischof zu folgen und ihn ausfindig zu machen. Er vollzog seine Opfer nach. Vor mir ... gab er dem Buch ein kleines Mädchen.« Ryans Blick verdunkelte sich und er deutete ein Kopfschütteln an. »Je jünger wir sind, desto länger kann das Buch von unseren Sinnen zehren, desto länger bleibt der Bischof.«

»Ein kleines Mädchen? Ist es tot?«

»Nein, das heißt ... wir wissen es nicht. Es ist hier drin.« Seine Hand legte sich wieder auf das Buch. »Als seine Lordschaft zu mir kam, habe ich ihn nur verspottet. Doch schon am nächsten Tag erreichte mich der Bischof. Er versuchte, mich in das Buch der Sinne hineinzulesen mit seinen teuflischen Beschwörungsformeln. Lord Angus tat sein Möglichstes, ihn daran zu hindern, aber sein Erfolg war nur ein teilweiser. Ich wurde in das Buch gesaugt und er ...«

Sirius nickte wieder. »Miau.«

»Ein Fluch, der ihn verhöhnen sollte; ein unendliches

Leben lang.«

»Und wie kommt das Buch dann hierher?«

»Ich weiß es nicht genau. Das Buch war ja gerade dabei mich zu ... absorbieren.« Er hielt für einen Augenblick inne, als müsste er die Erinnerung von Neuem verarbeiten. »Es fühlte sich an, als würde ich in etwas hineingesaugt, für einen langen Augenblick, als meine Sinne mit dem Buch verschmolzen, nahm ich alles um mich herum mit außergewöhnlichem Scharfsinn wahr. Ich sah, wie der Bischof Lord Angus verhexte, bevor mich eisige Fluten verschluckten und vermutlich forttrugen.« Ryan gab ein Achselzucken von sich. »Ich kann nur vermuten, dass seine Lordschaft das Buch auf irgendeine Weise wiedergefunden hat. - Das Buch, es ist listig. Es hat seine ganz eigene Kraft. Es sorgt dafür, dass es gefunden wird; dass es gepflegt wird. Es sorgt dafür, dass es zu seinem Meister zurückkehrt, und wenn jemand mit so außergewöhnlich starken Sinnen es berührt, dann ... erfährt es der Bischof sofort.«

»Bin ich jetzt etwa in Gefahr?«, fragte sie atemlos. Allmählich drehte sich alles in ihrem Kopf.

Ryan schwieg mit gerunzelter Stirn, während sich Sirius erhob und zu Alice kam. Er schmiegte seinen Kopf an ihre Schulter und setzte sich. Sie betrachtete ihn fragend und verwundert.

»Hat Großvater es gefunden und all die Jahre hier versteckt?«

Sirius nickte.

»Wenn ich mir die Frage erlauben darf, Alice: Woran ist ihr Großvater gestorben?«

»An ... einem Herzinfarkt.«

»War er bereits länger am Herzen erkrankt?«

»Nein, überhaupt nicht. Er ... war immer kerngesund.«

Als sie Ryans Blick bemerkte, stellten sich ihr die Nackenhaare auf. »Sie wollen doch nicht etwa andeuten -«

»Ich möchte Ihre Trauer keinesfalls noch verschlimmern, aber wenn der schwarze Bischof herausgefunden hat, dass das Buch hier sein könnte, dann steht fest: Er hätte vor nichts haltgemacht, um es zu bekommen.«

Alice presste die Lider zusammen.

»Großer Gott«, hauchte sie.

Sirius schmiegte sich wieder an ihren Arm. Eine tröstende Geste, die sie nur noch mehr beunruhigte.

»Und was ... ist jetzt? Ich meine, wenn es tatsächlich so war, dass mein Großvater ...« Sie schaffte es nicht, das Wort *ermordet* auszusprechen. »Wenn es so wäre, würde er wiederkommen? Dieser ...«

»Auf jeden Fall.« Ryan nickte. »Und er wird mich zurückhaben wollen. Und wenn er erst einmal begriffen hat, was Sie sind, Alice, dann wird er auch Ihr Leben wollen.«

»Aber was soll das denn bedeuten?« Sie warf die Arme in die Luft. »Ich habe hier ein Leben, mein Studium, mein Zuhause. - Soll ich wegen so einem Wahnsinn einfach ... weglaufen?

»Fürs Erste: Ja.«

»Und fürs Zweite?«

»Haben Sie ein Haus?«

»Mein Großvater hat ein Haus.«

»Dort können wir nicht hin. Der Bischof wird dort längst gewesen sein.«

Alices schlang die Arme um sich selbst, um das Zittern ihres Körpers zu unterdrücken. »Ich habe eine Wohnung.«

»Ist sie weit von hier?«

»Nur zehn Minuten zu Fuß.«

»Dann gehen wir dorthin. - Wir müssen uns Informationen beschaffen.«

»Worüber?«

»Über meine Familie und die Ihres Großvaters. Und natürlich vor allem über die von Lord Angus. Er wird es verstanden haben, auch in dieser Erscheinungsform Hinweise zu hinterlassen, wie wir am besten vorgehen.«

»Vorgehen, um zu überleben?«

Ryan nickte. »Und den Bischof zu töten.«

Alice hatte vor zwanzig Minuten noch gedacht, ihre größte Sorge wäre Aufschub für das Antiquariat. Jetzt folgte ihr auf einmal ein dunkler Hexer, der sie in einem Buch gefangen halten wollte, um ewig zu leben?

»Das ... geht mir alles ein wenig schnell.«

»Das verstehe ich, und doch ...: Die Zeit drängt!«

Sirius miaute unterstützend.

»Schön, also ... was brauchen Sie?«

»Ich glaube, es sind fast 100 Jahre vergangen, seit ich in das Buch gelesen wurde, also ... ein Zeitungsarchiv wäre gut. Das Stadtregister und dergleichen. Wenn wir all das aufsuchen könnten, dann -«

»100 Jahre?«, fragte Alice, die den Rest seines Satzes kaum gehört hatte.

»In etwa. Es war 1922.«

»Ich glaube, mein Blutdruck rutscht gerade in den einstelligen Bereich ab.«

Wieder wurde sie am Arm gepackt. Während Ryan

versuchte, ihren Blick festzuhalten, fand sie, dass seine Kleidung wirklich ziemlich gut in die Zwanzigerjahre passte.

»Sie müssen sich zusammenreißen! Es hängt eine Menge davon ab, hören Sie?«

Sie schluckte trocken und versuchte sich an einem Nicken.

»Was genau brauchen Sie also?«

»Ein Archiv.«

Alice schüttelte den Kopf. »Ich schätze, heutzutage gibt es da etwas Effektiveres.«

»Ein moderneres Archiv?«, fragte Ryan und Alice nickte.

»Wir nennen es Internet.«

*

Auf dem Weg nach Hause wunderte sich Alice über vieles: Angefangen bei der Tatsache, dass Sirius neben ihr her trabte, wie ein abgerichteter Chihuahua.

Doch besonders erstaunlich war für sie, wie Ryan den Anblick seiner Umgebung in sich aufsaugte.

Wenn es wirklich stimmte, was er sagte, dann hatte er 100 Jahre rasende Entwicklung auf dieser Welt verpasst.

»Waren Sie schon einmal in Dublin?«, fragte sie, während sie um eine Häuserecke bogen. Es waren nur noch gut hundert Meter.

»Noch nie.« Er nickte anerkennend, aber selbst in der Dämmerung sah Alice die Schatten, die über seine ebenmäßigen Züge huschten. Sie begriff, das er alles verloren hatte, das in seinem Leben einmal von Bedeutung gewesen war. Alle Menschen, die er gekannt, die er geliebt hatte, waren tot.

Sie legte die Hand auf seinen Unterarm, spürte die Anspannung selbst durch den dicken Tweedstoff.

Ryan lächelte traurig, als wüsste er genau, was sie dachte. Dann nickte er.

»Wir haben andere Dinge, um die wir uns sorgen müssen, Miss Alice.«

»Ich bin einundzwanzig, vielleicht wäre es nicht verkehrt, wenn wir uns duzen.«

Er hob eine Braue. »Ist das in dieser Zeit so üblich? Ich meine, ohne Verwandtschaftsbande oder ... enge Beziehung.«

»Angeblich ist ein Mönch hinter uns her, der uns umbringen will. Ich halte unsere Beziehung für ziemlich eng.«

»So gesehen.« Ryan fasste das Buch unter seinem Arm etwas fester und Alice zeigte auf die andere Straßenseite.

»Da sind wir.«

Alice schloss ihre Wohnungstür auf und betätigte den Lichtschalter.

Sie wohnte in einem kleinen Loft, das über einer ehemaligen Bäckerei lag. Die Räume waren offen und hoch, Licht floss von allen vier Seiten herein. Die Heizkosten waren mörderisch, aber die Atmosphäre so schön, dass sie einen Teil des Erbes ihrer Eltern opferte, um es sich leisten zu können.

Ryan stockte.

»Nicht, was du erwartet hattest?«, fragte sie und schälte sich aus ihrem Mantel und der Strickjacke, die sie darunter trug.

»Nein, nicht wirklich.« Er zeigte auf den Fernseher. »Ist

das ein Radio?«

»Ein Fernseher.«

Er hob eine Braue und Alice überlegte.

»So etwas wie ein Kino. Nur ... für die Wohnung.«

»Wirklich?«

»Ja.« Sie legte überrascht den Kopf schräg und fragte sich, wann das Kino überhaupt erfunden worden war.

»Ich liebte das Kino.«

»Echt? Was lief denn damals so?«

»Mein letzter Film war *der Vagabund und das Kind*.«

»Mit Charlie Chaplin.«

»Ja. - Kennt man ihn heute noch?«

Alice lächelte. »Er ist eine Legende. - Soll ich nachsehen, ob ich einen Film mit ihm laden kann? Und in der Zeit mache ich einen Tee für uns und ...« Sie blickte hinab zu Sirius. »... brate etwas Hähnchen?«

Ryan nickte. »Das wäre großartig.«

»Miau.«

»Na, dann.« Alice durchsuchte Amazon Video nach einem Charlie-Chaplin-Film und startete *The Tramp*. Dann bat sie Ryan, sich zu setzen, und ging mit Sirius in die Küche.

Der schwarze Kater sprang auf die Küchenzeile und setzte sich neben die Spüle. »Miau.«

»Oh, richtig, ähm ... - Milch oder Wasser?«

»Miau.«

»Milch?«

»Miau!«

Leider verstand sie keinen Ton, aber als sie die Milchtüte aus dem Kühlschrank holte und ein Schälchen in der Mikrowelle erwärmte, stürzte sich Sirius darauf.

Sie begriff noch immer nicht, wer oder was er sein sollte,

aber ... er verstand schon ziemlich viel von dem, was man sagte, und da sich die meisten Katzen auch nicht mit antiquarischen Büchern auskannten oder Geheimräume in Kellern freilegten ...

»Das ist doch alles völliger Wahnsinn«, murmelte sie und holte gefrorenes Hähnchenbrustfilet aus der Kühltruhe, das sie in der Pfanne anbriet, während der Tee zog.

Sie blickte durch die Tür hinaus in den Wohnraum. Ryan war nicht zu sehen, da die Couch um die Ecke stand, aber da alles ruhig blieb, schien wohl hoffentlich alles in Ordnung zu sein.

Sie wendete die Hähnchenbrust und zog den Beutel aus dem Tee.

Jemand, der adlig und aus dem England der Zwanzigerjahre stammte, war vermutlich etwas Besseres gewohnt, aber -

»Ich habe mir erlaubt, die Wohnungstür zu verriegeln!«

Ryan stand plötzlich in der Tür.

Alice wirbelte herum und fegte dabei um ein Haar Sirius mit dem Pfannenwender von der Ablage.

Sie stockte.

Und so sehr sie sich auch bemühte, sie schaffte es nicht sofort wieder, zu sprechen.

Ryan sah im sanften Licht des Hauses völlig anders aus, als in der muffigen Finsternis des Kellers.

Er hatte sein Jackett abgelegt und trug darunter ein weißes Hemd mit Weste, dessen Ärmel er über die Ellbogen hochgekrempelt hatte.

Seine Unterarme waren muskulöser, als sie es vermutet hatte. Sein Hals war kräftig und sein Gesicht elegant und männlich zugleich.

Die Goldsprenkel tanzten in seinen Augen, während er

sich das dunkle, etwas wellige Haar zurückstrich, das er - sicher typisch für die Zwanzigerjahre - etwas länger trug.

»Alice?«

»Mhm?«

»Geht es ... dir gut?«

Er machte einen Schritt nach vorne und berührte ihren Arm. Alice zuckte zusammen.

»Alles bestens«, murmelte sie schnell. »Wirklich. Alles ...« Irgendwie wollte ihr der Rest dieses sehr kurzen Satzes nicht mehr einfallen.

Ryans Hand an ihrem Arm verschwand, nur um sich eine Sekunde später auf ihre Stirn zu legen. Sie konnte nicht verhindern, dass sich ihre Augen schlossen. Die Berührung hatte etwas Hypnotisches.

»Die Temperatur scheint normal zu sein.«

»Ich bin ... in Ordnung. Völlig in Ordnung.« Sie wich einen Schritt zurück und schluckte trocken. Ihr Herz raste und ihre Fingerspitzen kribbelten. Da war plötzlich viel zu viel Adrenalin in ihrem Körper. »Ich wollte gerade den Tee rüberbringen.«

»Soll ich ihn nehmen?«

Ritterlich, wie er offenbar gestrickt war, wollte er sie wohl davor bewahren, sich die kochend heiße Flüssigkeit in ihrem Zustand über zu schütten. Sie nickte schnell.

»Ich habe noch irgendwo Kekse.«

»Wundervoll.«

Er nahm das Tablett, das neben dem Kühlschrank stand, und stellte die Teekanne samt Stövchen darauf. Dazu gesellte er zwei Tassen, die Zuckerdose und die Milchtüte, die er für einen langen Moment kritisch beäugte.

»Ist es in deiner Zeit normal, dass sich der Sohn vom 4. Earl of Ketchup in der Küche nützlich macht?«

»Worcester.«

»Natürlich.«

»Und was deine Frage betrifft ...« Er gab ein Achselzucken von sich. »Meine Zeit scheint nun offenbar eine andere zu sein. - Und ich bin nicht die Art von Mensch, die gerne zurückblickt.«

Mit einem Lächeln hob er das Tablett an und trug es aus der Küche.

Alice starrte ihm hinterher, so lange, dass Sirius sie anstieß. »Oh, natürlich. Tut mir leid.«

Sie holte das Filet aus der Pfanne und schnitt es klein, richtete die Häppchen auf einem Kuchenteller an und brachte sie mit einem Schälchen Milch zu ihrem kleinen Esstisch.

Ryan hatte die Teetassen gefüllt und hob fragend den Blick. »Zucker?«

»Gern.«

Alice stellte das Hähnchen auf die freie Ecke des Tisches und Sirius sprang hinauf und begann zu fressen; oder musste sie jetzt, wo sie ahnte, wer er war, *essen* sagen?

»Wo finden wir denn dieses ... Internet?«, fragte Ryan nach dem ersten Schluck Tee, den er unkommentiert ließ.

»Da drüben.« Sie zeigte auf den Schreibtisch, wo sie ihren Laptop abgestellt hatte.

Ryan hob eine Braue. »Das Archiv befindet sich in dieser Wohnung?«

Sie lächelte. Es war in Anbetracht der völlig abstrusen Lage ganz schön, etwas zu wissen, das Ryan nicht wusste. Alice stand auf, holte den Laptop und fuhr ihn hoch.

»Ist das so ähnlich wie ein Fernseher?«

»Es hat ein Display, ja, aber man kann darin nach allen möglichen Informationen suchen.«

»Wie?«

»Man gibt einfach etwas in die Suchmaske ein.« Sie öffnete Google. »Was soll ich eingeben?«

Er zögerte kurz und sagte dann: »Ryan Jameson Douglas Somerset.«

»Ist das dein vollständiger Name?«

Ryan nickte und Alice begann zu tippen.

Nachdem sie auf Enter gedrückt hatte, öffnete sich eine Seite. Offenbar ein Adelsverzeichnis. Ryan hatte seinen eigenen Eintrag.

»Was steht denn da?«, wollte er wissen und Alice las vor.

»Ryan Somerset, geboren am 4. April 1898, lebte als zweiter von vier Söhnen bis zu seinem Tod auf dem Landsitz der Familie in Worcester. Keine Nachkommen.«

»Mehr steht da nicht?«

»Nein. Warst du ... verheiratet?«

Er starrte auf den Bildschirm. »Ich war kurz davor, mich zu verloben.«

»Das tut mir leid.«

Ryan nickte. »Kannst du auch etwas über Sir Angus herausfinden?«

Alice blickte hinüber zu dem schwarzen Kater, der das komplette Hähnchen verdrückt hatte und sich nun genüsslich die Pfoten putzte.

»Ich versuche es.«

Doch nachdem sie den vollständigen Namen von Sir Angus Aberdeen eingegeben hatten, gab es dazu keine Treffer.

»Wo ist denn das Buch?«, fiel es Alice plötzlich ein.

»Ich habe mir erlaubt, es unter deinem Bett zu deponieren.«

»Unter meinem Bett?«

»Ja, das heißt ...« Er zeigte mit dem Daumen hinter sich. »Ich nehme zumindest an, dass es ein Bett ist.«

Sie blickte zurück auf ihr breites Futon mit den leider keineswegs sorgfältig gefalteten Laken. »Ja, das ist mein Bett.«

»Sehr gut.«

Während sich Alice noch fragte, warum das sehr gut war, zeigte Ryan auf den Bildschirm. »Eine Frage, ist das die Uhrzeit?«

»Ja.«

»Vielen Dank.« Er zog eine Taschenuhr aus seiner Weste, die an einer goldenen Kette hing.

Alice beobachtete, wie er sie mit routinierten Bewegungen stellte und aufzog, um sie dann wieder einzustecken. Sie versuchte sich, vom Strudel der Ereignisse nicht niederringen zu lassen.

»Warum genau ... ist das Buch unter meinem Bett?«

»Damit wir es nicht berühren.« Ryan zog sich den Laptop heran und studierte das Display.

»Warum dürfen wir es denn nicht berühren?«

»Weil es seinem Meister Bericht erstattet. Es ist wie ein ... Spion.«

Alice schüttelte den Kopf. »Wie soll das möglich sein?«

»Schwarze Magie vermag so einiges.«

Sie spürte eine Gänsehaut ihren Nacken emporkriechen. »Gibt es niemanden mit ... weißer Magie?«

Obwohl sie versuchte, es ironisch klingen zu lassen, schüttelte Ryan ernst den Kopf. »Nicht, dass ich wüsste.«

»Schade eigentlich.«

»Wäre es möglich mir auf diesem Internet einige Dinge aufzuschlagen, wenn ich sie notiere?«

»Natürlich.« Alice gab ihm Block und Stift und goss

noch einmal den Tee nach, während er schrieb.

Als er ihr den Zettel zuschob, runzelte sie dir Stirn. Seine Handschrift war zackig, aber nach einigen Augenblicken schaffte sie es, alles zu entziffern.

Neben den Klosterbibliotheken in Dublin und Paris, dem Archiv des Vatikan und der Universitätsbibliothek von Cambridge, öffnete sie ihm die Seiten einiger Museen und ein weiteres Archiv mit Adelsfamilien. Außerdem fragte er, ob man die Bibel online einsehen konnte, was tatsächlich der Fall war.

»Ich danke dir. - Du kannst dich jetzt zurückziehen!«

Sie starrte ihn perplex an. »Wie bitte?«

»Es ist schon nach Acht. - Ich nehme an, dass du dich für die Nacht zurückziehen möchtest.«

»Das nehme ich eher nicht an!«

Er hob fragend eine Braue.

»Ryan, in den letzten 100 Jahren hat sich viel verändert. Frauen lassen sich nicht ins Bett schicken. Wir leben allein, sind unabhängig und gleichberechtigt.«

»Gleichberechtigt?«

»Du klingst, als wäre das eine Krankheit.«

»Nein, keineswegs. Ich dachte nur, es wäre für Frauen zu gefährlich, ganz ohne männlichen Hausvorstand.«

»Männlicher Hausvorstand?«

Er nickte, doch aufgrund ihres Tonfalls etwas zögerlich.

»Männlicher Hausvorstand klingt wie Herr und Meister!«

»Nein, so -«

»Ryan, bitte!« Sie holte tief Atem. »Ich habe vor drei Tagen meinen Großvater verloren, und heute stelle ich fest, dass die Welt, wie ich sie mir vorstelle, wohl nicht existiert. Jemand ist aus einem Buch gepurzelt; jemand, der seit 100 Jahren darin verschollen war und mir sagt, dass mein Großvater womöglich ermordet wurde. Und als wäre das nicht schon genug, muss ich erfahren, dass irgendein vom Teufel besessener Bischof jetzt hinter mir her ist und ausgerechnet derjenige, der auf meiner Seite sein sollte ...« Dabei zeigte sie auf Ryan. »... ist ein sexistischer Vollidiot. Ich würde dich also dringend bitten, diese außerordentlich unangenehme Charaktereigenschaft abzulegen oder mindestens vor mir zu verbergen! Und zwar möglichst zügig!« Sie lächelte angespannt und unfreundlich. »Ist das klar?«

Ryan starrte sie einige Augenblicke lang schweigend an.

»Diese Gleichberechtigung ...«, setzte er dann an. »... bedeutet das auch, dass Frauen nicht mehr für den Haushalt zuständig sind?«

»Ganz genau.«

Er nickte langsam. »Das würde zumindest den Tee erklären.«

Als Alice grimmig die Nüstern blähte, hob Ryan die Hände.

»Ich bin immerhin im Jahr 1922 verschwunden. Danach ... herrschte nichts als Schwärze, grässliche, traumlose, eisige Schwärze. Und nun komme ich wieder zurück in diese Welt und alles ist verändert. - Ich bedaure den Tod deines Großvaters von Herzen, aber auch meine Eltern leben nicht mehr, genauso wenig wie meine Brüder und die Frau, die ich zu heiraten beabsichtigte. Also bitte ich sowohl um Verständnis, wie auch um Nachsicht. Denn ich bin es nicht gewohnt, dass Frauen in Hosen und halbnackt herumlaufen und sich Archive in schwarzen Kästen befinden.« Er zeigte auf den Laptop. »Ich bin es auch nicht gewohnt, dass ich in der Enge einer Stadt ausharren muss, dass eine junge Frau, die noch in der Obhut ihres Vaters sein sollte, hier allein in einem Wohnraum lebt, dessen riesige Fenster zulassen, dass man sie beim Zubettgehen beobachtet. - Kurzum: Wir sind verschiedene Menschen aus verschiedenen Zeiten. Aber genau jetzt und hier haben wir ein Ziel. Und das erreichen wir vermutlich nur, wenn wir zusammenarbeiten, was sicher nur funktioniert, wenn wir die Eigenheiten des jeweils anderen akzeptieren. - Oder sehe ich das falsch?«

Alice reckte das Kinn, als ihr keine Parade zu seinem Monolog einfiel.

»Vermutlich ... nicht.«

»Gut.« Er nickte in Richtung ihres Bettes. »Und ich wollte dich keinesfalls schlafen schicken. Ich bin mir nur sehr sicher, dass wir morgen einen sehr ereignisreichen Tag vor uns haben und wollte mich besorgt zeigen. - Das ist alles.«

»Ja, schon gut.« Sie gab ein Achselzucken von sich. »Ich habe womöglich ein wenig überreagiert.«

»Womöglich. - Gibt es hier eine Waschmöglichkeit?«

»Da hinten ist ein Badezimmer.«

»Vielen Dank.«

Alice zog die Unterlippe zwischen die Zähne. Sie hatte irgendwie ein schlechtes Gewissen. So gesehen war Ryan noch mieser dran als sie. Immerhin hatte er sogar sein Leben verloren und alles, was er jemals gekannt hatte.

»In dem Schrank da hinten sind Kleider.«

»Für Männer?«

»Ja.«

»Warum?«

»Sie gehören meinem Ex. Aber sie könnten dir passen.«

»Ex?«

Sie räusperte sich. Hier musste man aber auch wirklich

alles erklären.

»Der Mann mit dem ich zuletzt ... zusammen war.«

Warum wurde sie bei seinem völlig entgeisterten Gesichtsausdruck eigentlich rot?

»Zusammen?«

»Ja, verdammt. Du bist offenbar 24 Jahre alt, was muss ich daran erklären?«

»Nichts, aber ...« Er runzelte die Stirn. »Ist er ... verstorben?«

»Leider nein«, gab sie ungerührt zurück.

»Aber ...«

»Wie gesagt, verschiedene Zeiten, verschiedene Sitten. - Die Klamotten sind dort hinten, nimm sie oder lass es! Und ich müsste einmal ins Badezimmer und dann leg ich mich hin. Du kannst hier auf der Couch schlafen, wenn das okay ist. Ich lege dir ein Kissen raus und ein paar Decken. Ja?«

»Ja, vielen Dank.«

Er wirkte noch immer ein wenig geschockt, erlangte jedoch die Fassung allmählich wieder und wandte sich dem zu, was im Augenblick wohl das Wichtigste war.

Während er sich dabei dem ersten von gefühlt 100 geöffneten Tabs zuwandte und zu lesen begann, verschwand Alice im Badezimmer, um sich die Zähne zu putzen.

Als sie zurückkam, lag Sirius in ihrem Bett.

Sie stockte für einen Augenblick, als sie daran dachte, wer er angeblich war. Doch im Moment war er einfach eine niedliche, schnurrende, schwarze Katze, die sich am Fußende ihres Bettes zusammengerollt hatte. Also: Was sollte es schon?

»Gute Nacht, Ryan«, rief sie um die Ecke ihres Lofts

herum, nicht dass eine Tür oder Wand zwischen ihm und ihr gewesen wäre.

»Gute Nacht, Alice«, antwortete er leise und wandte sich wieder dem Laptop zu.

Es war zwar erst kurz vor Neun, aber Alice musste zugeben, dass sie die Ereignisse des Tages wie erschlagen zurückgelassen hatten. Jetzt, wo das Adrenalin abebbte, überfiel sie eine bleierne Müdigkeit.

Vielleicht könnte sie einfach ein wenig schlafen und Ryan würde bis zum nächsten Morgen eine Lösung für alles gefunden haben.

Ihr letzter Gedanke war, dass unter ihr genau das Buch lag, das ihr den ganzen Schlamassel eingebrockt hatte. Dann war sie eingeschlafen.

*

Alice war sich nicht sicher, warum sie aufwachte, doch als es geschah, stieg ihr der Geruch von Aftershave in die Nase.

Zweifellos eine Sinnestäuschung, denn sie war schon lange nicht mehr in die luxuriöse Situation gekommen, jemanden in ihrer Nähe zu haben, der Aftershave trug.

Oder ...

Moment!

Sie riss die Augen auf.

»Was soll das denn werden?«, rief sie aus.

Ryan kniete neben ihrem Bett und hatte seine Hände darunter geschoben.

Er wirkte außerordentlich ertappt.

»Ich wollte nur das Buch hervorholen.«

»Jetzt?« Ein Blick auf den Wecker. »Es ist halb drei Uhr

morgens! Und außerdem ...« Sie blickte an sich hinab. Sie trug nur ein Spaghettiträgershirt über der Pyjamahose und das war gelinde gesagt verrutscht.

»Es tut mir leid, ich dachte, du hättest mehr ..., mehr ..., mehr ... an!«

»Und ich dachte, du würdest nicht um mein Bett herumrobben.«

»Wie gesagt, ich wollte das Buch!«

»Ich dachte, du darfst es nicht anfassen!«

Er zog die Arme langsam zurück und hob das Buch empor; mit ihren gehäkelten Topflappen. Sie hob eine Braue. »Ernsthaft?«

»Es geht nur um den Kontakt mit der Haut.«

»Na, schön. Und warum musst du ausgerechnet jetzt das Buch haben?«

»Ich wollte etwas überprüfen.«

»Hat es eigentlich einen speziellen Grund, dass man dir alles aus der Nase ziehen muss?«

Ryan hob eine Braue, was in seinem eloquenten Gesicht tatsächlich ulkig wirkte. »Ich wollte dich nur nicht aufwecken.«

»Und wir wissen ja beide, was daraus geworden ist!«

Er schnaufte und nickte.

Erst als er aufstand und sich mit dem Buch auf ihre Bettkante setzte - für einen Mann von vor 100 Jahren sicherlich eine ziemlich vertraute Geste -, fiel ihr auf, dass er Jasons Jeans trug. Und dass sein Haar nach Shampoo roch.

Während sie die Erinnerung an ihren Exfreund, alias Totalreinfall Jason, verdrängte, legte Ryan das Buch mit den Topflappen neben Sirius, der noch immer schlief oder zumindest aus Höflichkeit so tat.

»Ich habe die Archive durchgearbeitet«, hob er an und Alice hob anerkennend die Brauen. »Dabei sind mir verschiedene interessante Dinge aufgefallen. Tatsächlich existieren Mythen über ein Buch wie dieses; ein Buch, das der Teufel selbst verfasst hat. Ein Buch, dass sich von den Sinnen derer ernährt, die gesegnet sind, und das es vermag, einem treuen Satansdiener zu ewigem Leben zu verhelfen.«

»Das Buch ... soll der Teufel geschrieben haben?«

»Die Mythen und Überlieferungen stammen aus einer christlich geprägten Zeit. Damals gab es nur Gott und Teufel, schwarz und weiß. - Natürlich sind wissenschaftlich betrachtet die Möglichkeiten ungleich vielfacher; was es nicht zwingend einfacher macht.«

»Und was sind nun die interessanten Dinge, die dir aufgefallen sind?«

»Die ausführlichste Quelle, was Mythen rund um das Buch angeht, ist die Kirche selbst. Und wenn ich die Archive, Aufzeichnungen, Übersetzungen und außerdem höchst spekulativen Forenbeiträge, die es dazu gibt, richtig verstanden habe, dann soll es eine Art ... Gegenstück zu diesem Buch hier geben.«

Jetzt wurde es interessant! »Ein Gegenstück?«

Ryan nickte. »Es soll die Kraft dieses Buches neutralisieren.«

»Neutralisieren?«

»Angeblich.«

Alice rieb sich mit beiden Händen übers Gesicht. Sie war es nicht gewöhnt, solche hypothetischen Gespräche zu führen. Schon gar nicht mitten in der Nacht!

»Und was hast du jetzt vor?«

»Falls das Buch existiert, müssen wir es finden.«

»Wenn die Kirche es hat, ist es vielleicht in einem Kloster«, mutmaßte sie und Ryan nickte.

»Sozusagen.«

»Du weißt, wo es ist?«

»Ich vermute es zumindest.«

»Und wo?«

»Im Vatikan.«

Alice blinzelte; langsam und oft. »Vatikan?«, fragte sie dann noch einmal in der Hoffnung, ihn falsch verstanden zu haben. Doch Ryan zerstörte ihre Hoffnung mit einem Nicken.

»Im geheimen Archiv, wie ich vermute.«

»Geheimes Archiv«, echote sie völlig entgeistert.

»Das nehme ich zumindest an.«

»Ryan, selbst wenn es so ist: Wir würden dort niemals hineinkommen! Niemals!«

»Wir würden einen Weg finden«, entgegnete er mit beneidenswertem Optimismus.

»Ich wüsste wirklich nicht, wie!«

»Wir bestechen jemanden!«

Sie stockte. »Was?«

»Bestechen!«

Alice kam allmählich der Verdacht, dass der gut rasierte, elegante Gentleman bereit war, weiter zu gehen, als sie dachte. Das war sie zwar auch, aber ... »Womit denn?«

»Gold!«

»Bitte?«

»Oder Geld. Je nachdem.«

»Es wird dich vielleicht überraschen bei all dem Reichtum, der mich umgibt«, erklärte Alice ironisch, »aber ich verfüge weder über das eine noch über das andere.«

»Aber ich!«

»Nichts für ungut, aber ... du bist seit 100 Jahren offiziell tot.«

»Das spielt keine Rolle. Zumindest nicht, wenn die Bank von England noch existiert.«

Alice stockte und nickte dann langsam. »Soweit ich weiß ...«

»Gut, dann müssen wir zuerst nach London. Danach dürften uns alle Wege offenstehen.«

»Und warum?«

»Ich habe ein Schließfach im dortigen Haus.«

»Und das hat in den letzten 96 Jahren niemand ausgeräumt?«

»Schwerlich.« Er zog seine Taschenuhr heraus und hob sie in die Luft. »Hier drin ist der Schlüssel dazu.«

III

Alice war sich nicht sicher, ob sie in ihrem Leben jemals um halb Drei aufgestanden war.

Aber Ryan, der ja noch keine Sekunde geschlafen und stattdessen sämtliche Internetseiten durchgeackert hatte, die sie ihm geöffnet hatte, kannte kein Pardon.

Er scheuchte sie ins Badezimmer und übernahm es - wohl aus Geschmacksgründen - lieber selbst, den Tee zu kochen.

Um vier Uhr frühstückten sie und danach packte Alice eine kleine Reisetasche.

Nachdem Ryan erfahren hatte, dass er sich die relevanten Daten nicht abzuschreiben brauchte, sondern dass es mittlerweile so etwas wie einen Drucker gab, war er völlig begeistert. Er beobachtete die Blätter, die bedruckt in seine Handfläche schossen und heftete sie sorgfältig in einen Ordner ab, den Alice ihm gab.

Um kurz vor Fünf waren sie reisefertig.

Alice buchte online ein Ticket für die Schnellfähre von Dublin nach Holyhead.

Danach würden sie sich in England einen Mietwagen nehmen, um in die Hauptstadt zu kommen.

Doch noch während sie über Paypal bezahlte, fiel ihr etwas siedend heiß ein.

»Du ... hast nicht zufällig Ausweispapiere bei dir?«

Er hob eine Braue. »Zufällig nicht.«

»Ohne kommen wir aber nicht auf die Fähre.«

Ryan zog die Stirn kraus und machte ein paar abfällige Bemerkungen über die heutige Zeit.

»Das mag ja alles sein«, stimmte ihm Alice wenigstens im

Ansatz zu, »aber es hilft uns nicht weiter.«

»Und jetzt? Können wir uns nicht einfach irgendwie auf die Fähre schmuggeln?«

»Willst du vom Kai springen und dich im Maschinenraum verstecken?«

»Zum Beispiel.«

»Es ist Winter!«

»Fast Frühling.«

Sie hob eine Braue. »Bitte, es ist dein Herzinfarkt!«

Er schnaufte und fuhr sich mit beiden Händen durchs Haar.

»Oder warte!«

»Was?«

»Du wärst bereit, zu bestechen?«

Er machte eine abwägende Kopfbewegung. »Wenn es die Umstände erfordern ...«

»Wärst du auch bereit, ... fälschen zu lassen?«

Er hob eine Braue. »Etwa Papiere?«

»Mhm.«

Ryan schien ein paar Augenblicke über die Frage nachzudenken. »Wir müssen nach Rom, also: Ja.«

Alice nickte und griff nach ihrem Handy, wählte eine Nummer.

»Was ist das?«

»Ein Telefon.«

»Wo ist das Kabel?«

Sie lächelte und setzte gerade zu einer Erklärung an, als jemand abhob. »Hi, Bob! Ich bin es Alice. - Ja. Ja, danke. - nein, ich wollte dich um einen Gefallen bitten: Hast du noch deinen ... Nebenerwerb? - Nein, nicht für mich. Für einen Freund. - nein, er hat nichts ausgefressen.« Als sie kurz zu Ryan hinübersah, presste er die Lippen zusammen.

»Ja, wann kann ich vorbeikommen? - Ich bringe ihn mit. Prima, bis gleich.«

Alice legte auf und sah zu Ryan hinüber. »Wir müssen los.«

Während Alice ihren Wagen durch die Stadt lenkte, blickte Ryan lange wortlos aus dem Fenster.

»Was ist das für ein Mann?«

»Ein Fälscher.«

»Nein, ich meine ..: Woher kennst du ihn?«

»Er fertigt ganz offiziell und legal Kopien von berühmten Schriftstücken und Codizes für Museen. - Und nebenbei ...«

»... fälscht er Pässe.«

»Genau.«

»Auch für Verbrecher?«

Alice warf ihm einen kurzen Blick zu. »Mal angenommen, man kommt nicht aus den 1920ern, wie viele Gründe gibt es schon, um einen neuen Pass zu brauchen.«

»Das heißt also, ja.«

»Ja.«

»Und wir können ihm vertrauen?«

Sie nickte und bog in die Morning-Street ein. »Er ist ein ganz netter Kerl. Wenn auch etwas exzentrisch.«

»Wie exzentrisch?«

Während sie sich abschnallte, grinste sie: »Ziemlich.«

Alice betrat das etwas heruntergekommene Treppenhaus am Ende der Straße und ging voran.

»Vierter Stock«, antwortete sie auf Ryans ungestellte Frage, der ihr wortlos folgte.

Etwas atemlos kamen sie schließlich vor der hölzernen

Wohnungstür an. Auf dem Klingelschild stand kein Name, sondern vielmehr waren darauf ein paar obszöne Miniaturen abgebildet.

Ryan kniff die Augen zusammen und stieß ein undefinierbares Geräusch aus. »Ist das etwa -?«

»Ich schätze, ja.«

Sie klopfte an die Tür und wartete ab. Dann klopfte sie noch einmal. Lauter!

»Verpisst Euch!«

Ryan straffte die Schultern. »Also -«

Alice beruhigte ihn mit einem Blick.

»Bob, ich bin es doch!«

Dann folgte Rascheln und Poltern hinter der Tür, als wäre etwas Schweres runtergefallen.

Dann wackelte die Tür, als hätte er sich daran emporgezogen. Ryan warf Alice einen aufgeschreckten Blick zu, während mehrere Türschlösser entriegelt wurden.

Sie antwortete ihm mit einem Achselzucken und schon wurde die Tür aufgerissen.

»Allie!« Sie wurde in eine Umarmung gezogen, die nach Tabak und Gras roch. »Wie geht's dir?«

»Geht schon, Bob.« Sie klopfte ihm auf den Rücken, um aus der Umarmung wieder befreit zu werden, war ihm aber trotz Drogenbouquet, das ihn umgab, dankbar für die Anteilnahme.

Dann fiel sein Blick auf Ryan. Er hob eine sehr sorgfältig gezupfte Braue und kräuselte die an drei Stellen gepiercte Nase.

»Und das ist der schlimme Junge, der ein neues Pässchen braucht?«

Alices Blick huschte zu Ryan, der regelrecht erstarrt schien. Seine dunklen Augen waren weit aufgerissen, während er Bob musterte.

Sie war sich nicht sicher, was ihn am meisten schockte. Der halb kahl rasierte Schädel, die Piercings und Tätowierungen, die sich praktisch über Bobs kompletten Körper zogen, die schwarz lackierten Fingernägel oder das Spitzenoberteil, das ursprünglich nicht für Männer gefertigt worden war.

Bob wandte sich wieder an Alice. »Ist er stumm?«

»Nein, er ... kommt nur aus einer sehr konservativen Familie.«

Bob griff sich Ryans Hand und tätschelte sie. »Die Unschuldigen hab ich am liebsten.«

Es klang, als würde er von seiner Leibspeise reden, was Ryan zusätzlich zu verunsichern schien. Er warf Alice einen Blick zu, der nichts Gutes verhieß.

Sie räusperte sich. »Vielleicht gehen wir erstmal rein?«

»Sehr gute Idee, Kleines.« Er zog Ryan, dessen Hand er noch immer festhielt, in die Wohnung und Alice folgte den beiden.

Sie war schon zwei Mal in Bobs Wohnung gewesen, der sein Geld eigentlich mit Kopien von Gemälden und Buchillustrationen verdiente. Aber irgendwann hatte er beschlossen, diesen grundsoliden Broterwerb ein wenig auszubauen.

Und so kam es nun, dass in dieser Wohnung, die - wenn man Bobs Gestalt bedachte - unverhältnismäßig konservativ und blitzblank war, neben Staffeleien und altem Pergament, Blankoausweise und Reisepässe lagen.

»Wir können ihm doch trauen, oder?«, fragte Bob, während er einige technische Gerätschaften zusammenschob.

»Absolut«, sagte nun Ryan, der die Hände hinter dem

Rücken verschränkte und allmählich seinen Schock überwunden zu haben schien.

»Gut.« Bob verschränkte die Arme vor der Brust und betrachtete Ryan eingehend. »Wofür soll der Ausweis taugen? Braucht ihr eine komplette Identität? Internationaler Flugverkehr oder kleinere Sachen?«

Alice blies die Backen auf. »Ich würde sagen ... kleinere Sachen.«

»Grenzübergänge?«

»Und die Fähre nach England.«

»Ja, ja, das kriegen wir hin.« Er zog eine Leinwand herunter, packte Ryan an den Schultern und platzierte ihn davor.

»Ich würd dir ja sagen, du sollst ernst geradeausschauen, aber das wäre wohl überflüssig.«

Er drehte sich herum und zauberte eine Kamera hervor. Dann knipste er mehrmals und drehte sich wieder um.

Es dauerte weniger als fünf Minuten, bis er die Kamera am Computer angeschlossen und eines der Portraits ausgewählt hatte. Dann wurde es auf eine Ausweiskarte gedruckt und das Werk war schneller vollendet, als Alice den Namen entziffert hatte.

Bob drehte sich mit einem strahlenden Lächeln herum und zeigte Ryan sein Werk.

»Damit dürften Sie überall hinkommen, Mister Jasper Reed.«

Ryan nahm den Ausweis entgegen, betrachtete sein sehr gut getroffenes Konterfei und den Namen, der daneben stand.

»Geboren am 14.04.1992«, murmelte er und stieß ein Lachen aus, das wohl nur für Alice Sinn ergab. Dann schüttelte er leicht den Kopf und hob den Blick. »Vielen

Dank, Mister ...«

»Bob. - Apropos Dank!« Er machte an Alice gerichtet eine Handbewegung, die sich unzweifelhaft auf Bargeld bezog.

Sie seufzte. »Wie viel?«

»1.200.«

»Was?«

»Kunst will bezahlt sein!«

»Ich geb dir 500.«

»1.000«

»600.«

Bob verschränkte die Arme vor der Brust. »850! Und keinen Cent weniger.«

»Ich bringe dir 750 nächste Woche und du darfst dir für die fehlenden 100 im Laden ein Buch aussuchen.«

Er zögerte kurz und nickte dann. »Einverstanden.«

Zur Besiegelung der Abmachung schüttelte er Alices Hand, dann wandte er sich Ryan zu.

»Ein wirklich hübsches Ding«, befand er, ignorierte Ryans entgeisterten Blick und schob die beiden zügig aus seiner Wohnung.

Alice nahm Ryan den Ausweis ab und steckte ihn in ihre Tasche.

»Ist er ...«

»Homosexuell?«

»Ja, das ist ja wohl offensichtlich. Aber ich meine ... - die Nägel. Und all die Tätowierungen. Die Ringe in Nasen, Ohren und Lippen. - Ist er Satansjünger?«

Alice lachte. »Soweit ich weiß, nicht. - Und jetzt komm, wir verpassen sonst unsere Fähre.«

*

Sie warteten fast eine Stunde in dem kleinen Imbiss vor dem Anleger, bis die Fähre beladen werden durfte.

Alice versuchte, sich ihre Anspannung an der Passkontrolle nicht anmerken zu lassen, war aber doch sehr erleichtert, als Ryans Tarnung anstandslos durchgewunken wurde.

Sie stiegen also ein und setzten sich ins Restaurant.

»Möchtest du einen Kaffee?«

»Nein, danke. Nur Frühstück. - Soll ich die Sachen kaufen?«

Alice hob eine Braue. »Warum?«

»Na ja ...« Er sah sich etwas verlegen um. »Sieht das nicht eigenartig aus, wenn du mein Frühstück bezahlst?«

Ihre Mundwinkel zuckten. »Nicht eigenartiger als deine Frisur.«

Während Ryans Blick leicht verstört wirkte, holte Alice sich ein Tablett.

Die Idee, sich um neun Uhr morgens ein Frühstück zu holen, war nicht sehr kreativ. Dementsprechend lang war die Schlange. Nach etwa einer viertel Stunde jedoch schaffte sie es, mit zwei Tassen Tee, zwei Gurkensandwiches und zwei Tellern Rührei mit Würstchen wieder an den Tisch zurückzukommen.

»Da bin ich wieder«, erklärte sie und setzte sich Ryan gegenüber an den kleinen Tisch.

»Was stimmt denn nicht mit meiner Frisur?«, fragte er.

Alice lachte, schüttelte dann den Kopf. »Mit deiner Frisur ist alles in bester Ordnung.«

»Aber du sagtest doch -«

»Ich wollte dich nur ein bisschen aufziehen! Es ist alles gut. Deine Haare sind einwandfrei. Du bist ein gutaussehender, junger Mann.«

Sie packte ihr Sandwich aus der Folie und biss hinein. Während sie kaute, sah sie wieder zu Ryan auf.

Sein Blick war nicht gerade als geistreich zu bezeichnen.

»Waff iff?«, fragte sie mit vollem Mund.

»Mir hat noch nie eine Frau gesagt, dass ich attraktiv bin.«

»Verstehe ich gar nicht.«

»Nein, ich meine ... das ist doch inadäquat.«

»Warum?«

»Na, weil ... weil ...«

»Wäre es adäquat, wenn du mir sagen würdest, dass ich attraktiv bin, vorausgesetzt, du würdest das tatsächlich denken?«

Er schien kurz zu überlegen. »Nun, unter den entsprechenden Umständen sicherlich.«

»Und welche Umstände wären das?

»Vor allem, wenn ich dir den Hof machen wollte.«

Sie hob eine Braue. »Sonst nicht?«

Er gab ein Achselzucken von sich. »In der Stadt womöglich. Aber in meiner Familie -«

»War stets alles sehr traditionell?«, vollendete sie seinen Satz und Ryan nickte.

Alice verschränkte die Arme auf dem Tisch und blickte in seine goldgesprenkelten Augen. »Ryan Somerset, du bist ein attraktiver, offenbar gebildeter und recht nobler Gentleman. - Wenn ich das sage, dann mache ich dir nicht den Hof oder versuche dich ins Bett zu kriegen -«

»Also!«

»... ich mache dir einfach nur ein Kompliment. Das ist eine freundliche, ehrliche Geste meinerseits. Nicht mehr und nicht weniger.«

Er runzelte die Stirn, überlegte und schüttelte dann den Kopf.

Alice gab es auf. Zumindest für den Moment. Sie schob Ryan einen Teller Rührei hin und nach kurzem Zögern, vermutlich wegen der ebenfalls inadäquaten Tatsache, dass Alice bezahlt hatte, fing er tatsächlich an zu essen.

Während der Überfahrt redeten sie kaum. Die See war ruhig und Ryan hing seinen eigenen Gedanken nach. Ab und zu stellte er eine Frage, notierte sich etwas oder legte die Hand schützend auf die große, lederne Büchertasche von Alices Großvater, in der das Buch der Sinne steckte.

Am liebsten hätte sie das verdammte Ding über Bord geworfen. Aber wenn man Ryans und Sirius Erzählungen Glauben schenken durfte, dann half nicht einmal das.

Apropos ...

Sie zog den Reißverschluss ihrer Reisetasche, der ohnehin schon ein wenig offenstand, weiter auf. Sirius hatte sich auf ihrem Lieblingspulli zusammengerollt und ertrug die wenig stilechte Transportgelegenheit mit Gleichmut.

»Nur noch etwa eine Stunde«, flüsterte sie ihrer Ledertasche zu. Sirius schloss das Auge, das durch die Reißverschlussöffnung zu sehen war. Alice seufzte und fragte sich, ob irgendwann der Augenblick kommen würde, da sie aus diesem seltsamen Traum wieder erwachte.

*

Nachdem sie die Fähre verlassen hatten, mietete Alice einen Wagen.

Sie fuhren direkt Richtung London und während Sirius

seine wiedererlangte Freiheit auf dem Rücksitz genoss, schwieg Ryan weiterhin.

Alice beschloss, ihn in Ruhe zu lassen. Zweifellos war es ein niederschmetterndes Gefühl zurück in seine Heimat zu kommen und nichts so vorzufinden, wie es einst gewesen war.

»Ich brauche neue Kleider.«

Alice riss den Kopf zu ihm herum. »Was?«

»Kleider. Ich habe die Menschen beobachtet. Was ich trage, ist ... aus der Mode. Es ist altbacken. - Wenn ich in die Bank gehe, muss ich gekleidet sein wie ein Gentleman des Jahres 2008.«

»2018.«

»Wie auch immer. - In London wird es sicher gute Schneider geben.«

Alice starrte ihn wiederum fassungslos an. »Wir haben keine Zeit für einen Schneider.«

»Wie meinst du das?«

»Es gibt mittlerweile sehr teure, exklusive Herrenbekleidungsgeschäfte.«

»Vorgefertigte Kleidung?« Er spuckte den Begriff regelrecht aus.

Alice nickte ungerührt. »So ist es.«

»Ich weiß nicht ...«

»Wenn du das Geld hast, können wir natürlich auch gerne zwei bis drei Wochen warten, damit dein schnieker Fummel fertig ist. Wer weiß, vielleicht haben wir Glück und dein Bischof findet uns vorher!«

Er reckte das Kinn. Eine Geste, die ihm offenbar sehr vertraut war. »Zynismus steht Frauen überhaupt nicht.«

»Dachte ich mir. - Also los, wenn wir in London sind, suchen wir uns einen schönen Armani-Laden und ich lege das Geld aus für deinen Anzug. Du musst es mir aber wiedergeben, wenn wir auf der Bank waren, weil mich dein Anzug schätzungsweise ruinieren wird.«

»Das versteht sich ja wohl von selbst!«

Sie lächelte und drückte das Gaspedal etwas mehr durch. »Dann wäre das ja geklärt.«

*

»Hat sich viel verändert, oder?«

Alice hatte schon, seit sie Londons Vororte durchfahren hatten, immer wieder zu Ryan hinübergeblickt und festgestellt, wie sich sein Gesicht verdüstert hatte.

Er nickte langsam und sie bemerkte, wie sich seine Finger verkrampften. Sie bereute die Frage umgehend.

»Tut mir leid.«

»Was?«

»Ich hätte nicht fragen sollen. - Es ist ja offensichtlich.«

»Du bist aufmerksam. Daraus kann man dir keinen Vorwurf machen.« Es hätte beinah freundlich klingen können, wenn er dabei nicht so niedergeschlagen gewirkt hätte. Alice beschloss, die Vorgehensweise zu ändern und ihn abzulenken.

»Ich hole da vorne einmal Geld und dann gehen wir einkaufen.«

Sie lenkte den Wagen an den Straßenrand, lief zu einem Geldautomaten und räumte ihr Konto leer. In Pfund waren das offenbar gut 1.000. Dann fuhr sie mit Ryan in die Innenstadt.

»Was machen wir mit dem Buch?«, fragte sie, nachdem sie ausgestiegen war.

»Wir lassen es im Wagen. Seine Lordschaft bleibt ja

ebenfalls hier.«

»Miau.«

Alice hob eine Braue. An Sirius Verhalten gewöhnte sie sich wirklich schwer.

»Gut, in Ordnung. - Dann lass uns losgehen.«

Ryan fiel dank Jeans und Hemd höchstens durch sein Tweed-Jackett ein wenig auf. Allerdings ... wer fiel in London schon wirklich auf?

Er ging neben Alice her durch die Straßen und schaffte es, trotz der verpassten 100 Jahre, nicht wie ein Tourist herum zu glotzen.

»Es ist alles ziemlich bunt und laut geworden«, erklärte er plötzlich. »Und besonders die Männer wirken schrecklich ungepflegt.«

Alice stockte und sah sich um. »Du meinst wegen der Bärte, die viele tragen?«

»Und wegen der Haare, die Kleider faltig und schmutzig; sitzen schlecht. Die Frauen müssen die schweren Tüten tragen, während die Männer im Gehen rauchen.« Er schüttelte den Kopf.

»Ist heutzutage einiges anders.«

»Aber sicher nicht besser.«

Alice sah sich noch einmal um und gab ein zustimmendes Geräusch von sich. »Nein, vermutlich nicht.«

Als sie in einem ziemlich exklusiv wirkenden Bekleidungsgeschäft angekommen waren, hob Alice suchend den Blick. »Was stellst du dir denn vor?«

Ryan gab ein Achselzucken von sich. »Ich möchte elegant, aber nicht wie ein Dandy wirken.«

Ein *Dandy*? »Also nicht zu übertrieben?«

»Genau.«

»Wie wäre es dann mit einer schlichten, dunklen Jeans, hellem Hemd, Weste und einem Jackett mit etwas aktuellerem Schritt als dieses hier hat?«

»Klingt doch vernünftig.«

Sobald einer der Verkäufer von Alices und Ryans Absicht, eine entsprechende Summe auszugeben, Wind bekommen hatte, hatten die beiden keine ruhige Minute mehr.

Ryan wurde vermessen, in eine Umkleidekabine verfrachtet - nachdem seine Figur, zu der angeblich alles passen würde, überschwänglich gelobt worden war -, und dann kamen die Hosen im Sekundentakt.

Von zerrissenen, ausgewaschenen, die Ryan sofort mit empörtem Gesichtsausdruck wieder zurückgehen ließ, bis zu schwarzen war alles dabei.

Alice schielte während der Prozedur vor allem nervös auf die Preisschilder.

Wenigstens wurde ihr ein Kaffee angeboten, während sie auf einem außerordentlich bequemen Ledersessel wartete.

Irgendwann wurden statt der Jeans Hemden geliefert. Der Verkäufer bellte Zentimetermaße in den Raum und dass die Ärmel länger sein müssten. Alice nahm an, dass er am Umsatz prozentual beteiligt war.

Bei der zweiten Tasse Kaffee kamen dann Jacketts, Krawatten in rauen Mengen und allen erdenklichen Farben und zu guter Letzt noch Westen, die unters Jackett sollten.

Alice schaltete ab.

Für Ryan wäre es vermutlich undenkbar gewesen, dass es einer Frau so erging, aber: Sie hasste es, einzukaufen! Sie hasste diesen modischen Schnickschnack und feierte ein dreifaches Hurra auf jeden Onlineversand.

»Mrs. Somerset?«

Alice hob verwirrt den Blick. »Was?«

»Mrs. Somerset, ihr Mann möchte Sie gerne sprechen.«

Alice war nicht nur verwirrt, weil sie plötzlich verheiratet war! Mit Ryan! Sondern vor allem, warum sie zu ihm gerufen wurde, als wäre er in einer wichtigen Besprechung. Er war schließlich nur zehn Schritte entfernt in einer Umkleidekabine. Aber vielleicht gab es einen wichtigen Grund, von dem der Verkäufer nichts wissen durfte, also stellte Alice ihre Kaffeetasse beiseite und ging zur Umkleide.

»Klopf! Klopf!«, sagte sie vor dem dunkelblauen Vorhang.

»Komm rein!«

Alice schlug den Vorhang zurück und war erstaunt, wie groß die Umkleidekabine war. Kaum kleiner als ihre Küche!

»Warum sind wir denn plötzlich verheiratetet?«

»Es wäre doch sehr unpassend eine ledige Frau -«

»Ja, schon gut. - Ist etwas passiert?«, fragte sie, während sie den Vorhang wieder zuzog.

Als sie sich umdrehte, stockte sie.

Ryan stand so nah vor ihr, dass sie den Kopf in den Nacken legen musste, um ihn anzusehen. Seine braunen Augen strahlten, die Goldsprenkel darin funkelten.

Das Haar hatte er sich mit den Fingern zurückgekämmt und seine neuen Kleider standen ihm ... einfach perfekt. Bei genauerer Betrachtung musste sie dem provisionsgierigen Verkäufer rechtgeben: Jemand mit diesem Körper konnte alles tragen!

Ryan, der von ihrem Gedankengang aufgrund zwischenmenschlicher Blindheit nichts mitbekam, machte noch einen halben Schritt auf sie zu.

»Ich wollte mich nicht vor all diesen Leuten präsentieren bevor ...« Er holte Luft. »Wie sehe ich aus?«

»Verdammt heiß!«

Alices Stimmbänder hatten die unangenehme Angewohnheit sich in entsprechenden Situationen zu verselbständigen.

Ryan hob eine Braue. »Meinst du etwa -«

»Ich meine, du siehst großartig aus. Ein schöner Mann in schönen Kleidern.«

Eigentlich wollte sie sich mit so viel Ehrlichkeit gar nicht entwaffnen, aber es war nun einmal die Wahrheit.

Wenigstens machte Ryan diesmal keine Anstalten, sie als inadäquat zu bezeichnen. Stattdessen wurde er sehr still, was Alice irgendwie noch nervöser machte, als wenn er ihre mangelnde Weiblichkeit kritisierte.

»Danke.« Er strich sich das Jackett glatt und sah dann wieder Alice an. »Falls ich die nötige Höflichkeit habe vermissen lassen, so möchte ich mich dafür entschuldigen.«

Sie blinzelte überrascht. »Das musst du nicht.«

»Doch, natürlich. - Du hast mich kaum kritisiert und trägst die dir völlig neue Situation mit Fassung und klarem Verstand. Ja, mehr als das: Du bist freundlich zu mir. Ich möchte diese Freundlichkeit gerne erwidern. Nicht, weil ich es muss, sondern weil ich es möchte.« Er legte eine Hand auf ihren Unterarm und ihr Magen machte einen doppelten Salto. »Ich komme aus einer Zeit und entstamme einer Familie, wo zwischenmenschliche Freundlichkeiten weder leichtfertig noch öffentlich ausgetauscht wurden. Nichtsdestoweniger möchte ich dir aber gerne sagen, wie froh ich bin, dass du mich aus dem Buch befreit hast. Ich genieße die Zeit mit dir. Ich ... genieße sie sehr.«

Alice starrte ihn völlig perplex an. Sekundenlang schaffte sie es nicht, etwas auf seine Rede zu erwidern, bis ihr irgendwann ein zögerliches: »Danke« gelang.

Noch einmal herrschte Stille.

Die Umkleidekabine kam ihr doch plötzlich sehr klein vor. Ryan war ihr so nah. Und überhaupt schien die Raumtemperatur um mindestens zehn Grad gestiegen zu sein.

Ein Verkäufer unterbrach den Augenblick, indem er sich hinter dem Vorhang erkundigte, ob alles in Ordnung wäre.

»Alles bestens«, erklärte Alice schnell, sah dann Ryan an. »Das heißt: Was kostet der Spaß überhaupt?«

»1.210,68 Pfund.«

Alice hob eine Braue. »Du hast mitgezählt?«

Er nickte. »Hast du das noch?«

»Wenn ich hier mit Pfund und Euro zahlen kann, dann ja.«

»Ich habe zwar keine Ahnung, was Euro sind, aber solange es sich dabei um eine Währung handelt, dürfte das sicherlich kein Problem darstellen.«

»Gut.«

Ryan zeigte an sich hinab. »Ich ... ziehe das noch einmal aus und löse die Schilder, dann ziehe ich mich wieder an. Ja?«

»Oh, sicher. Natürlich.« Sie lächelte etwas zu hastig. »Ich warte draußen.«

Schnell riss sie den Vorhang auf und als sie ihn zuzog, zitterten ihre Finger.

Verdammt, was war nur los mit ihr?

Sie rieb sich mit beiden Händen übers Gesicht und holte gaaaanz tief Luft! Dann sah sie auf und erstarrte!

Oder vielmehr versuchte sie, nicht zu erstarren, sondern absolut unauffällig zu wirken; was ihr alles andere als leichtfiel.

Sie riss den Vorhang auf und zog ihn in Ryans Umkleidekabine schnell hinter sich zu.

Als sie zu ihm herumwirbelte, hatte er sich gerade das Hemd ausgezogen. Ihre Augen trafen auf eine gewölbte Brust, breite Schultern und wohlgerundete Muskeln; eine Art von natürlicher Schönheit, die man sich in keinem Fitnessstudio kaufen konnte.

»Alice?« Er blickte sie erschrocken an. »Was ist?«

Sie riss sich von dem Anblick los, den er bot, und sammelte ihre Gedanken. »Er ist hier!«

»Wer?«

»Der Mann! Der Kerl, der im Antiquariat war und das Buch kaufen wollte, kurz bevor du aufgetaucht bist!«

Ryan packte ihren Arm und zerrte sie in einer instinktiv beschützenden Geste hinter sich. »Wo ist *hier*? Im Geschäft?«

»Nein draußen. Oder vielmehr im Kaffee auf der anderen Straßenseite; an einem der hinteren Tische.«

Er warf ihr über die Schulter einen zweiflerischen Blick zu. »Bist du sicher?«

Sie schluckte und registrierte am Rande wie gut seine Halsbeuge roch, auf deren Höhe sich ihre Nase gerade befand. Dann nickte sie. »Ich sehe ziemlich gut, falls du dich erinnerst.«

»Natürlich.« Er warf sich das Hemd über und knöpfte es zu, öffnete die Jeans, stopfte das Hemd hinein und zog die Weste über. Das Jackett folgte. »Wir müssen sofort zurück zu dem Buch.«

»Und zu Sirius!«

Sie tauschten einen nervösen Blick aus und nickten gleichzeitig.

»Du musst unauffällig wirken«, sagte er eindringlich, während er nach dem Vorhang griff. Alice nickte.

»Ich tue mein Bestes.«

Sie verließen zusammen die Umkleidekabine und wurden sofort von dem zuständigen Verkäufer in Empfang genommen. Ryan gab die Etiketten ab und Alice fragte, ob sie in Pfund und Euro zahlen konnte, was kein Problem darstellte.

Dann gingen sie zur Kasse.

»Siehst du ihn noch?«, fragte Ryan, während Alice das Geld heraus zählte.

Er war offenbar zu abgelenkt, um sich daran zu stören, dass sie bezahlte.

»Nein.«

»Nein?«

»Nein! - Der Tisch ist leer. Ein unberührtes Glas Wasser steht darauf.«

Ryan presste die Lippen aufeinander, so fest, dass der Muskel in seiner Wange zuckte. »Verflucht!«

Es war das erste Mal, dass Alice Ryan ein Schimpfwort gebrauchen hörte.

»Kann er dich gesehen haben?«

Sie gab ein Achselzucken von sich. »Hast du mal überlegt, ob er unsere Sinne bekommt, wenn er uns in das Buch sperrt?«

»Nein. Aber es wäre möglich.«

»Wenn unter seinen Opfern eines mit außergewöhnlich guten Augen ist ...« Sie ließ den Satz in der Luft hängen, aber Ryan begriff auch so.

Alice bezahlte und er nahm die Tüte mit seinen alten Kleidern entgegen.

»Wir müssen uns beeilen.«

Als Ryan und Alice auf die Straße traten, wehte ihnen der eisige Wind entgegen und raubte zumindest ihr für einen Moment den Atem.

Als sie stockte, packte Ryan ihren Arm und zerrte sie mit sich.

Sie liefen, so schnell es ging und es die Massen von Passanten zuließen, zurück zu ihrem Mietwagen, der auf einem riesigen Parkplatz in der Nähe der Innenstadt geparkt war.

Alice sah es dank ihrer außergewöhnlichen Augen lange, bevor Ryan es sehen konnte.

»Großer Gott«, hauchte sie und sein Blick flog zu ihr herum.

»Was?«

»Der Wagen. Er wurde aufgebrochen.«

Ryan beschleunigte und war deswegen einige Momente früher am Auto. Als Alice ihn atemlos erreichte, stand er vor der eingeschlagenen Schreibe der Hintertür. Die Vordertür war offen; vermutlich durch die zerborstene Scheibe von innen geöffnet worden.

»Es ist weg.«

Ryan starrte in das Innere des Wagens.

»Sirius«, hauchte Alice. »Er ... hat es verteidigt; er hat aufgepasst. Er -«

Sie hielt sich die Hand vor den Mund, um nicht aufzuschluchzen. Nach allem, was sie jetzt wusste, würde er das Buch niemals freigeben; nicht lebendig.

Als Ryan tröstend den Arm um sie legte, wehrte sie sich nicht. »Er ist nicht hier«, sagte er leise. »Er ist nicht tot!«

»Woher willst du das wissen?«

»Sonst würde er doch hier liegen; irgendwo. Er muss dem Buch gefolgt sein.«

Alice zog die Nase hoch und wischte sich mit dem Ärmel des Mantels über die Augen. Ryan ließ sie wieder los und bedachte sie mit einem prüfenden Blick.

»Geht es?«

»Ja, es ... tut mir leid.«

»Das muss es nicht.« Er strich ihr mit dem Daumen eine Träne aus dem Augenwinkel. »Deine Haut ist so weich wie die eines Kindes.«

Alice stockte. »Ein Kompliment? - Um mich wieder auf Kurs zu bringen, ziehst du aber alle Register.«

Er reagierte nicht auf ihren lahmen Witz. »Es ist wahr.« Dann schob er sie von sich. »Wir dürfen uns nicht von unserem Vorhaben abbringen lassen, Alice. Wir müssen zur Bank. Und dann nach Rom. Ganz besonders jetzt, wo wir das Buch nicht mehr in unserem Besitz haben.«

Alice runzelte die Stirn. »Wenn es dieses zweite Buch, dieses Gegenstück wirklich gibt, warum hat der Bischof es nicht längst gefunden und zerstört?«

Ryan gab ein Achselzucken von sich. »Vielleicht kann er es nicht zerstören.«

Sie holte tief Luft. Es war alles Spekulation, aber Ryan hatte Recht: Sie mussten an ihrem Plan festhalten! Sie mussten ihren Weg fortsetzen und alles daransetzen, das zu finden, was sie womöglich für immer von diesem Verfolger befreite. Alice nickte.

»Gut, dann ... lass uns weiterfahren.«

Bevor die beiden zur Bank fuhren, besorgten sie in einem Baumarkt Folie und Klebeband und verschlossen das Rückfenster so gut es ging. Dann parkten sie so, dass niemand vor oder in der Bank sehen konnte, aus welch jämmerlichem Gefährt sie stiegen.

Ryan strich sich das Jackett glatt und das Haar zurück. »Ich hätte noch einen Mantel und Handschuhe gebraucht.«

»Beides konnten wir uns nicht leisten.«

Sie setzten sich in Bewegung. »Du hast doch einen Schlüssel für dein Schließfach.«

Er tippte sich auf die Westentasche.

»Gut. - Das wird wohl auch ohne Mantel gehen.«

Alice folgte Ryan durch die Glastür.

Es war erstaunlich mit welcher Selbstsicherheit er sich bewegte, wenn man bedachte, dass er vorgestern praktisch noch in den 1920ern gelebt hatte.

»Wie kann ich Ihnen helfen, Sir?«, fragte die sehr blonde, junge Dame hinter dem Schalter.

Ryan begrüßte sie freundlich. »Ich möchte bitte mein Schließfach öffnen.«

»Natürlich, Sir. Welche Nummer?«

»1224.«

»Einen Moment.«

Die Dame verschwand für einen Augenblick und kehrte mit einem Kollegen in Ryans Alter zurück. »Sie möchten ein Schließfach öffnen, Sir?«

»Nummer 1224. Genau.«

»Darf ich Ihren Schlüssel sehen?«

Ryan hielt sein Exemplar in die Höhe und der Mann hinter dem Schalter nickte. »Bitte folgen Sie mir, Sir.«

Alice wurde zwar vom Bankangestellten nicht beachtet, doch Ryan bot ihr den Vortritt und führte sie leicht im Rücken, als sie den Raum mit den Schließfächern betraten.

»1224?«, versicherte sich der Mann von der Bank noch

einmal.

»Richtig«, bestätigte Ryan.

Alice war noch nie in einem Raum mit Schließfächern gewesen.

Es war beinah ein bisschen beeindruckend.

Der Bankmann steckte seinen Schlüssel in das Schloss des Fachs, dann kam Ryans Schlüssel in das zweite Schloss, so dass sich das Türchen öffnete und die lange, flache Metallkassette entnommen werden konnte.

»Da war aber lange keiner dran«, scherzte der Banker, wurde aber schnell ernst, als Ryan ihm das zustimmende Lächeln versagte.

»Vielen Dank«, sagte er stattdessen.

»Natürlich, Sir.« Ziemlich zügig verließ der Mann den Raum. Ryan wandte sich der Kassette zu und öffnete sie erst, nachdem sich die Tür geschlossen hatte.

»Alter Falter!«, entfuhr es Alice, was Ryan mit einem Heben der linken Braue quittierte.

»Ein Ausruf des Erstaunens?«, fragte er.

»Allerdings. - Was ist das alles?«

»Eine kleine Rücklage.«

Das konnte man wohl so sagen! In der Metallbox stapelten sich mit Edelsteinen besetzte Schmuckstücke und einige kleine Goldbarren; wobei das Wort *klein* ja bekanntlich relativ war.

»Wo ist der Goldpreis besser? In Großbritannien, Frankreich oder Italien?«

»Woher soll ich das wissen?«

Ryan gab ein unzufriedenes Geräusch von sich, steckte ein paar der kleinen Goldbarren ein, dazu noch ein schwarzes Kästchen und verschloss dann die Kiste wieder.

»Könntest du dem Angestellten Bescheid geben?«

»Ich glaube, das macht man hier.« Sie betätigte einen kleinen Knopf am Tisch und Sekunden später öffnete sich die Tür.

»Soll das Fach wieder verschlossen werden, Sir?«

»Bitte.«

Das gleiche Prozedere wie zuvor mit den beiden Schlüsseln wurde jetzt sozusagen umgekehrt veranstaltet.

»Sagen Sie«, fragte Ryan, »kann ich bei Ihnen Gold in Bargeld wechseln lassen?«

»Natürlich, Sir.«

Ryan und Alice gingen zurück zum Schalter, auf dem Ryan zwei der kleinen Goldbarren ablegte und dafür von der jungen Dame, die ihm ein verführerisches Lächeln schenkte, fast zwanzigtausend Pfund vorgezählt bekam.

Ryan schob das Geld zusammen, übergab es zu ihrer Überraschung an Alice, und verabschiedete sich.

»Ich nehme an, der Mantel stellt kein Problem mehr dar«, erklärte sie, nachdem sie auf die Straße getreten waren.

Ryan jedoch schüttelte den Kopf. »Für einen Mantel haben wir jetzt keine Zeit. Ich bitte dich, das Geld einzustecken, damit wir uns auf den Weg nach Dover machen können.«

»Nach Dover?«

»Zur Fähre.«

»Wir müssen nach Folkstone.«

»Warum?«

»Wir nehmen den Tunnel.«

Ryan riss die Augen auf. »Einen Tunnel unter dem Ärmelkanal?«

Alice nickte. »Wir fahren mit dem Wagen auf einen

Güterzug, der bringt uns in einer guten halben Stunde nach Calais.«

»Was für ein unangenehmer Gedanke.«

»Hast du Platzangst?«

»Soweit würde ich nicht gehen.«

»Sieh es mal positiv: Ohne Bobs Papiere müsstest du die Fahrt im Kofferraum verbringen.«

»Wie bitte?«

»Es gibt eine Passkontrolle. Die würdest du ja leider nicht bestehen.«

Ryan wurde allein bei dem Gedanken blass.

»Geht's dir gut?«

»Ich bin mal als Sechzehnjähriger auf einer Wildschweinjagd gewesen. - Wildschweine sind schlau! Jedenfalls schlauer als ich es damals war, denn noch ehe ich es mich versah, war mir eine ganze Rotte auf den Fersen. Ein riesiger Keiler und ein paar wirklich wütende Bachen. Ich bin davongelaufen und auf den erstbesten Baum geflüchtet, den ich finden konnte. Dort habe ich gesessen und panisch um Hilfe gerufen wie ein kleines Mädchen. Es war kalt. Und es hat beinahe einen halben Tag gedauert, bis mich die Jäger gefunden haben.« Er schluckte wieder. »Sollte ich jemals vor die Wahl gestellt werden, so setze ich mich mit Freuden wieder auf diesen Baum, bevor ich mich ein einziges Mal in meinem Leben in den Kofferraum eines modernen Wagens einsperren lasse!«

Alice konnte sich ein Lächeln nicht verkneifen. »Dann wäre das ja geklärt.«

*

Die Überfahrt dauerte zwar nicht allzu lange, aber das Be- und Entladen des Güterzugs, samt Abfertigung und reibungsloser Passkontrolle sorgten dafür, dass drei Stunden vergangen waren, als Alice endlich von der Fährte fahren konnte.

Ryan rieb sich den Nacken und Alice sah die Zeichen der Erschöpfung in seinem Gesicht. Sie würden bald eine Pause machen müssen.

»Es sind über 1.000 Meilen bis nach Rom. Ich schlage vor, wir nehmen uns irgendwo etwas zu Trinken und eine Kleinigkeit zu Essen mit, und ich fahre, während du dich erholst.«

»Das klingt alles wenig gentlemanlike.«

Alice gab ein Achselzucken von sich. »Ich habe kein Geld mehr, du musst mich also einladen, sonst verhungere ich.«

»Das sagst du doch nur, um mich aufzumuntern.«

Sie lachten.

Beide.

Es war ein angenehmer Moment, der ein wenig Anspannung aus Alice herausspülte.

Ryan räusperte sich. »Lass uns aufbrechen.«

Nach ein paar Kilometern über Land, kamen sie durch ein kleines Dorf, in dem es eine einladend wirkende Bäckerei gab.

Alice parkte den Wagen und stieg aus.

»Kannst du Französisch?«, fragte sie Ryan.

»Natürlich. Du nicht?«

Sie gab ein Achselzucken von sich und wieder kehrte ein wenig seines männlichen Stolzes zurück. »Lass mich einfach reden, ja?«

»Gern.«

Tatsächlich sprach Ryan absolut fließend Französisch. Zumindest stockte er nicht und die Verkäuferin unterhielt sich so selbstverständlich und schnell mit ihm, als wäre er auch Franzose. Sie lachte sogar und scherzte und ... flirtete?

Alice räusperte sich und die Verkäuferin nickte auf ihren grimmigen Blick hin schnell. »Bien sûr!«

Das verstand sogar Alice. Danach war der Kauf schnell abgewickelt und die beiden verließen das Café.

Ryan grinste. Er grinste ungewöhnlich breit.

»Was?«, fragte Alice vielleicht eine Spur zu gereizt.

»Bist du eifersüchtig?«

»Auf wen?«

»Na, auf die Französin!«

Alice stieß ein Geräusch aus, das nicht ganz so wegwerfend klang, wie sie es sich gewünscht hatte. Deswegen schob sie noch ein »Lächerlich!« hinterher und stieg in den Wagen.

Da die Mahlzeit längst überfällig war, schwiegen Alice und Ryan, während sie aßen und tranken.

Draußen war das Wetter ungemütlich und feucht. Es passte zu ihrer Stimmung; zu ihren Sorgen. Nicht nur um sich selbst, auch um Ryan und vor allem Sirius. Was mochte mit ihm geschehen sein? Was hatte er getan, um das Buch zu schützen?

Von ihm schweiften ihre Gedanken unwillkürlich zu ihrem Großvater ab. Wenn ihm dieser Fremde wirklich das Leben genommen hatte, dann ...

Sie spürte, wie sie den Kaffeebecher zusammendrückte und hörte auf, kurz bevor sich die heiße Flüssigkeit über ihre Beine ergoss. Wut kochte in ihr; noch mehr als

Trauer, so mächtig, dass es ihr Angst machte.

Alice befürchtete schon, Ryan könnte ihr ihre Gedanken ansehen.

Aber falls es so war, hatte er genug Taktgefühl, um sie nicht darauf anzusprechen. Nachdem sie aufgegessen hatten, nahm er die leeren Pappbecher und entsorgte sie im nahegelegenen Mülleimer.

»Ich habe die Route ins Navigationsgerät eingegeben«, sagte Alice, als er wieder einstieg. »Wird eine Zeit dauern.«

»Unfassbar, dass man 1.000 Meilen in dieser Geschwindigkeit zurücklegen kann.« Er blickte konzentriert auf das kleine Display. »Dennoch werden wir mindestens einmal übernachten müssen.«

»Ja, vermutlich. - Aber lass uns erst einmal losfahren. Ruh dich aus und ich fahre ein Stück. In Ordnung?«

»Es widerstrebt mir, mich auszuruhen, während du die Arbeit erledigen musst.«

»Ich fahre nur Auto, das ist keine Arbeit. Ich tue es gern.« ... wenn auch nicht zwingend 1.000 Meilen am Stück, fügte sie im Geiste hinzu.

Ryan nickte. Er wusste selbst, dass er aktuell keine Fahreralternative war.

Richtung Südosten klarte das trübe Wetter ein wenig auf. Die dicke Wolkendecke riss auf und die Sonne tastete mit trägen Strahlen nach ihnen.

Alice machte die Scheibe einen Spaltbreit auf. Beinah roch es nach Frühling.

Ihre Fahrt führte sie vorbei an Weinbergen, die noch im Winterschlaf lagen und Seen, auf denen die dünnen Eisdecken aufrissen und sich schmale Rinnsale Wasser bildeten.

Es war wunderschön; so schön, dass Alice für einen Augenblick beinah vergaß, warum sie hier waren und welche traurigen und verstörenden Umstände sie überhaupt hierhergebracht hatten.

Ihr Blick glitt zu Ryan.

Er schlief.

Seine langen, schwarzen Wimpern warfen im Licht der milden Sonne Schatten auf seine Wangen. Jede Frau hätte ihn um diese Wimpern beneidet; Alice allen voran.

Doch trotzdem war sein Gesicht nicht feminin. Es war schön, markant, edel. Sie musste sich eingestehen, dass es verdammt anziehend war; so anziehend, dass sie manchmal ein bisschen zu lange nicht auf die Straße sah.

Allerdings schien Ryan keineswegs ähnliche Gedanken zu haben; nicht im Bezug auf sie. Er behandelte sie höflich und freundlich, aber genauso höflich und freundlich behandelte er auch die Verkäuferin in London oder die Dame in der französischen Bäckerei.

Sie seufzte, ein wenig zu laut vielleicht, denn Ryan neben ihr regte sich und öffnete blinzelnd die Augen.

»Schlaf weiter«, sagte sie leise, doch dazu war er offenbar schon zu wach.

»Wie lange habe ich denn geschlafen?«

»Etwa 400 Meilen lang.«

Er streckte sich ein wenig, so gut es der Mietwagen eben zuließ, und zeigte aus dem Fenster. Die Landschaft lag still in der Dämmerung da.

»Hier ist es ja wunderschön.«

Alice lächelte. »Das dachte ich mir auch gerade.

»Wollen wir hier pausieren?«

Sie hob eine Braue. »Wir könnten noch 200 Meilen schaffen.«

»Ja, aber wer weiß, wie das Wetter dann ist.« Er lächelte und sie wollte doch verdammt sein, wenn ihr Herz nicht anfing, wie wild zu pochen. »Wir könnten uns ein schönes Restaurant suchen und ich lade dich zum Essen ein.«

»Wirklich?«

»Natürlich. - Und danach ...

Sie hielt den Atem an. »Danach?«

»Gibt es heutzutage noch so etwas wie Jazz-Clubs?«

Nun war sie völlig geplättet. »Du magst Jazz?«

»Ja, das heißt ...« Er gab ein Achselzucken von sich. »Meine Eltern hielten nichts davon. Sie waren sehr ... konservativ. Aber das spielt ja nun keine Rolle mehr.«

Alice wusste, was er damit sagen wollte: Seine Eltern waren tot. Sie legte die Hand auf seinen Arm. »Tut mir so leid, Ryan.«

Er nickte und blickte auf ihre Hand. »Sie hatten ein langes Leben und ich hoffe ... - Vielleicht haben sie am Ende geglaubt, dass ich einfach fortgegangen bin.«

»Wie hätten sie darauf kommen sollen?«

»Ich habe es ihnen angedroht. Wieder und wieder! Ich habe mich den traditionellen Wünschen meines Vaters zu widersetzen versucht; habe ihm angedroht, nach Amerika zu gehen.«

»Hattest du das denn vor?«

»Vielleicht.« Wieder sah er hinaus, doch diesmal richtete sich sein Blick nach innen. »Es spielt jetzt ja keine Rolle mehr. - Ich meine nur, mit dieser Vorstellung konnten sie sicher besser leben als mit dem Gedanken, dass ich tot war.«

»Ja, bestimmt.« Alice kam an eine Ampel und nahm ihre Hand von Ryans Arm, um zu schalten. Sie begriff, dass dieser Zwischenstopp nicht nur für sie selbst eine willkommene Abwechslung war. Auch und vielleicht sogar besonders ihn selbst würde es für einige wertvolle Augenblicke von dem Leben und den Menschen ablenken, die er auf so unbegreifliche Weise verloren hatte.

Sie lenkte den Wagen an den rechten Straßenrand, was ihr immer noch ziemlich falsch vorkam, wenn man bedachte, dass sie ihr Leben lang im Linksverkehr gefahren war, und holte ihr Handy.

»Was tust du?«

»Ich suche uns eine Pension.«

»Such uns lieber ein gutes Hotel! Ich bezahle.«

Alice öffnete den Mund zum Widerspruch, doch dann schloss sie ihn wieder und gab ein Achselzucken von sich.

Sie entdeckte ein Vier-Sterne-Golf-Hotel, das in etwa zehn Meilen Entfernung an einem Badesee lag, und steuerte es an.

Das Hotel war eine offenbar modernisierte und neu ausgebaute Burg. Es gab zwei hohe Türme und Schießscharten, außerdem wehten zwei Flaggen in dem riesigen, runden Blumenbeet, das vor dem Haus lag und die Gäste willkommen hieß.

»Gute Wahl«, urteilte Ryan und stieg aus. Alice tat es ihm gleich und streckte sich anschließend, bis die Wirbel knackten. Ryan bedachte sie mit einem halb fragenden, halb tadelnden Blick.

Sie seufzte. »Lass mich raten: Es ist nicht damenhaft sich so zu strecken?«

»Nein, das ist es sicher nicht, aber ...«

»Aber was?«

»Allmählich finde ich es ... erfrischend.«

»Erfrischend?«

»Mhm.«

»Ist das ein Kompliment?«

»Beinahe.«

Alice gab ein abwägendes Geräusch von sich. Damit ließ sich leben.

Ein Page in einer etwas albern wirkenden Uniform kam auf sie zu und begrüßte sie mit überschwänglicher Freundlichkeit, fragte dabei etwas auf Französisch.

Ryan gab ihm daraufhin Alices Reisetasche, drehte sich herum und ging voraus. Ryan legte seine Hand in Alices Rücken und sie ließ sich widerstandslos vorwärtsschieben.

»Es gibt im Haus wohl ein sehr gutes Restaurant, wurde mir versichert; mit Blick auf den See.«

»Klingt gut.«

»Spielst du Golf?«

Sie hob die Brauen. »Nicht wirklich.«

»Umso besser. - Komm!«

Alice war zugegeben überrascht von seinem durchaus positiven Sinneswandel, aber noch viel überraschter war sie, als er ihr eröffnete, dass sie keine verschiedenen Zimmer hatten.

»Wir schlafen zusammen in einem Hotelzimmer?«

»In einer Suite«, korrigierte er. »Mit zwei Schlafzimmern. Ja.«

»Warum?«

»Ich halte es für sicherer.«

Ein schlagkräftiges Argument, dem sie nichts entgegenzusetzen hatte.

Sie ließen sich vom Pagen hinaufführen und Alice staunte nicht schlecht über den Luxus. Für einen Augenblick spielte sie mit dem Gedanken, Ryan nach dem Preis zu fragen, dann verwarf sie die Idee.

Vermutlich war sein Zwanzigerjahre-Ego sehr zufrieden, dass es einen horrenden Preis für diese Unterkunft bezahlt hatte.

»Gefällt es dir?«, fragte er, nachdem er dem Pagen Trinkgeld gegeben und ihn verabschiedet hatte.

»Es ist toll.« Sie sah aus dem Fenster, blickte auf den See hinab, auf dem allmählich die Eisschicht dahinschmolz. Selbst in der Dämmerung sah sie die Binsen, die darin eingefroren waren, Fische, die schlafend am Grund standen, ein winziges Rinnsal Wasser. Ihre Augen waren ein Segen, aber im Moment fühlten sie sich eher wie ein Fluch an.

Eine Berührung an ihrem Arm ließ sie herumwirbeln. Ryan stand hinter ihr und blickte sie nachdenklich an.

»Ich habe mich ausgeruht und nun ... solltest du ruhen.« Er nickte in Richtung einer Tür. »Es gibt ein sehr schönes Badezimmer. Nimm ein Bad, Alice!«

»Ist das ein Befehl?«

Er lächelte.

Verdammt, warum tanzten die Goldsprenkel in seinen Augen? Warum klopfte ihr Herz wie wild?

Zu allem Überfluss hauchte er noch einen Kuss auf ihren Scheitel.

Alice streckte unauffällig die Hand nach der Fensterbank aus, um sich festzuhalten.

Ihre Knie fühlten sich plötzlich verdächtig wackelig an.

Ryan schien davon nichts mitzubekommen. Er trat lächelnd einen Schritt zurück.

»Und was tust du in der Zeit?«, schaffte sie es zu sagen.

»Ich habe gesehen, dass es eine kleine Boutique im Erdgeschoss gibt. Ich will mir eine zweite Kleidergarnitur kaufen.«

»In Ordnung. Dann ... bis gleich.«

»Ja, bis gleich.«

Alice blickte ihm schweigend nach, bis er die Suite verlassen hatte, dann sank sie auf die breite Fensterbank. Die Heizung darunter wärmte ihren Hintern auf angenehme Weise, während sie wieder zu Atem kam.

Das würde ja noch fehlen, dass so ein 120 Jahre alter Kerl ihr den Kopf verdrehte! Gerade jetzt auch noch, wo ihr Leben doch sowieso schon völlig ... verdreht war!

Alice versuchte, den ziemlich hartnäckigen Gedanken abzuschütteln, und strebte auf das Badezimmer zu. Hinter der Tür erwartete sie ein kleiner Spa-Tempel aus weißem Marmor. Es gab sogar einen Whirlpool. Sie schloss die Tür hinter sich, verriegelte sie - auch wenn es vielleicht ein bisschen paranoid war - und griff nach den goldenen Wasserhähnen.

*

Alice bemerkte erst, dass sie in der Wanne eingeschlafen war, als sie das eisigkalte Wasser weckte.

Sie zitterte ein wenig und die Kälte hatte sich so in ihre Glieder gefressen, dass sie sich für einen Moment kaum bewegen konnte.

Schnell zog sie den Stöpsel aus der Wanne und ließ heißes Wasser nachfließen. Dann schlang sie die Arme um die Knie und wartete ab, bis sich ihre Körpertemperatur wieder normalisierte.

Sie wollte auf die Uhr blicken, doch im Badezimmer gab es keine.

Vermutlich hatte sie mindestens eine Stunde im Wasser gelegen.

Alice erhob sich etwas umständlich, angelte nach einem großen Badetuch und wickelte sich darin ein. Wenigstens hatte sie sich das Haar schon gewaschen, bevor sie eingeschlafen war. So war wenigstens das erledigt.

Als sie in die hoteleigenen Pantoffeln schlüpfte und vor den Spiegel trat, war es nebenan mucksmäuschenstill. Entweder Ryan war ebenfalls eingeschlafen, oder er war gar nicht in der Suite.

Nervosität befiel sie und sie fragte sich unwillkürlich, ob ihnen der Bischof folgte und auflauerte; oder ob er jetzt, wo er das Buch und womöglich Sirius hatte, andere Pläne verfolgte.

Sie versuchte, die bedrückenden Gedanken beiseite zu schieben, putzte sich die Zähne, föhnte ihr Haar und zog sich Unterwäsche an. Dann öffnete sie leise die Tür und vergewisserte sich, dass Ryan nicht im Zimmer war.

Und tatsächlich: Ryan war nicht da. Allerdings erwartete sie etwas ganz anderes, als sie ihr Schlafzimmer betrat.

»Großer Gott«, murmelte sie und trat näher.

Auf der Bettdecke ausgebreitet lag das wahrscheinlich schönste Kleid, das sie seit langem gesehen hatte. Es war dunkelblau. Je nachdem, wie das Licht darauf fiel, hätte man es auch für schwarz halten können.

Es war aus Seide, lang und ärmellos.

Gerade als Alice an die Temperaturen (etwa um den Gefrierpunkt) dachte, fiel ihr eine Schachtel neben dem Kleid auf.

Sie öffnete sie. Zum Vorschein kam eine Pelzstola. Darauf lag ein Briefchen.

Alice las:

Dieser Pelz ist synthetisch.

Die moderne Welt hält also doch einige Wunder bereit.
Ich erwarte dich im Restaurant.
R.

Unwillkürlich musste Alice lächeln. Sie fragte sich, ob er gewusst hatte, dass sie niemals einen echten Pelz getragen hätte.

Wieder glitt ihre Hand über das Kleid.

War das ein Rendezvous? Oder wollte Ryan einfach nur galant sein und ihr eine Freude machen; ein wenig Ablenkung bieten von den ganzen Sorgen, die sie seit wenigen Tagen belasteten?

Alice wusste es nicht, aber dafür wusste sie eines mit Sicherheit: Sie konnte es kaum erwarten, Ryan in diesem Kleid zu treffen.

*

Da Ryan keine Zeit auf seiner Notiz vermerkt hatte, wusste Alice nicht, ab wann er sie im Restaurant erwartete. Doch als sie endlich ihre Haare trocken und aufgesteckt hatte und in das wunderschöne Kleid geschlüpft war, verriet der Blick auf die Uhr, dass es bereits nach Acht war.

Sicher nicht die schlechteste Zeit für ein Abendessen.

Also warf sie noch einen letzten Blick in den Spiegel, sprach sich selbst Mut zu und ging hinunter.

Das Restaurant war nicht zu verfehlen.

Rechts von der Lobby gab es eine Glaswand, hinter der runde Tische in schönen Pastellfarben eingedeckt waren. Durch eine weitere Glaswand hatte man Blick auf den See, der beleuchtet war.

Der Anblick war so schön, dass Alice Ryan direkt übersah, bis sich etwas an der Bar bewegte.

Er trug ein Dinnerjacket über seiner dunklen Jeans. Sein Haar war geschnitten. Es musste im Hotel offenbar einen Friseur geben.

Alice bemerkte erst, dass sie ihn wie hypnotisiert anstarrte, als sich hinter ihr jemand räusperte. Ein Pärchen in den Fünfzigern lächelte und gab ihr höflich zu verstehen, dass sie den Eingang zum Restaurant blockierte.

Eine Entschuldigung murmelnd ging Alice weiter und schlängelte sich zwischen zwei Tischen hindurch in Richtung Ryan. Sie spürte, wie sie von allen Seiten angestarrt wurde, und konnte nur hoffen, dass das ein gutes Zeichen war.

Einmal war sie zu einem Date gegangen und hatte ein Stück Toilettenpapier im Hosenbund stecken gehabt; glücklicherweise ein sauberes!

»Alice ...« Der Tonfall, mit dem Ryan ihren Namen aussprach, gab Anlass zur Hoffnung.

»Bin ich zu spät?«, fragte sie, während er nach ihrer Hand griff und sie anhob, Alice dabei von oben bis unten mit staunendem Blick betrachtete.

»Nein, überhaupt nicht. - Du bist ...« Er stockte.

»Rechtzeitig?«

»Bezaubernd.«

»Oh.« Sie schluckte und wusste nicht, was sie sagen sollte. Ob sie überhaupt schon einmal jemand bezaubernd genannt hatte? »Danke.«

Er lächelte. »Komm.«

Alice ließ sich an einen Tisch führen und Ryan zog ihr den Stuhl zurück, damit sie sich setzen konnte.

Sie lachte leise.

»Was?«, fragte er lächelnd.

»Du bist ein wahrer Kavalier.«

»Ist das etwas Schlechtes?«

»Etwas ziemlich Gutes eigentlich.«

»Na, dann ...« Er setzte sich ihr gegenüber und reichte ihr eine der beiden Speisekarten.

Alice klappte sie auf und staunte nicht schlecht. »Da stehen keine Preise«, stellte sie mit gedämpfter Stimme fest.

»Weil die Preise für dich uninteressant sind.«

»Das klingt jetzt schon eher nach Macho als nach Kavalier.«

»Alice ...« Er senkte die Karte und blickte sie über den Tisch hinweg an. »Gib mir doch die Möglichkeit, mich ein bisschen für deine Hilfe zu bedanken.«

»Ich habe doch gar nichts getan.«

»Du hast mich aus diesem Buch befreit.«

»Ich weiß ja nicht einmal, wie ich das fertiggebracht habe.«

»Dennoch ist es so.« Sein Lächeln wurde matt und sein Blick verdüsterte sich. »Ich habe es dir noch nicht gesagt, aber während der Zeit ... dort ...« Er schüttelte den Kopf. »Ich kann es nicht beschreiben, da ich kein Zeitgefühl hatte, vielleicht überhaupt kein Gefühl, bis auf eines.«

»Welches?«

»Es war wie ein Ziehen. Ein Sog. Etwas ... Starkes.«

Alice fixierte ihn. »Ein Sog wohin?«

»Ich weiß es nicht genau, aber tief in mir war die Gewissheit, dass ich ihm widerstehen musste; dass ich ihm nicht nachgeben durfte.« Er schwieg für einen langen Augenblick und lächelte dann. »Dank dir war ich nicht lange genug dort, um versagen zu können. - Ich glaube, ich nehme den Fisch.«

Alice blinzelte langsam und versuchte, ihre Synapsen auf Tour zu bringen, die von dem raschen Themenwechsel etwas angegriffen waren. Sie blickte wieder hinab auf die Speisekarte und musste sich eingestehen, dass sie einige Dinge darauf nicht einmal aussprechen konnte.

»Ich nehme die Nudeln«, verkündete sie daher, klappte die Karte zusammen und legte sie in Ryans ausgestreckte Hand.

Ryan bestellte für sie beide und kannte sich - ganz im Gegensatz zu Alice - offenbar mit Wein aus, denn er besprach die Weinkarte mit dem Kellner und entschied sich schließlich für einen spanischen Rotwein für Alice und für sich selbst nahm er einen Weißwein. Er stammte aus Australien, was Ryan besonders spannend fand.

»Ich hoffe, es stört dich nicht, dass ich den Wein für dich ausgesucht habe.«

Alice lächelte. »In diesem speziellen Zusammenhang darf gerne jemand für mich entscheiden, der mehr Ahnung hat als ich selbst.«

»Prima.« Er nickte hinaus Richtung See. »Ich weiß nicht, ob mir dieser Ausblick so schön vorkommt, weil ich so lange im Nichts verbracht habe ...«

Alice betrachtete sein Profil, während sein Blick hinaus auf den See gerichtet blieb. »Er ist wirklich ziemlich schön. Apropos ...« Sie lächelte. »Vielen Dank für das Kleid.« Während sie die Stola auf die Lehne des Stuhls gleiten ließ, spürte sie Ryans Blick auf sich. Ihr wurde warm; ... und ein bisschen schwindelig.

Plötzlich lachte er leise und schüttelte den Kopf. »Tut mir leid, ich weiß nicht, was in dieser Zeit ... adäquat ist;

was man zu einer Frau sagen darf.«

Ihr Puls legte noch eine Schüppe drauf. »Du kannst sagen, was auch immer du möchtest.«

Er beugte sich ein wenig nach vorne. »Vielleicht kann ich sagen, dass dir dieses Kleid nicht im Geringsten gerecht wird. Vielleicht ... kann ich sagen, dass es nicht einmal ansatzweise so weich und glatt ist, wie deine Haut. Du schmeichelst diesem Kleid. Du schmeichelst allem, das glücklich genug ist, in deiner Nähe sein zu können.« Seine dunklen Augen wirkten in diesem Augenblick fast schwarz. »Wäre es vermessen, dich darum zu bitten, deine Hand berühren zu können?«

Alice schluckte trocken. Hinter ihrer Stirn drehte sich alles und sie fragte sich, warum diese Frage in ihrem Kopf nach so viel mehr klang.

Vorsichtig legte sie die Hand auf den Tisch, schob sie in Ryans Richtung und blickte ihn offen an. Als seine Fingerspitzen sie berührten, war es wie ein Stromschlag, intensiv und intim, als hätte er nicht ihre Fingerknöchel berührt, sondern als hätte er ihr die Kleider vom Leib gerissen und sie unter sich in ein weiches Laken gedrückt.

Sie musste einen Moment die Augen schließen, um sich von diesem Bild zu erholen.

Währenddessen glitt Ryans Hand über ihre, bedeckte sie, umschloss sie. Dann, plötzlich und viel zu schnell, zog er sich zurück.

Als Alice die Augen öffnete, lächelte er, wirkte dabei aufgewühlt.

»Danke«, sagte er schlicht.

Alice, die das Gefühl hatte, sich ihrerseits bedanken zu müssen, lächelte ebenfalls und stellte überrascht fest, dass sich ihre Ohrspitzen rot verfärbten.

Unwillkürlich fragte sie sich, ob Ryan in diesem Augenblick nur an ihre Fingerknöchel gedacht hatte, oder -

»Madame?«

Ohne, dass sie es bemerkt hatte, war der Kellner an ihren Tisch getreten.

Alice lehnte sich zurück, um den Tisch freizumachen, stellte dann jedoch fest, dass er keine Teller in der Hand hatte.

»Ja?«, fragte sie verwundert.

»Ich habe eine Nachricht für Sie.«

Er streckte ihr einen zusammengefalteten Brief entgegen, den sie reichlich perplex entgegennahm.

»Von wem stammt die Nachricht?«, wollte Ryan wissen.

»Ein junger Mann, Monsieur. Er hat es am Empfang abgegeben.«

»Ist er noch da?«

»Nein, er musste wohl fort.«

Ryan nickte. »Danke sehr.«

Der Kellner verzog sich und Ryan blickte Alice auffordernd an. Mit klammen Fingern faltete sie den Brief auseinander.

»Und?«

»Ich weiß, wo das Buch ist. Treffen Sie mich im Pavillon am See. - M.«, las sie vor und konnte nicht verhindern, dass eine Gänsehaut ihren Rücken emporkroch.

Ryan sprach aus, was sie selbst dachte. »Eine Falle.«

Panik rollte durch Alices Adern. Sie blickte durch die gläserne Wand hinab auf den See, entdeckte den Pavillon, doch niemanden darin oder daneben.

»Kannst du jemanden sehen?«

Sie schüttelte den Kopf.

»Könntest du es, wenn jemand dort draußen wäre?«

»Ja.«

»Dann beobachtet uns derjenige.«

»In diesem Moment?«

Ryan nickte langsam. »Zumindest nehme ich es an.«

Sie atmete zittrig ein, versuchte, einen kühlen Kopf zu bewahren. »Wer sonst könnte es sein?«

»Ich weiß es nicht. - Wer sonst könnte vom Buch wissen?«

»Niemand außer uns. Oder?«

Er gab ein Achselzucken von sich und nahm Alice den Zettel ab. »Eine junge Handschrift?«

Alice linste auf den kleinen Brief. »Würde ich sagen.«

»Der Bischof würde anders schreiben, nehme ich an.«

»Er hätte sich die Nachricht schreiben lassen können.«

»Auch wieder wahr.«

Ryan blickte sie durchdringend an. »Willst du hingehen?«

»Haben wir denn eine Wahl? - Der Bischof hat Sirius, wenn er noch lebt.«

»Dann will er uns erpressen.«

»Was könnte er von uns wollen?«

»Dass wir in das Buch gehen, natürlich.«

Alice rieb sich die Arme. Obwohl es im Restaurant warm war, fröstelte sie plötzlich.

»Alice, hör mir zu!«

Sein eindringlicher Tonfall ließ sie aufsehen.

»Wir gehen nirgendwohin, hörst du? Wir überstehen diese Situation und sorgen dafür, dass dieser Hurensohn nie wieder jemandem Schaden zufügen kann.«

Alice starrte ihn an. Irgendwie war es surreal, das Wort *Hurensohn* aus Ryans Mund zu hören. Sie nickte.

»Ich habe zwar keine Ahnung, wie wir das anstellen, aber

... ich stimme dir ganz optimistisch zu.«

»Gut.«

»Und was machen wir jetzt?«

»Warte kurz!«

Ryan stand auf und ging zu dem Kellner hinüber, der den Brief überbracht hatte. Sie wechselten ein paar Worte, der Kellner nickte und Ryan kam zum Tisch zurück. Er streckte ihr eine Hand entgegen. »Komm!«, sagte er dabei.

Etwas perplex ließ sie sich auf die Füße ziehen. »Was hast du vor?«

»Wir ziehen uns um und gehen nach draußen.« Nach der Restauranttür blieb er stehen und sein Blick veränderte sich, während er über Alice glitt. »Wer auch immer uns diese mysteriöse Nachricht hat zukommen lassen, er wird dafür büßen, dass er mich unterbrochen hat.«

Sie blinzelte. »Unterbrochen wobei?«

Er sog tief die Luft in seine Lungen und dann, ohne Vorwarnung schob er sie gegen die verspiegelte Wand des Foyers und küsste sie.

Alice war so perplex, dass sie der unwillkürlichen Reaktion ihres Körpers nicht widersprach.

Während Ryan sie zwischen sich und der Wand gefangen hielt, um ihre Lippen mit seinen zu verschließen, stockte ihr der Atem. Ihre Muskeln wurden weich und nachgiebig und sie ertappte sich dabei, wie sie sich ziemlich schamlos gegen den harten Männerkörper schmiegte, der sie so unerwartet in Besitz nahm.

Ryan gab ein tiefes Geräusch von sich, als er Alices Reaktion spürte und teilte ihre Lippen mit seiner Zunge.

Ein lustvoller Stromstoß jagte durch ihren Körper und explodierte in ihrem Unterleib. Sie hörte sich seinen

Namen flüstern und spürte, wie ihn ein Schauder überlief.

Doch ganz plötzlich erstarrte er. Er löste sich von Alice, die atemlos die Augen öffnete.

Sie blickte in sein Gesicht, das angespannt war; völlig verändert, als läge er auf der Lauer.

»Was ist?« Sie flüsterte unwillkürlich.

»Irgendjemand ... ist hier.«

Ihr Puls explodierte. »Hier? Wo hier?«

Er ließ sie los und richtete sich auf. »Hinter uns.«

Dann drehte er sich langsam um. Alice machte einen halben Schritt zur Seite, um an ihm vorbeizusehen, und traute ihren Augen nicht.

Vor der Tür stand ein kleines Mädchen. Es trug ein weißes Kleid und hatte dunkle Locken, die ihr tief auf den Rücken fielen. Ihre Augen waren groß und dunkel, die Haut fast weiß. Sie war regungslos und starrte einfach zu ihnen herüber.

Und das Merkwürdige war, dass niemand außer Alice und Ryan sie zu bemerken schien. Menschen gingen vom Foyer hinauf auf ihre Zimmer, oder ins Restaurant, einige gingen sogar durch die gläserne Eingangstür, streiften sie dabei beinah und wichen ihr doch nicht aus, als ... würden sie sie gar nicht sehen.

»Wie hast du sie bemerkt?«

»Ich weiß nicht.« Ryan starrte zu ihr hinüber, schaffte es offenbar nicht, den Blick abzuwenden. »Ich habe sie gespürt. Ganz deutlich.«

»Wie ist das möglich?«

»Ich glaube, sie ist aus dem Buch.«

Alice riss die Augen auf. »Du meinst, sie ist auch entkommen?«

»Nein.« Ryan blickte sie aus seinen dunklen Augen an.

»Ich meine, man hat sie geschickt.«

Eine Gänsehaut kroch über Alices Nacken. Und als hätte das Mädchen Ryans Worte gehört, wirbelte sie herum und lief davon.

Und Alice und Ryan taten genau das, was vermutlich derjenige beabsichtigte, der sie geschickt hatte:

Sie liefen ihr nach.

IV

»Wo ist sie hin?«

Alice war Ryan nach draußen gefolgt. Doch obwohl das Mädchen nur Sekunden Vorsprung hatte, war es wie vom Erdboden verschluckt. Sie blieben stehen, sahen sich im spärlichen Licht der Laternen um.

Alice kniff die Augen zusammen. Wenn es jemanden gab, der sie entdecken konnte ...

»Dort!«, rief sie aus. »Am Wasser.«

»Ich sehe sie nicht.«

»Aber ich. - Komm!«

Sie liefen hinab zum Ufer des Sees und als sie es erreichten, stand sie einfach nur da und starrte sie an.

Ryan trat einen Schritt nach vorne.

»Wer bist du?«

Das Mädchen starrte zu ihm empor.

Sie blinzelte nicht, das war Alice am unheimlichsten.

»Warum bist du hier?«, versuchte es Ryan noch einmal. »Hat der Bischof dich geschickt?«

Noch immer sprach sie nicht, doch Alice hatte den Eindruck, dass sich ihr Blick veränderte. Etwas darin wirkte ... flehend.

»Er stellt uns eine Falle«, sagte sie leise zu Ryan.

»Ich weiß.«

»Aber-«

»Das Mädchen. Sie ist ... real. Sie ist gefangen in dieser Zwischenwelt, genau wie ich es war. - Wir müssen ihr helfen.« Er machte noch einen weiteren Schritt auf sie zu, ging vor ihr langsam in die Knie, während Alices Blick nervös umher flirrte. »Ich werde dich befreien, hörst du?«

Er streckte die Hand aus, um ihren Arm zu berühren, doch seine Finger glitten einfach durch sie hindurch, als wäre sie eine Luftspiegelung.

Alice trat einen Schritt zurück, doch Ryan verharrte unbeirrt.

»Ich weiß, dass du da bist, Kleine. Ich hole dich da raus. Ich verspreche es dir!«

Und dann bewegte sich ihr Kopf ein wenig. Es war fast ein Nicken.

»Sie sollten keine Versprechungen machen, die Sie nicht halten können, Mister Somerset.«

Alice fuhr herum, sah aus dem Augenwinkel, dass sich Ryan nicht bewegte.

Vor ihr stand der Mann mit der dunklen Kapuze, der im Laden gewesen war und das Buch hatte kaufen wollen.

Als hätte er ihre Gedanken gehört, lächelte er. »Sie hätten es mir verkaufen sollen, Miss O'Rourke. Dann wäre all das nicht passiert. Dann ... würde all das nicht passieren.«

Wut rollte durch ihre Adern.

»Ficken Sie sich ins Knie!«, rief sie aus und war davon fast genauso überrascht, wie Ryan, der sich neben ihr aufrichtete. »Die Kleine ist fort.«

Alice blickte zu ihm auf, versuchte, das Beben ihres Körpers zu unterdrücken.

»Und jetzt?«

»Jetzt sind mir zwei sehr talentierte Sinne in die Falle getappt«, kam es selbstzufrieden von vorne. Alice bemerkte seine Hände, die zu Fäusten geballt waren. Ihr fielen die Falten um die Augen auf; die eingefallenen Wangen, die zumindest für sie auch in der Dunkelheit zu sehen waren.

Er war hungrig. Der Gedanke schoss ihr durch den Kopf. Er war geschwächt. Er brauchte sie, wie ein Hungernder ein Stück Brot brauchte. Und vielleicht war genau das die Möglichkeit, wie sie ihn überwältigen konnten.

Ryan stand dicht neben ihr. Seine Hand berührte wie zufällig die ihre, doch sie wusste, dass die Berührung nicht zufällig war. Seine Fingerspitzen tippten gegen ihre Handfläche.

Und irgendetwas sagte ihr, dass es eine auffordernde Geste war.

»Wo ist Sirius?«, fragte Alice.

Wieder ein Lächeln. »An einem sicheren Ort.«

»Sicher für ihn?«

»Sicher für uns alle.«

»Sie sind ein verfluchter Hurensohn, wissen Sie das?«

Ryan versteifte sich etwas neben ihr, doch da er keine weiteren Handberührungen anstrebte, machte sie es wohl im Ansatz richtig.

Der Bischof starrte sie an, die Knöchel an seinen Händen traten weiß hervor, so sehr ballte er die Fäuste.

»Du liederliches, kleines -«

»Was? Wollen Sie mich beleidigen? - Freundchen, ich habe ein paar hundert Jahre Vorsprung, was Schimpfwörter angeht. Glaub mir, ich könnte dir Sachen an den Kopf werfen, da glühen dir die Ohren. Apropos Kopf, du siehst richtig mies aus. - Schwach. Jämmerlich.« Sie sah, wie die Ader an seiner Stirn hervortrat. Er wollte sie angreifen, das stand außer Frage, doch irgendetwas hielt ihn zurück. »Na, was denn? Wo ist denn das tolle Buch? - Was denn? Ich dachte, das wird gebraucht, um uns zu Sklaven deines ewigen Lebens zu machen!«

»Zu meiner Zeit hätte ich eine vorlaute Göre wie dich

auf den Scheiterhaufen geschickt.« Seine Hände zitterten, seine Haut verfärbte sich gräulich.

»Deine Zeit ist schon verdammt lange vorbei. Im Grunde ... ist sie abgelaufen! Und gerade in diesem Moment könnte ich mir nichts Erbaulicheres vorstellen, als dich zu Staub zerfallen zu sehen!«

»Du kleine Hure!«

Und dann geschah etwas, das Alice noch mehr überraschte, als wenn sich der Bischof in Luft aufgelöst hätte: Ryan versetzte ihm einen Faustschlag ins Gesicht; und er tat es mit solcher Inbrunst, dass der Körper des Bischofs nach hinten geschleudert wurde. Eine sehr menschliche Reaktion auf eine menschliche Geste.

Alice schrie auf vor Schreck, als Ryan sich auf denjenigen stürzte, der ihm 100 Jahre seines Lebens gestohlen hatte. Doch dann hielt er plötzlich inne.

Er packte in die schwarze Kutte und als er sie in die Luft hob ...

»Er ist weg«, hauchte sie atemlos, sah sich unwillkürlich um, bevor sie wieder auf Ryan hinabblickte.

Er hockte atemlos auf den Knien und starrte auf den dunklen Stofffetzen in seinen Händen.

»Ryan.« Als sie ihre Hand auf seine Schulter legte, zuckte er zusammen, als hätte er völlig vergessen, dass sie auch dort war. »Ist alles in Ordnung?«, fragte sie, obwohl zumindest was sie betraf, nichts in Ordnung war.

Er deutete ein Nicken an, das er nicht zu Ende brachte.

»Dieses Mädchen«, sagte er dann, »sie ist dort. In diesem bodenlosen, kalten Nichts. Er hält sie sich wie Vieh, um sein widernatürliches Leben zu verlängern. Ihre Eltern sind tot, genau wie meine es sind. Ihr Leben, er hat es ihr genommen, und zwar auf mehr als eine Art, dieses verfluchte ... Monstrum.«

Alice ging neben ihm in die Hocke und umarmte ihn.

Ryan erwiderte die Berührung nicht, doch sie spürte, dass sein rasender Herzschlag sich ein wenig beruhigte.

Sie hatte keine Ahnung, ob sie das Mädchen retten konnten, deswegen sagte sie nichts dazu, stattdessen fragte sie:

»Kannst du dir erklären, warum er ...uns hat gehen lassen? Warum er uns nicht in das Buch gelesen hat? Wäre das nicht einfach gewesen? - Du sagtest doch, damals bei dir, da wäre alles so schnell gegangen.«

Ryan sammelte sich etwas und Alice stellte fest, dass er es schaffte, sich auf ihre Frage zu fokussieren. »Das stimmt, aber ...« Er deutete ein Kopfschütteln an, während er die Kutte losließ. »Ich glaube, er hatte nicht die Kraft dazu.«

Sie starrte hinab auf den dunklen Stofffetzen. »Er wirkte geschwächt.«

»Er war geschwächt. Er hat sich beinah einhundert Jahre von meiner Energie genährt und hatte genauso lange keine Möglichkeit, das Buch zu finden und es mit weiteren Leben zu ...«

»...füttern?«

Er nickte. »Stattdessen hast du mich daraus befreit, hast dem Bischof damit zusätzliche Energie geraubt.«

»Das ist ja schön und gut, aber ... was fangen wir jetzt mit dieser Information an?«

»Ich würde sagen ...« Er stand auf und verzog das Gesicht zu etwas, das mit viel Fantasie ein Lächeln sein konnte. »... wir sind auf dem richtigen Weg. Ansonsten hätte er nicht versucht, uns abzufangen. Aber jetzt, wo er begriffen hat, dass ihm das nicht gelingt, wird er nur noch ein Ziel haben.«

»Das Gegenstück des Buches im Vatikan.«

Ryan nickte und nahm ihre Hand. »Wir sollten uns beeilen.«

*

Wie nicht anders zu erwarten, verlief der Abend ab da keineswegs mehr wie geplant. Anstelle eines köstlichen Abendessens an einem malerischen See und anschließender, aufregender Unvorstellbarkeiten, packten sie in Windeseile ihre Sachen zusammen, zogen sich an und fuhren los. Als sie sich auf die Hauptstraße einfädelten, war es bereits nach Mitternacht.

Ryan hatte wenig gesprochen und starrte hinaus auf die Straße, auf der ihnen um diese Zeit nur selten Autos entgegenkamen.

Alice fuhr, versuchte, nicht auf das Navigationsgerät zu achten, das ihnen eine ganze Tagesreise voraussagte, vorausgesetzt, sie machten keine Pause.

»Du solltest mir zeigen, wie man den Wagen fährt.« Das waren Ryans erste Worte seit Abfahrt um kurz vor zwei Uhr morgens.

Alice war sich nicht sicher, ob ihm aufgefallen war, dass sie ein paarmal schier eingenickt war und sich wiederholt in die Hand gekniffen hatte, damit der Schmerz sie wachhielt.

»Sicher?«, fragte sie.

»Ja. Ich habe dir zugesehen und glaube, die Grundzüge verstanden zu haben. Im Grunde ... sind die Abläufe sogar einfacher, als mit den Automobilien unserer Zeit, aber die

Geschwindigkeit ist hoch und ich sollte ein Gefühl dafür entwickeln.« Er blickte sie fest an. »Du musst schlafen und wir wollen keine Zeit verlieren.«

Sie nickte. Plötzlich lag eine Spannung zwischen ihnen in der Luft, die nichts mit dem Bischof zu tun hatte. Alice fuhr auf einen Supermarktparkplatz und stieg aus, tauschte mit Ryan die Plätze.

»Kann ich dich etwas fragen?«

Er hob den Blick. »Natürlich.«

»Du bist so still.«

»Es ist mitten in der Nacht.«

»Das ist aber nicht der Grund.« Alice schüttelte den Kopf. »Und es hat auch nichts mit dem Bischof zu tun, zumindest nicht nur. Es ... liegt an mir, oder?«

Dass er nicht sofort antwortete, war ihr Antwort genug.

»Hör mal ...« Sie holte tief Luft. »Ich bin kein kleines Mädchen mehr, ich verstehe ja, du ... warst lange allein. Und es ist ja auch nur menschlich, sich nach so langer Zeit nach jemandem zu sehnen. Wenn es dir nichts bedeutet hat, also ich meine ... wenn es eben das ist ... ich bin dir nicht böse, falls du -«

Seine Hand fuhr so blitzschnell vor und packte ihr Handgelenk, dass sie regelrecht zusammenfuhr. Als sie Ryans Blick fand, waren seine Augen fast schwarz. Etwas Gequältes, Drängendes lag darin.

»Sag so etwas nicht! - Sag so etwas nie wieder!«

Perplex wegen der Heftigkeit seiner Reaktion deutete sie ein Kopfschütteln an. »Tut mir leid, ich wollte dir nur -«

»Was? Die Absolution erteilen? - Vielleicht funktioniert das in dieser Welt so! Heutzutage! - Aber ich habe nichts mit dieser moral- und geschmacklosen Welt zu schaffen, auch wenn ich gezwungen bin, in ihr zu leben. Wenn ich dich küsse, dann tue ich es nicht aus einem aufgestauten Trieb heraus. Ich tue es, weil ...«

Alice starrte ihn erwartungsvoll an. »... weil?«

Er ließ ihr Handgelenk los und holte tief Luft. »Ich weiß ja, dass du kein unerfahrenes, kleines Mädchen bist. Und ich streite auch nicht ab, dass ich mir Nähe wünsche. Aber weder beliebig noch billig noch bedeutungslos. - Vielmehr ist es so, dass ich gerne in deiner Nähe bin. Und dass ich dich küssen will. Und dass ich dich berühren will. Und ... all das.«

Alice spürte, dass ihre Handflächen etwas feucht geworden waren. »All das?«, fragte sie nach, wobei ihre Stimme eine Spur zu hoch war.

»Ich bin ein Mann der Zwanzigerjahre des vorigen Jahrhunderts. Wenn du ernsthaft glaubst, dass ich die Begrifflichkeit *all das* hier und jetzt näher ausführe, dann bist du nicht bei Verstand!« Wieder griff er nach ihrer Hand, sanfter diesmal. »Ich will damit nur sagen, dass es mir ernst ist. Und dass ich hoffe, dich für mich gewinnen zu können, fernab von allem, was ohne Bedeutung ist.«

Noch ehe Alice die Möglichkeit hatte, auf seine Worte zu reagieren, ließ er sie los, um seine Hände aufs Lenkrad zu legen. »Also, soll ich jetzt einen Gang einlegen? - Alice?«

»Hm?« Sie fühlte sich ein wenig überfahren; aber irgendwie ... auf die gute Art. Falls das überhaupt möglich war.

»Gang einlegen?«

»Ja, ... ja, genau. Den ersten.«

Ryan folgte dem Schaubild auf der Gangschaltung, woraufhin das Getriebe ein grässliches Geräusch von sich gab.

»Kupplung!«, rief Alice aus. Das Geräusch holte sie ein respektables Stück zurück in die Realität. »Du musst gleichzeitig die Kupplung drücken. Das ist das Pedal ganz links.« Sie zeigte in den Fußraum. »Ja, genau, das da. Und jetzt den Gang. - Genau. Und jetzt kannst du die Kupplung -« Der Wagen machte einen Satz nach vorne, der Motor ging aus.

Alice wurde hart in den Gurt gezogen, den sie glücklicherweise trug. Ihr Blick glitt langsam und vorwurfsvoll zu Ryan. Plötzlich empfand sie Mitleid für alle Fahrlehrer dieses Planeten.

»Du musst mich ausreden lassen.«

»Ich dachte, du wärst fertig!«

»War ich aber nicht!« Sie verzog das Gesicht und holte vielleicht eine Spur zu melodramatisch Luft. »Also nochmal von vorne. Fuß auf die Kupplung. Wagen anlassen. Und dann die Kupplung langsam kommen lassen, während du dafür aufs Gas trittst. Langsam! Mit Gefühl. - Los!«

Er warf ihr einen grimmigen Blick zu. »Diesen Befehlston mag ich gar nicht!«

»Dann fahr vernünftig! - ja, so ist's gut! Und wenn der Wagen bei etwa 2.500 Umdrehungen ist, dann schaltest du in den nächsten Gang. Dafür trittst du auch wieder auf die Kupplung - vorsichtig Kurve! - ... auch wieder auf die Kupplung und trittst dann wieder aufs Gas. Wenn du bremsen musst, immer Bremse und Kupplung zusammen, sonst stirbt der Motor ab.« Das sagte sie in genau dem Augenblick, da Ryan vor dem Supermarkt bremste, natürlich ohne Kupplung, und der Wagen mit einem letzten Bocksprung abstarb.

Alice ließ sich zurück in den Sitz fallen und schloss für einen Moment die Augen. »Großer Gott, steh uns bei!«

Einige Panikattacken und Todesszenarien später war Ryans Fahrstil gar nicht mehr so schlecht; wenigstens passabel.

Zumindest ... war sich Alice sicher, dass es auf Frankreichs Straßen einige Rentner und Halbblinde gab, die schlechter fuhren als er. Auch wenn sie betete, dass sie denen nie begegneten.

Gegen halb vier Uhr morgens sank Alices Puls unter 100 und da sich ihr Körper anschickte, das Fahrstunden-Adrenalin abzubauen, wurde sie allmählich müde.

Obwohl sie es nicht wollte - wer wollte schon im Schlaf sterben? - nickte sie auf dem Beifahrersitz tatsächlich ein.

Eine Frauenstimme weckte Alice schließlich auf. Und sie verkündete emotionslos: »Ihre Route wird berechnet.«

Alice hob eine Braue und traf auf Ryans entschuldigenden Blick. »Ich hab versucht, es leiser zu stellen, aber ...«

»Kein Problem. Wie spät ist es?«

»Kurz vor Eins.«

Sie sah sich um. »Ein Uhr mittags?«

»Genau.«

»Was?«, rief sie aus. »Ich habe neun Stunden geschlafen?«

»Sieht so aus.«

»Und du bist neun Stunden Auto gefahren, ohne uns umzubringen?«

»Auch das trifft zu. Das heißt, ich habe zwei Mal den Wagen betanken lassen und habe uns etwas zu Essen gekauft.« Sein Gesichtsausdruck veränderte sich. »Die Frau im Geschäft hat mich angesprochen.«

Alice rieb sich den steifen Nacken. »Das soll schon mal vorkommen.«

»Nein, ich meine ...« Er griff in seine Tasche und streckte ihr einen Zettel hin. Darauf war eine Telefonnummer notiert.

»Du meinst, sie hat dich angemacht?«

Er nickte stumm.

»Willst du sie anrufen?«

»Nein!« Seine Empörung war höchst amüsant. »Eine unkultivierte Frau mit plumpem Lächeln! Ich habe Wildschweine gesehen, die zartere Haut hatten!«

Alice musste lachen. »Also keine Konkurrenz für mich?«

Er blickte sie fest an. »Für eine Frau, mit der es einem ernst ist, gibt es keine Konkurrenz! Allein der Begriff ist ... unwürdig.«

Auch wenn es etwas steif klang, war das ein ziemlich nettes Kompliment. Alice schob sich im Sitz ein wenig nach oben und nickte Richtung Rückbank. »Ist da das Essen versteckt?«

Er griff nach hinten und zauberte eine Papiertüte hervor. »Croissants. - Der Kaffee dazu ist leider kalt, fürchte ich.«

Alices Magen knurrte.

»Nehme ich trotzdem«, erklärte sie gleichzeitig und stürzte sich auf ihr sehr spätes Frühstück.

»Wo sind wir überhaupt?«, wollte sie wissen, nachdem sie das erste von zwei Croissants verdrückt hatte.

»Rom.«

Ihr fiel beinah der Kaffeebecher aus der Hand.

»Was?«

»Rom. Die ewige Stadt. Du weißt schon ...«

»Du bist bis nach Rom gefahren, während ich geschlafen

hab?«

»Ja.« Er zeigte auf das Navigationsgerät. »Vatikanstadt liegt nicht allzu weit entfernt, aber ...«

Sie sah die Müdigkeit in seinen Augen. »Wir suchen uns ein Hotel. - Du musst schlafen.«

»Ja, aber nicht zu lange. Höchstens bis Mitternacht.«

Alice hob eine Braue und Ryan gab ein Achselzucken von sich.

»Denkst du, die Schweizer Garde lässt uns einfach so passieren und erklärt uns noch den Weg in das geheime Archiv?«

»Wenn du es so sagst, klingt es eher unwahrscheinlich.«

»Und ich habe mich auch etwas über die Sicherheitsmaßnahmen informiert. Da wartet weit mehr auf uns, als nur die Schweizer Garde. Es gibt ausgeklügelte Sicherheitssysteme, tonnenschwere Metalltüren.«

»Und du meinst, wenn wir uns da um Mitternacht reinschleichen, dann schalten sie sie für uns aus?«

»Nein, aber ... ich habe einen Plan.«

»Einen Plan? Was für einen Plan?«

Er legte den Gang ein und nickte. »Lass uns zum Vatikan fahren und ein Hotel in unmittelbarer Nähe suchen.«

»Warum in unmittelbarer Nähe?«

»Ich kenne da jemanden mit außergewöhnlich guten Augen.« Er lächelte. »Und das werden wir uns jetzt zunutze machen.«

*

Alice war noch nie in Rom gewesen und die Kulisse, die sie nur aus Filmen und Büchern kannte, war beeindruckend.

Es gab nur ein einziges Hotel, das auf dem Staatsgebiet der Vatikanstadt zu finden war: Die Residenza Paolo IV.

Das Hotel hatte laut dem Schild neben der Eingangstür vier Sterne und war relativ klein. Das Gleiche galt auch für die Zimmer, die vermutlich ehemalige Klosterzellen waren.

Dafür war es aber ruhig und als Alice die Tür zum Balkon ihres Zimmers öffnete, blickte sie direkt auf den Petersplatz.

»Schöne Aussicht, nicht?«, fragte Ryan, der neben sie trat.

Alice lächelte. »Warst du schon einmal in Rom?«

»Nein. Du?«

»Nein.« Sie blickte zu ihm auf. Unter seinen Augen lagen dunkle Schatten und die Art, wie er langsamer als sonst blinzelte, zeigte, dass er völlig übermüdet war.

»Du musst schlafen, Ryan.«

Er lachte leise. »Darf ich vorher noch etwas essen?«

»Ausnahmsweise.«

Sie bestellten sich etwas zu Essen aufs Zimmer und schoben den kleinen Tisch vor das Fenster, um weiterhin die Aussicht auf den beleuchteten Petersplatz genießen zu können.

Alice betrachtete Ryans Gesicht. Er versuchte, trotz Müdigkeit offenbar konzentriert zu bleiben, während er nach draußen sah.

»Suchst du dort unten irgendetwas Bestimmtes?«, fragte sie lächelnd.

Ryan blickte sie nur kurz an, bevor er wieder hinabsah.

»Nicht Etwas, sondern Jemanden.«

Sie hob eine Braue. »Ach, und wann wolltest du mir das

erzählen?«

»Wenn ich sicher bin, dass es wirklich eine gute Idee ist.«

»Und jetzt bist du sicher?«

»Nein, jetzt stelle ich fest, dass ich wirklich keine bessere Idee habe.« Er sah zu ihr auf. »Vielleicht hast du eine.«

»Schwer zu sagen, solang ich nicht weiß, woran du denkst.«

»Ja, richtig.« Er rieb sich die Stirn und sah wieder nach unten, bevor er Alice ansah. »Ich habe im Internet gesucht und festgestellt, dass die heutigen Sicherheitsvorkehrungen und Schließsysteme deutlich über Schlösser und Wachhunde hinausgehen.«

»Kann man so sagen.«

»Und dass wir vermutlich ohne die entsprechenden Zugangsnummern nicht in die Bibliothek kommen.«

»Codes. - ja, das denke ich auch.«

»Ich schätze also, wir müssen uns diese Codes ... beschaffen.«

»Das klingt, als würde in dem britischen Gentleman einiges an krimineller Energie stecken.«

Er gab ein abwägendes Geräusch von sich.

»Sagen wir, manchmal heiligt der Zweck eben doch die Mittel.«

»Und von welchem Mitteln genau sprechen wir?«

Genau in diesem Augenblick sprang er vom Tisch auf, mit solcher Wucht, dass der Stuhl hintenüberkippte.

»Da!« Er zeigte hinab auf den Hof.

Alice erhob sich staunend und folgte seinem Blick. »Was da?«

»Der Mann dort unten.«

»Wer ist das?«

»Das ist der Erzbischof Jean-Baptist Machèz.«

Alice runzelte die Stirn und blickte hinab auf den Mann, der mit hochgeschlagenem Revers und eingezogenem Kopf durch die Kälte eilte. »Und das interessiert uns, weil ...?«

»Weil Erzbischof Machèz ein ganz besonderes Amt im Vatikan innehat.«

Sie sog genervt die Luft ein. »Wenn ich dir noch mehr aus der Nase ziehen muss, dann ...«

»Er ist der Archivar und Bibliothekar der vatikanischen Bibliothek.«

Alice stockte. »Tatsächlich?«

»Mhm.«

»Und du willst ihm seine Zugangsdaten abnehmen?«

»Ich nicht. Sondern du.«

»Ich?«

»Es gibt da einen Eintrag im Internet. Mehrere Beiträge, eigentlich. Es war beinah ein ... Skandal.« Ryan nickte hinab, wo Machèz gerade aus ihrem Blickfeld verschwand. »Wie es aussieht, ist der gute Erzbischof ein Lebemann. Er trinkt gern ein Gläschen Wein mehr zum Essen und findet durchaus Freude am weiblichen Geschlecht.«

»Am weiblichen ...«

»Es gab den Verdacht, dass er in seiner Gemeinde in Avignon eine Liaison mit einer jungen Frau hatte. Sie hat sogar ein Kind, von dessen Vater jede Spur fehlen soll. Der Gerüchteküche nach zu urteilen, war der Bischof im Gespräch. Es wurde eine Untersuchung durchgeführt.«

»Lass mich raten: Der brave Bischof wurde entlastet.«

»Selbstredend. Die Kirche kümmert sich schließlich um ihre Schäfchen. - Nichtsdestotrotz ist die Schwäche für junge, schöne Frauen unbestritten.«

Alice lehnte sich in ihrem Stuhl zurück und verschränkte

die Arme vor der Brust. »Und jetzt soll ich mit ihm ins Bett gehen und ihm danach die Schlüsselkarte klauen?«

»Ich dachte eher an etwas Harmloses. - Eine wissbegierige Studentin, die gerade an einer Arbeit über die vatikanische Bibliothek arbeitet, ein langer Blick in seine ... äh ... blauen Augen, eine Hand auf seinem Unterarm ...«

Alice verzog das Gesicht. »Igitt.«

»Wenn er dich mit in die Bibliothek nimmt, haben wir eine Chance.«

»Aber worauf? Er wird mir sicher nicht seine Codes und Schlüsselkarten schenken. Und wenn ich mit ihm reingehe, dann wird er mich doch keine Sekunde aus den Augen lassen. Wie soll ich da dieses Buch suchen, von dem ich noch nicht einmal eine Vorstellung habe, wie es auszusehen hat.«

»Mein Gott, du bist doch eine Frau!«

»Äh ...«

»Spiel ihm etwas vor! Verschaff dir Zeit! Sag, dir ist schlecht! Du musst zur Toilette! Bist unpässlich! Täusch eine Ohnmacht vor! Verdreh dir den Knöchel!«

Sie hob eine Braue. »Wer von uns ist eigentlich die Frau?«

Er zeigte mit dem Finger auf sie. »Das klären wir zeitnah.«

»Wie meinst du das?«

Ryan schob den Teller von sich. »Ich muss unbedingt ein wenig schlafen.«

»Du wirkst gar nicht müde.«

»Ich weiß. Es macht mich immer so unruhig, wenn ich übermüdet bin. Aber wenn wir bis morgen früh einen guten Plan haben wollen, muss ich mindestens vier bis fünf Stunden schlafen.« Er streckte die Hand über den

Tisch aus und es dauerte einen Moment, bis Alice begriff, dass er nach ihrer Hand griff. Sie legte ihre Finger auf seine und er umschloss sie vorsichtig, schloss für einen Moment die Augen. Alice beobachtete ihn, wie er langsam aus und einatmete. Es war beinah, als würde ihn die Berührung beruhigen. Dann lächelte er und öffnete die Augen.

»Bist du mir böse, wenn ich mich hinlege?«

»Nein, natürlich nicht.« Sie stand auf und blickte dann auf das Bett. Es war ein Doppelbett.

Ryan, der ihrem Blick gefolgt war, zeigte hinter sich. »Ich kann mich auf die Couch legen.«

»Das ist keine Couch, das ist ein Sessel.«

»Er wird es tun.«

»Ryan, das ist doch Blödsinn. Da ist ein riesengroßes Bett, in das wir beide passen. Genau genommen würden sogar noch zwei bis drei weitere Leute und eine Handvoll große Hunde hineinpassen.« Sie seufzte. »Du bist müde und ich schätze, es ist überhaupt kein Problem, dass du ein wenig schläfst, während ich zu ende esse und überlege, wie ich wohl einen steinalten Pfarrer anbaggern könnte.«

»Erzbischof.«

»Du verstehst den eigentlichen Punkt.«

Er nickte. »Verstehe ich. - Also da ich zu müde bin, um mich um einen unbequemen Sessel-Schlafplatz zu streiten, nehme ich das Angebot an und lege mich jetzt hin.«

Der Mann, den Alice als formvollendeten Gentleman kennengelernt hatte, war mittlerweile so müde, dass er Probleme beim Aufstehen hatte. Er schleppte sich hinüber zum Bett, trat sich auf dem Weg dorthin die Schuhe ab und ließ sich auf die Matratze fallen.

»Schon bequem diese modernen Betten«, nuschelte er in

das Laken. Dann war er eingeschlafen.

Alice stand regungslos neben ihrem allmählich kalt werdenden Essen und starrte auf Ryans durchaus beachtenswerte Kehrseite.

Gleichzeitig versuchte sie, all das in ihrem Geiste zu sortieren, was er gesagt hatte.

Sollte sie wirklich durch einen kühnen Flirt und eine aberwitzige Geschichte einem Erzbischof den Zugang zur vatikanischen Bibliothek abluchsen? War das nicht mehr als gewagt?

Allerdings, wenn man bedachte, warum und mit wem sie in den letzten drei Tagen von Dublin nach Rom gereist war, und was ihr Ziel war, passte es vielleicht ganz gut in ihr momentanes Verhaltensmuster.

Sie ging ins Badezimmer und warf einen Blick in den Spiegel. Das blonde Haar hatte viel zu lange keine Bürste mehr gesehen und war zu einem undekorativen Vogelnest mutiert. In ihrem Gesicht spiegelten sich Müdigkeit und Nervosität gleichermaßen. Ihre grünen Augen traten unnatürlich weit hervor, vermutlich weil sie in den letzten Tagen fast nichts gegessen hatte.

Ob sie so bei einem alternden Pfarrer landen konnte?

Naja, wenn man bedachte, wie lange er womöglich schon im Zölibat lebte ...

Unwillkürlich schüttelte es sie bei dem Gedanken. Sie ging zurück an den Tisch und klappte den Laptop auf, während sie sich über Ryans Essen hermachte. Sie gab den Namen des Erzbischofs ein und scrollte durch die Ergebnisse. Ein bisschen Recherche würde sicher nicht schaden.

*

Alice war sich nicht sicher, wie und wann sie eingeschlafen war. Doch als sie schließlich wieder zögerlich ein Auge öffnete, war es dunkel. Nur die Lichter des Petersplatzes spendeten sanftes Licht, das durch die beiden Fenster des kleinen Hotelzimmers fiel.

Dann stellte sie fest, dass sie nicht mehr saß, sondern lag.

Und zwar im Bett.

Neben Ryan.

Sein Gesicht lag so dicht neben ihrem, dass sie jede Kontur seiner Haut erkennen konnte.

Allmählich bildeten sich Bartstoppeln auf seinem Kinn und über seiner Oberlippe, und seine Lippen wirkten so weich, dass sie am liebsten die Hände danach ausgestreckt hätte, um sie zu berühren.

Stattdessen drehte sie ihm vorsichtig den Rücken zu und griff nach ihrem Handy.

Es war kurz vor drei Uhr morgens.

Am liebsten hätte sie einfach weitergeschlafen. Aber je länger sie Erzbischof Machèz recherchiert hatte, desto mehr war ihr klargeworden, dass der Plan vielleicht sogar aufgehen konnte. Natürlich nur mit etwas Vorbereitung, also hob sie vorsichtig die Beine über die Bettkante und stand auf.

Drei Stunden später saß sie an dem kleinen Tischchen und nippte an ihrem Pappbecher. Der Kaffee schmeckte außergewöhnlich gut, war kräftig und ließ sie allmählich vergessen, dass sie die halbe Nacht wach gewesen war.

Ryan schlief noch immer. Mittlerweile hatten sich seine Züge ein wenig erholt und die Farbe war in sein Gesicht zurückgekehrt.

Sie nahm noch einen weiteren Schluck Kaffee und beschloss, Ryan zu wecken, bevor sein Frühstück kalt wurde.

Langsam ging sie zum Bett und setzte sich nach kurzem Zögern neben ihn auf die Kante.

Sein Haar war verstrubbelt und seine schwarzen Wimpern warfen im sanften Licht der Morgensonne lange Schatten auf seine Wangen.

Als sie die Hand ausstreckte, um ihm eine Strähne aus der Stirn zu streichen, packte er wie aus dem Nichts ihr Handgelenk. Die Bewegung kam so unvermittelt, dass sie beinah aufgeschrien hätte.

Als Ryan begriff, was passiert war, ließ er schnell von ihr ab und setzte sich auf.

»Tut mir leid«, brachte er noch schlaftrunken hervor. »Ich hab den Luftzug im Gesicht gespürt, und ...«

»Kein Grund, sich zu entschuldigen. Bin ja selbst schuld, wenn ich in deinem Gesicht herumfummle. Ich wollte dir nur sagen, dass -« als seine Hand, die gerade noch ihr Handgelenk gehalten hatte, plötzlich in ihrem Nacken lag, brach sie ab.

»Das Wort fummeln ist inadäquat«, sagte er und irgendetwas in seinem Tonfall machte sie sehr nervös.

»Was wäre denn ... passend?«

Alice wusste nicht, mit welcher Antwort sie rechnete, aber mit der, die sie bekam, rechnete sie definitiv nicht.

Ryan zog ihr Gesicht zu sich herab, während er sich selbst zu ihr streckte, und küsste sie.

Müdigkeit und Nervosität waren genauso verschwunden, wie sämtliche klare Gedanken in ihrem Kopf. Als sie Ryans Lippen berührte, war es, als stünden sie noch immer in dieser Lobby, als wäre nicht eine Sekunde seitdem vergangen.

Hitze flutete durch ihren Körper, und als er seine Arme um ihre Taille schlang und sie plötzlich mit sich aufs Bett drehte, wehrte sie sich nicht.

Stattdessen entglitt ihrer Kehle ein Keuchen, als sie sein Gewicht auf sich spürte. Seine Finger strichen durch ihr Haar, während seine Zungenspitze an ihrem Mundwinkel um Einlass bat.

Sie wölbte sich ihm entgegen, presste sich gegen seinen harten Körper und empfing seine Zunge mit der ihren.

Ein Schauer lief durch seinen Körper, der wie elektrische Spannung auf ihren übersprang, eine pulsierende Energie, die sie verband und verschmolz, weit über das hinaus, was Alice bis jetzt gekannt hatte.

Ryans Hand glitt an ihrer Seite hinab, bis sie in ihrer Kniekehle lag. Er winkelte ihr Bein an und presste sich gegen ihre Mitte, ein Gefühl, das sie vor Lust aufkeuchen ließ.

Ihre Hände glitten an seinen Hosenbund, doch noch ehe sie dazu kam, das zu erforschen, wonach ihr Körper verlangte, löste sich Ryan von ihr. Er setzt sich zurück auf die Fersen, strich sich das Haar zuraus dem Gesicht ück und versuchte augenscheinlich zu Atem und Verstand zu kommen.

»Was -?«

»Nicht jetzt.« Seine Stimme war wackelig, als würde sie jeden Augenblick entweder versagen oder in ein lustvolles Knurren übergehen. Beides versuchte er offenbar zu verhindern. »Wir dürfen nicht aus den Augen verlieren, weswegen wir hier sind! Wir dürfen nicht ...« Sein Blick saugte sich an ihrem Mund fest. »Verflucht, deine Lippen sind so warm und weich.«

Und in der gleichen Sekunde drückte er sie wieder in die Kissen und küsste sie; wilder, hungriger.

Alice war vom Auf und Ab völlig überrumpelt. Und ganz besonders überrumpelt war sie, als er sich im nächsten Augenblick wieder von ihr losriss. Diesmal - vermutlich zur Sicherheit - stieg er sogar vom Bett und machte ein paar Schritte rückwärts.

»Tut mir leid«, sagte er. »Ich ... halte besser ein wenig Abstand.« Er griff nach einer Stuhllehne und setzte sich so schnell, als wäre ihm schwindelig.

Falls es so war, dann ging es ihm zumindest wie Alice.

Sie schob sich das Haar aus dem Gesicht und versuchte, das Pochen in ihrem Körper zu ignorieren.

Als sie sich einigermaßen im Griff hatte, sah sie wieder auf. »Sehr heldenhaft.«

»Wie ein Held fühle ich mich im Augenblick nicht«, erklärte er und griff mit etwas zitternden Fingern nach ihrem Kaffeebecher, um einen großen Schluck zu nehmen. »Ich habe mich normalerweise besser im Griff.«

Sie lächelte schwach. »Ein Kompliment für mich?«

»Du bist eine Frau, der man nur schwer widersteht. Und alles an dir ist ...« Er ließ den Satz in der Luft hängen und nahm noch einen Schluck Kaffee. »Wir dürfen nicht darüber nachdenken. Nicht jetzt!«

Während er ihren Kaffeebecher endgültig leerte, erhob sich Alice und ging zum Tisch, schob ihm den zweiten Becher hin und setzte sich. »Wie gut, dass einer von uns beiden heute Nacht schon fleißig war.«

Sie versuchte, nicht auf seine Hände zu sehen und dabei unwillkürlich daran zu denken, was er damit tun sollte.

»Wie meinst du das?«

»Ich bin kurz nach drei Uhr aufgewacht, habe ein wenig

recherchiert und ... vorbereitet.«

»Was vorbereitet?«

Sie öffnete eine Papiertüte und holte zwei belegte Panini-Brötchen heraus, von denen sie eines zu Ryans Seite schob. »Na, meine Rolle«, erklärte sie nach dem ersten Bissen.

»Deine Rolle als ...«

»Als wissbegierige, willige Studentin.«

Er hob eine Braue. »Was gibt es denn da vorzubereiten?«

»Ich war im Hilton.«

»Was ist das?«

»Ein Hotel. - Die haben eine großartige Boutique, die rund um die Uhr geöffnet hat. Ich habe mir ein passendes Ensemble geleistet. Vielmehr ...« Sie wackelte abwägend mit dem Kopf. »Du hast es dir geleistet.« Sie zeigte auf seine Geldbörse.

Ryan nickte. »Was ist das für ein Ensemble?«

»Es macht mich etwas jünger, etwas naiver. Sexy und wissbegierig, den Avancen eines gebildeten, bewunderns-werten, erfahrenen Mannes gegenüber ... sagen wir: auf-geschlossen.«

»Ich muss mich gleich übergeben!«

»Na, wessen Idee war das denn?«

»Ja, schon gut. Also was soll das für Zauberkleidung sein?«

»Du wirst sie gleich sehen. In etwa ...« Sie sah auf die Uhr. »... eineinhalb Stunden tritt Machèz seinen Dienst in der Bibliothek an. Zu diesem Zeitpunkt werde ich bereits vor der Tür stehen und mir Notizen machen. Hoffentlich ziehe ich dabei die Blicke und Aufmerksamkeit des Erzbischofs auf mich, ich werde allerdings versuchen, nachzuhelfen, meine Kleidung wird ein Übriges tun.«

»Gefällt mir immer weniger«, urteilte Ryan.

»Es wird dir noch viel weniger gefallen, wenn mein Plan aufgeht, denn du wirst ein Teil davon sein; und keineswegs der, den du gerne sein möchtest, nehme ich zumindest an.«

»Bekomme ich vielleicht weiterführende Details?«

Sie nahm einen etwas zu großen Biss von ihrem Panini und erklärte mit vollem Mund: »Nachher.«

V

Bereits seit zwanzig Minuten lauerte Alice an einer der großen Säulen auf ihren Einsatz. Als sie das Hotel verlassen hatte, waren ihr die kniehohen Stiefel und Strumpfhosen unter dem kurzen Karo-Rock noch angenehm warm vorgekommen. Mittlerweile befürchtete sie, dass große Teile ihrer Oberschenkel bereits abgestorben waren; von ihren Zehen gar nicht zu sprechen.

Das Haar fiel ihr in wilden Locken über den Rücken und die Mappe, die sie sich gekauft und - für einen ersten Blick mit tauglichen - Unterlagen gefüllt hatte, hielt sie fest umklammert. Unnötig zu erwähnen, dass ihre Finger bereits blau waren; der kleine Finger der linken Hand war sogar weiß. Das konnte keineswegs ein gutes Zeichen sein.

Ihre selbstmitleidigen Gedanken wurden wirkungsvoll von Machèz Auftauchen unterbrochen. Sie straffte die Schultern, die in einem engen, taillierten Tweet-Jäckchen steckten und strich das Haar zurück.

Ihr Herz hämmerte wie verrückt, als sie schließlich aus dem Schatten der Säule trat, ihre Ledermappe fest umklammert und mit einem bewundernden, schüchternen Lächeln auf den Erzbischof zuging.

»Exzellenz!«

Machèz war ein großgewachsener Mann, fünfundsechzig Jahre alt, wenn man Wikipedia glauben durfte, und hatte wache, helle Augen, die sie hinter einer rahmenlosen Brille aufmerksam betrachteten.

Es war keineswegs schwer vorzustellen, dass er in jungen Jahren sehr attraktiv war.

»Mademoiselle?« Sein ehemals dunkles Haar war von grauen Strähnen durchzogen, was Alice auffiel, als er sich den roten Pileolus auf dem Kopf zurecht schob. »Kann ich Ihnen behilflich sein?«

»Ja, das heißt ...« Sie lachte möglichst strahlend und senkte dann den Blick, irgendwie schaffte sie es sogar, eine leichte Röte auf ihre Wangen zu zaubern; vermutlich wegen der Kälte. »Ich wollte Sie gerne sprechen.«

»Mich?«

»Ja, ich ... - Wissen Sie, ich arbeite an einem Text über die berühmtesten Bibliotheken der Welt. Und Sie stehen der berühmtesten von allen vor.«

Sie trat einen Schritt näher, während er höflich, aber sichtlich geschmeichelt eine abwiegelnde Geste machte.

»Nun, sehen Sie, Exzellenz, ich habe mich gefragt, ob es nicht vielleicht möglich wäre, dass Sie mir einen ... tieferen Einblick gewähren.«

Er lächelte und auch wenn er sich so gut es ging neutral gab, war ihm unschwer anzusehen, welche Art von tiefem Einblick ihm bei Alice vorschwebte.

»Sehr gern, mein Kind, aber die Bibliothek ist während der Öffnungszeiten ohnehin für jeden zugänglich.«

»Ja, aber ich spreche nicht von diesem Teil der Bibliothek.« Sie trat noch einen Schritt näher und sah mit einem wohldosiert verschmitzten Lächeln zu Machèt auf. »Ich spreche vom *Archivum Secretum Apostolicum Vaticanum.*«

Machèzs Lächeln verschwand, ein bedauernder Ausdruck trat auf sein Gesicht. »Mein Kind, so leid es mir tut, diese Abteilung ist nur wenigen zugänglich. Und außerhalb der Kirche nur mit Sondergenehmigung.« Er schüttelte den Kopf und legte seine Hand auf ihre Schulter. »Es tut mir leid, ma chère, ich fürchte, ich kann nichts für Sie tun.«

Alice verzog bedauernd das Gesicht. »Sind Sie absolut sicher, Exzellenz?«

»Wenn es nach mir ginge, würde ich einer so wissbegierigen Studentin alle unsere Türen öffnen, aber leider ... sind mir die Hände gebunden.«

»Wie schade. Ich danke Ihnen dennoch, ich ...« Alice lächelte verlegen. »Es war mir eine Ehre, Sie treffen zu dürfen.«

»Freude und Ehre sind ganz auf meiner Seite.«

Alice trat zurück und der Erzbischof nahm seine Hand von ihrer Schulter. Im gleichen Moment gellte ein Schrei quer über den Platz. Es war nicht einmal gespielt, als Alice zusammenzuckte. Sie und Machèz fuhren gleichermaßen herum.

»Was hast du dir gedacht, du mieses kleines Stück?«

Er stürzte auf Alice zu, packte sie bei den Schultern und schob sie rückwärts gegen eine Wand. Er tat es mit solcher Wucht und so viel Wut in den Augen, dass ihr kurz der Atem stockte.

»Ryan, ich -«

»Vergiss es! Diesmal lasse ich mich nicht mit halbgaren Entschuldigungen abspeisen!«

»Monsieur!« Der Erzbischof stemmte sich gegen Ryan, um ihn von Alice zu trennen.

»Lassen Sie mich los, Mann!« Er schubste Machèz ein wenig zurück, fest genug, dass Alice den Zorn in den Augen des Glaubensmannes aufflammen sah.

Sofort war Machèz wieder neben ihr. Und als Ryan sie schüttelte und auf sie einschimpfte, packte ihn Machèz mit offenbar erstaunlicher Kraft am Arm, um ihn von ihr fortzuzerren.

Er schleuderte ihm etwas auf Französisch entgegen, das Ryan in ebenfalls fließendem Französisch konterte.

Alice verstand keinen Ton. Ihr fiel jedoch auf, dass Ryan sie mehrmals mit wegwerfenden Gesten bedachte, und dabei nicht gerade freundlich klang.

Und dann geschah etwas, mit dem Alice niemals gerechnet hätte: Machèz holte aus und versetzte Ryan einen Faustschlag ins Gesicht; mit solcher Wucht, dass Ryan ohne Umschweife zu Boden ging.

Mit einem Aufschrei schlug Alice die Hände vors Gesicht und wollte ihm zur Hilfe kommen, doch Machèz hielt sie zurück.

»Ah, non, non, ma chère!«

Schon kamen zwei Wachmänner daher, die der Erzbischof auf Italienisch instruierte und die Ryan wenig sanft unter den Armen packten und davonschleiften. Alice blickte ihm fassungslos hinterher.

»Was für ein unwürdiger Umgang für Sie, mein Kind!«, tadelte Machèz.

»Es ... es tut mir leid.« Sie war so perplex, sie musste nicht einmal spielen. »Ich wollte nicht -« da besann sie sich auf ihren Plan und sank in den Armen des Erzbischofs adäquat dramatisch zusammen.

»Sie sind ja völlig aufgelöst.«

»Nein, es ... es geht schon.« Sie versuchte, sich auf ihre tatsächlich sehr wackeligen Beine zu stellen, doch Machèz schüttelte den Kopf.

»Sie kommen mit mir hinein, bis Sie sich ein wenig beruhigen konnten. Kommen Sie! - Kommen Sie!«

Noch ehe Alice wirklich begriff, was geschah, wurde Ryan vom Gelände gezerrt und sie selbst wurde von einem überfürsorglichen Erzbischof ins Innere der Bibliothek gebracht.

Er wies eine Frau mittleren Alters an, ihr etwas zu trinken zu besorgen, zumindest glaubte sie das, und führte sie unter französischem Gemurmel einen schmalen Korridor entlang, an der eigentlichen Bibliothek vorbei.

»Setzen Sie sich einen Augenblick«, wies er sie an und presste sie in einem Raum auf einen bequemen, lederbezogenen Stuhl, der offenbar sein Büro war.

Alice gehorchte. Sie verschränkte die zitternden, eiskalten Hände im Schoß. »Es tut mir schrecklich leid, Exzellenz. Ich ...«

»Hören Sie auf, sich zu entschuldigen, Kind! Es ist doch nicht Ihre Schuld! Sie sind jung und wissen noch nicht, welches Maß an Ärger das andere Geschlecht mit sich zu bringen vermag! - Hier.«

Eine Dame hatte eine Tasse mit duftendem Cappuccino hereingebracht, die Machèz ihr übergab.

»Vielen Dank.« Die Hitze an ihren Händen war genauso wohltuend wie schmerzhaft. Sie spürte, dass sich ihre durchgefrorenen Wangen rot verfärbten, während sie in die dampfende Tasse blies.

»Es geht mich natürlich nichts an«, erklärte Machèz, während er seinen dunklen Mantel aufknöpfte und an die Dame weitergab, die noch immer in der Tür wartete, »aber ich hoffe doch, dass diese Bekanntschaft eine solche ist, die Sie nicht weiter zu vertiefen gedenken.«

Alice hob den Blick. Der Erzbischof war sympathisch, das ließ sich nicht abstreiten.

»Das zumindest habe ich dem jungen Mann klargemacht. Doch er ist mir offenbar ... gefolgt.« Sie schluckte.

»Er scheint mir Engländer zu sein.«

»Das ist er.«

»Also ist er Ihnen über den Ärmelkanal gefolgt?«

Alice nickte. Es war nicht einmal gelogen.

»Moin Dieu! - Grazie, Anna!«

Die Frau in der Tür verschwand und ließ den Erzbischof mit Alice allein. Sie legte ihre Mappe neben sich auf den Boden und sah sich in dem Raum um, in den sie geführt worden war.

Der Schreibtisch war viktorianisch und eine einsame Lilie stand auf dem Fensterbrett. Die einzige wirkliche Pracht waren all die Bücher, die den Erzbischof umgaben.

»Sie haben ein wunderschönes Büro«, sagte sie.

»Vielen Dank.«

»Mein Großvater war Antiquar. Er ... hätte es hier geliebt.«

Machèz lächelte ein warmherziges Lächeln. »Hätte?«

»Er ist gestorben. Er ... - es ist noch nicht lange her.«

Alice biss sich auf die Unterlippe, um nicht loszuheulen. Verdammt, warum sprach sie darüber?

War sie nicht hierhergekommen, um dem Erzbischof etwas vorzuspielen?

Und jetzt tischte sie ihm freiwillig ihre traurige Geschichte auf?

Ihr war nicht entgangen, wie er sie von der anderen Seite des Tisches aus musterte. »Das tut mir sehr leid.«

Sie nickte, da sie ihrer Stimme nicht traute. »Ja, er ... - es ist eine lange Geschichte.«

»Eine Geschichte, die Sie sich von der Seele reden wollen?«

Sie lachte leise und musste aufpassen, dass es nicht in ein Schluchzen überging. Es war beinah, als würde all die Stärke, die sie in den letzten Tagen aufrechterhalten hatte, von ihr abbröckeln und das zurücklassen, was verletzlich und in tiefer Trauer war.

»Sie würden es mir nicht glauben, Exzellenz. Sie würden es mir ... niemals glauben.«

Als sie den Blick hob, sah sie in seine fragenden Augen. Er schob seine Kaffeetasse beiseite und verschränkte die Arme auf dem Tisch. »Ich bin ein Mann der Kirche. Sie würden sich wundern, was ich alles glaube.«

»Wenn ich es Ihnen erzähle, dann halten Sie es vielleicht für ...«

»Blasphemie?«

Sie blinzelte überrascht. »Zum Beispiel.«

»Seien Sie nicht voreingenommen. Ich bin ein Priester. Alles, was Sie mit mir besprechen, bleibt unter uns.«

Alice blickte ihn an. Vielleicht war dieser Weg ja viel besser! Vielleicht ...

»Er wurde wahrscheinlich ermordet.«

Der Erzbischof stockte. »Was sagen Sie da?«

Alice schloss für einen Moment die Augen.

Was tat sie da eigentlich?

Aber, verdammt: Es fühlte sich richtig an!

»Exzellenz, Sie halten mich jetzt vermutlich für völlig verrückt, aber ...« Sollte Sie es wirklich tun? »Wenn ich Sie fragen würde, ob Sie das *Buch der Sinne* kennen? Was würden Sie mir antworten?«

Er schwieg. Lange. Und eine Regung zog über sein Gesicht, die Alice nicht einzuordnen vermochte. Die Sekunden zogen sich hin, wurden zu Minuten, bis der Erzbischof plötzlich mit einem Ruck aufstand und die Tür seines Büros hinter Alice schloss.

Dann setzte er sich auf die Tischkante und blickte sie lange an.

»Diese Eifersuchtsszene ...«

Alice schluckte. Entweder sie verspielte jetzt ihre beste, vielleicht einzige Chance, oder ...

»... war gespielt.«

Machèz nickte. »Ich werde mich nicht bei dem jungen Mann entschuldigen.«

»Das erwartet er auch nicht.«

»Und Sie ruinieren ihre Vorstellung und erzählen mir die Wahrheit, weil ...?«

»Es fühlt sich richtig an. Irgendwie.«

»Sind Sie gläubig?«

Sie zog den Kopf ein. »Nicht besonders.«

Mit einem Seufzen erhob er sich, ging zurück hinter den Schreibtisch und nickte. »Zumindest sind Sie ehrlich.«

»Exzellenz, ich -«

Er hob die Hand und sie schwieg automatisch.

»Sie sagten, Ihr Großvater wäre ermordet worden.«

»So sieht es aus, ja.«

»Und gleichzeitig fragen Sie mich nach diesem Buch.«

Alice nickte.

»Darf ich daraus also schließen, dass Ihrer Meinung nach, das eine mit dem anderen in Zusammenhang steht?«

»Nach momentaner Lage der Dinge muss man davon ausgehen.«

»Was ist denn ... die momentane Lage der Dinge?«

Alice öffnete den Mund, schloss ihn wieder und vergrub das Gesicht in ihren Händen.

»Also ...«

Alice presste die Lider zusammen. Das konnte nur die Ouvertüre zu einem Rausschmiss sein.

»Das *Buch der Sinne* also.«

Sie sah auf. »Sie kennen es?«

»Nein, aber ... ich weiß davon. Eine dunkle Sage, die

während der dunkelsten Zeit unserer Mutter Kirche entstanden ist.«

»Sie halten es für eine Sage?«

Er gab ein Achselzucken von sich. »Wofür sollte ich es sonst halten?«

»Für real?«

»Und warum?«

»Weil dieses Buch in meinem Besitz war; im Besitz meines Großvaters vielmehr. Als er starb, fiel es mir in die Hände. Und noch am selben Tag ...« Sie ließ die Details über Sirius und Ryan aus. »... begriff ich, was es damit auf sich hat. Ein Mann kam zu mir ins Antiquariat, er wollte es kaufen. Und als er es nicht kaufen konnte, hat er es gestohlen und meinen Freund als Geisel genommen.«

»Als Geisel?«

»Hören Sie, ich erzähle Ihnen hier keine Märchen. Und mir liegt auch nichts ferner, als Ihren Glauben zu demontieren, aber ... das Buch existiert und unsere einzige Hoffnung, um denjenigen, der es und unseren Freund in seiner Gewalt hat, zu besiegen, ist ein anderes Buch. Ein Buch, das sich hier im Archiv befinden soll.«

Machèz nahm seine Brille ab und legte sie auf seine lederne Schreibunterlage. »Und wenn es so wäre, wie hätte dieses zweite Buch wohl auszusehen?«

Alice schloss für einen Moment die Augen, bevor sie sagte: »Das weiß ich leider nicht.«

»Nun, meine Liebe, hören Sie, selbst wenn Ihnen der Zugang zu unserem Archiv gewährt wäre, Sie erahnen offenbar nicht einmal im Ansatz den Umfang dessen, was dort aufbewahrt wird. - Es würde Wochen, Monate dauern, etwas zu finden, über das Sie nicht bis ins Detail Bescheid wissen, selbst wenn es dort wäre.«

In einer verzweifelten Geste sprang Alice auf. »Aber wir müssen es finden. Es ist unsere einzige Hoffnung. Verstehen Sie denn nicht, dass wir in Lebensgefahr sind?«

Erst als Machèz eine Braue hob, begriff sie, was sie gesagt hatte.

»In Lebensgefahr?«

Jetzt war es auch schon egal. »Wissen Sie, wie dieses Buch funktioniert?«

»Dass es sich von den Sinnen derer nährt, die damit reich beschenkt sind?«

»Fast: Es nährt seinen Besitzer von diesen Sinnen. Um es kurz zu machen: Es ernährt sich von denen, die diese Sinne besitzen. Es ernährt sich ... von mir.«

»Von Ihnen?«

Alice zeigte auf ein Buch am anderen Ende des Raumes. »221458875.«

»Was soll das sein?«

»Die Zahlenfolge unter dem Strichcode.«

»Machèt erhob sich, nahm das Buch und besah die Rückseite.«

»Sie sind also eine von denjenigen, die der Sage nach in Gefahr sind?«

»Nicht nur der Sage nach!«

»Und Ihr Freund?«

»Er auch.«

»Und jemand verfolgt Sie?«

»So ist es. Und die einzige Möglichkeit, ihn aufzuhalten ist das Buch; das Buch, das hier im Archiv verborgen sein soll! - Es ist ... unsere letzte Rettung.«

Machèt bedachte sie mit einem langen, forschenden Blick, dann hob er den Kopf.

»Anna?«

Die Tür öffnete sich nur Augenblicke später. »Si?«

»Die Dame hat ihren Mantel draußen vergessen. Könnten Sie ihn für sie holen lassen?«, fragte er auf Englisch und die Dame nickte und verschwand.

Alice blickte wieder zu Machèt. »Ich habe gar keinen Mantel.«

»Und es wird ein wenig dauern, bis Anna das herausgefunden hat. Sie wird es mir vergeben. - Kommen Sie!«

Sie zögerte keine Sekunde. Stattdessen folgte sie dem Erzbischof, der sich seinen Schlüsselbund nahm und den Raum verließ.

»Vergessen Sie ihre Mappe nicht!«, wies er Alice noch an.

»Oh, natürlich.«

Sie folgte dem Erzbischof den Korridor entlang, den sie gekommen waren, bis sie vor einer Metalltür ankamen. Machèt gab einen Code ein und zog eine Karte durch das Schloss, bevor das rote Licht schließlich auf Grün umsprang.

Er schob die Tür auf und bedeutete Alice wortlos, ihm zu folgen.

Sie gingen eine geschwungene Treppe hinunter und gelangten in einen Kellerraum.

Als das Licht ansprang, blinzelte Alice. Sie hatte keine Ahnung, wie sie sich das Geheimarchiv des Vatikans vorgestellt hatte, aber ganz sicher hatte sie etwas Prachtvolleres erwartet, als einen Raum voller Archivregale, die schmucklos hinter Gittern eingesperrt waren. Die Böden waren aus Beton und die Schritte des Erzbischofs wurden unnatürlich laut von den kahlen Wänden zurückgeworfen. Es gab keine Fenster. Nur grelles Neonlicht und einen geräuschvollen Lüfter, der die Luft zirkulieren ließ.

»Das ist das geheime Archiv des Vatikans?« Sie konnte es sich nicht verkneifen und bekam ein leises Lachen zur Antwort.

»Ich war auch ein wenig enttäuscht, als ich es das erste Mal gesehen habe. - Aber die gereinigte Luft und die Dunkelheit, die Abwesenheit von Bakterien und Pilzen, das ist wichtig für diese teilweise über 1000 Jahre alten Schriften.«

»Natürlich.« Alice folgte Machèt durch das Labyrinth von Regalen und fragte sich unwillkürlich, wohin er eigentlich wollte, wo sie doch selbst nicht genau wusste, wie das Buch aussah, das sie suchte. Doch sie verkniff sich jede Frage und folgte ihm schweigend. Zu ihrer Überraschung gab es unter dem Untergeschoss noch ein weiteres Untergeschoss. Es war nur ein Raum, klein, ebenfalls klimatisiert und ...

»Es ist ziemlich kalt hier, oder?«

»12 Grad. Eine gute Temperatur für die Manuskripte, Bücher und Schriften, die hier lagern.«

Er bog noch einmal in einen Gang ab und blieb schließlich an dessen Ende stehen.

Alice betrachtete staunend die ledernen Buchrücken der großformatigen Bände, die neben beschrifteten Mappen eine ausnehmende Pracht wahren.

»Was sind das für Bücher?«, fragte sie, konnte trotz ihres Sehvermögens die Titel nicht erkennen.

»Das hier sind einige ausgesuchte Titel. Ursprünglich waren sie oben ausgestellt, doch die Luft, die Menschen ...« Er schüttelte den Kopf. »Sie haben ihnen geschadet.«

Am Ende des Regals war eine Box, aus der er zwei paar weiße Stoffhandschuhe zog. Ein paar gab er an Alice weiter, die sich etwas verdutzt bedankte.

»Sie wirken ziemlich zielstrebig«, erklärte sie vage, als Machèt sich in das oberste Regal streckte.

Anstelle einer Antwort zog er eines der großformatigen Bücher vorsichtig aus der Reihe.

»Halten Sie das«, wies er Alice an, während er die anderen Bände mit einem Platzhalter fixierte, damit sie nicht umfielen oder sonst wie Schaden nahmen.

Dann nahm er Alice das Buch wieder ab und ging zu einem Tisch, der an der Wand stand. Die weiße Tischplatte war von sehr hellem, kalten Licht ausgeleuchtet und als Machèt das Buch ablegte, riss Alice die Augen auf.

»Mein Gott«, hauchte sie. »Es ... sieht genauso aus wie das andere.«

Der Erzbischof hob seine Brauen. »Tut es das?«

»Ja, absolut. - Obwohl, das heißt ... - Es gibt Unterschiede. Kleine. Das Auge wirkt anders und die Ornamente darum herum sehen weniger ...«

»... düster aus?«

»Genau.«

»Faszinierend.«

Alice streckte die Hand aus und folgte der strukturierten Oberfläche des Buchdeckels mit den Fingerspitzen. Sie konnte es kaum fassen.

»Woher wussten Sie -?«

»Ich habe mich in meiner Zeit als Archivar und lange Jahre zuvor bereits mit ausgesuchten Werken beschäftigt. Die Rätselhaftesten unter ihnen hatten es mir dabei besonders angetan. Dies hier ...« Er zeigte auf das Buch. »... es ist in einer Sprache verfasst, die wir nicht kennen.«

»Genau wie das andere.«

»Das dachte ich mir. - Sie müssen wissen, wir haben

zahlreiche Schriften und Manuskripte hier, die verschlüsselt sind; ein notwendiges Übel, wenn man an die Zeit zurückdenkt, da die Christen verfolgt, der Katholizismus verboten war. Wir haben - intern und extern - eine beeindruckende Armada an Menschen, die fähig und willens sind, auch den ausgeklügeltsten Code zu entschlüsseln, aber sie alle scheiterten; und sie tun es seit hunderten von Jahren.«

Er schlug das Buch auf und Alice betrachtete die verschlungenen Anfangsbuchstaben und ein Bild, das eine junge Frau zeigte. Sie saß neben einem Drachen und bot ihm Wein an. »Wer soll das sein?«, fragte sie unwillkürlich.

»Wir wissen es nicht. Es gibt Dutzende Erklärungen und keine. Solange wir den genauen Text nicht kennen, ist es unmöglich zuzuordnen.«

Alice tastete nach dem kleinen Stuhl, der vor dem Tisch stand, und setzte sich. »Ich kann es kaum glauben, dass es wirklich existiert.«

»Sie können sich womöglich vorstellen, dass es mir mit dem Exemplar von dem Sie sprechen, genauso geht. - Sieht es diesem wirklich so ähnlich?«

»Sie könnten Zwillinge sein. Der eine hell, der andere dunkel.«

Machèt nickte und Alice erkannte an seinem Blick, wie sehr ihn das Buch faszinierte. »Wenn es wahr ist, was Sie sagen; was die Legende sagt: Haben Sie eine Vorstellung davon, wie Ihnen diese Ausgabe helfen könnte?«

»Nein, nicht im Geringsten. - Sie?«

»Nichts Konkretes. - Es gibt jedoch einige Ansätze, spärliche Gedankengänge, die ich mir aus dem herleite, was ich glaube, in den Bildern erkennen zu können.«

»Und welche -?«

Machèz hob die Hand und Alice stockte. »Was -?«

»Da kommt jemand.«

Sie blickte ihn verständnislos an. »Woher -?«

»Ich habe es gehört.«

Alice deutete ein Kopfschütteln an. Es war in diesem wenig attraktiven Keller bis auf das leise Gebläse mucksmäuschenstill.

Und da plötzlich begriff sie es. Als ihr Blick Machèzs fand. »Sie?«

Er tippte sich nur gegen das Ohr und nickte. Dann klappte er möglichst geräuschlos das Buch zu, drückte es Alice in die Hand und deutete auf eine kleine Nische, die hinter dem letzten Regal lag.

»Sie dürfen eigentlich gar nicht hier sein, also verhalten Sie sich so leise wie möglich.«

Alice nickte hastig und schob sich rückwärts in den kleinen Hohlraum.

Sie hielt die Luft an, während ihr Herz wie wild hämmerte. Machèzs Schritte waren leise, strebten der schmalen Treppe zu, die sie herabgekommen waren, und stockten schließlich.

Dann hörte sie Stimmen. Eine davon war Machèt. Er sprach italienisch, also verstand sie nichts, aber es klang, als würde er etwas Belangloses vortragen, vermutlich um jemanden abzuwimmeln.

Doch dann hörte Alice die Antwort und zum ersten Mal in ihrem Leben hatte sie tatsächlich das Gefühl, als würde ihr das Blut in den Adern gefrieren. Ein beißendes, lähmendes Gefühl der Angst. Trotzdem sprang sie auf, das Buch fest umklammert, als könnte es sie schützen gegen denjenigen, der ihnen offenbar in diesen Keller gefolgt war.

Noch ehe sie die Treppe erreichte, noch ehe sie sah, was wirklich geschah, traf sie plötzlich etwas, das sich anfühlte, wie eine Druckwelle.

Es erfasste sie, riss sie von den Füßen und schleuderte sie zurück.

Die Landung presste ihr die Luft aus den Lungen. Sie sah Sternchen, rappelte sich dennoch schnell wieder auf die Beine.

Es war ein Instinkt, sich auf das Buch zu werfen, es zu berühren, als könnte es sie retten. Und womöglich ... konnte es das auch.

Denn als sie diesmal Schritte hörte, waren es nicht die von Machèz.

So schnell sie konnte, stand sie auf und taumelte rückwärts gegen die fensterlose Wand.

»Wo ist er?«, brachte sie halb keuchend hervor.

Der schwarz gekleidete Mann tippte auf das große Buch, das er gegen seine Brust gepresst hielt; das erste Mal seit dem Diebstahl, dass sie es wiedersah.

»In guten Händen.« Er zog die Kapuze ab und Alice schnappte unwillkürlich nach Luft.

Er lachte. »Ja, es wirkt verjüngend, wenn das Buch eine neue Seite zu schreiben vermag.«

Und bei allem, was heilig war: Der schwarze Bischof wirkte mehr als verjüngt; er wirkte regelrecht jung. Die dunklen Schatten unter seinen Augen, die aschfahle Haut, die tiefen Furchen auf seiner Stirn, all das war verschwunden und glatter, straffer Haut gewichen. Die Augen glänzten hell und eiskalt.

»Sie sind ein Monster!«, rief sie aus.

Doch ihre Gefühle konnten ihn nicht beeindrucken. Er

gab nur ein lapidares Achselzucken von sich.

»Ich ernähre mich nur, um weiterzuleben. Das tun wir alle. - Und es ist nicht meine Schuld, dass ich mich plötzlich in einem wahren Schlaraffenland befinde. Du, der Junge, der mir entkam, Machèt ... - Wo wir gerade dabei sind: Gib mir das Buch!«

Er streckte seine Hand aus und Alice sah die Adern, die unter seiner Haut verliefen. Selbst jetzt, wo er verjüngt war, wirkten sie dennoch schwach, die Haut war durchscheinend.

Sie versuchte, ihre letzte Stärke zu mobilisieren. »Ich denke ja nicht daran!«

»Gib es mir! Oder du bereust es!«

»Warum lesen Sie mich denn nicht einfach in Ihr Buch und holen sich das hier?« Er starrte sie wütend an. »Ach?«, fragte Alice. »Geht das etwa nicht?«

Sie machte einen Schritt auf ihn zu und das Unmögliche geschah: Er wich vor ihr zurück. Oder wahrscheinlich weniger vor ihr, als vielmehr vor dem Buch, das sie fest umklammert hielt.

»Wo ist Sirius?«, fragte sie drohend.

Der schwarze Bischof verzog das Gesicht zu einem unheimlichen Lächeln. »Leider war er wehrhafter, als es sich für seine Gesundheit empfahl.«

Sie schluckte trocken, versuchte, sich von seinen Worten nicht aus der Bahn werfen zu lassen. »Eine billige Lüge, um mich zu schwächen.«

»Nun, das Gegenteil zu beweisen, wird mir schwerfallen. Ich habe ihn im Ärmelkanal entsorgt. Er müsste mittlerweile all seine sieben Leben aufgebraucht haben!«

Der Kloß in ihrem Hals ließ sie noch einmal schlucken. »Eine Lüge! Eine lächerliche Lüge, nichts weiter.«

Ehe sie es sich versah, machte er einen Schritt auf sie zu: »Das Buch!«

»Niemals!«

»Sofort!«

»Fahr zur Hölle!«, rief sie aus, doch er lachte nur.

»Das hat noch Zeit!«

Alice blinzelte die Tränen weg, und sah einen Augenblick zu spät, was geschah.

Ihr Gegenüber öffnete das Buch, richtete es gegen sie, wie eine Waffe.

Sie stolperte zurück, starrte dabei auf die Seiten, die umherwirbelten.

Das Buch! - Es blätterte selbst, bis es eine leere Seite gefunden hatte! Und dann wurde Alice wieder von dieser Druckwelle erfasst. Zuerst schleuderte es sie zurück, doch dann erfasste sie eine Art Sog. Er war so stark, dass sie auf dem glatten Fußboden regelrecht nach vorn rutschte. Die Anziehungskraft des Buches war so stark, so unwiderstehlich, als wäre es ein Tornado, der sie in seinen Trichter saugen und emportragen wollte, bis sie nicht mehr atmen konnte.

Alice kniff die Augen zusammen, versuchte, sich zu konzentrieren. Dieses teuflische Buch, es zerrte nicht nur an ihrem Körper. Seine Macht auf ihre Gedanken war genauso stark. Es war, als würden sie gelähmt, als würden sie ihr entrissen. Ein stechender Schmerz fuhr in ihre Augen, schoss wie ein glühender Pfeil durch sie hindurch in ihren Hinterkopf.

»Nein!«, brüllte sie verzweifelt, doch es war nur wieder dieses irre Lachen zu hören.

Ihre Finger gruben sich in den Ledereinband des Buches an ihrer Brust, doch so sehr sie versuchte, es festzuhalten, es glitt ihr einfach aus den Händen.

Sie sank auf die Knie, während das Buch zeitgleich vor ihr auf den Boden knallte.

Es schlug auf. Die schweren Buchdeckel fielen auseinander.

Alice berührte die Seite. Auch wenn sie keine Ahnung hatte, warum sie das tat. Aber das Buch fühlte sich an wie ein Rettungsring, und sie war wahrlich am Ertrinken.

Alice klammerte sich daran, so sehr, dass sie Papier reißen hörte.

Doch gleichzeitig hörte sie noch etwas anderes; ein Keuchen. Und dann spürte sie, dass der Sog, der an ihrem ganzen Dasein zerrte, nachließ. Sie hob blinzelnd den Blick und sah den Bischof zurücktaumeln, gleichzeitig waren oben Schritte zu hören, aufgeregte Stimmen riefen durcheinander, ein Alarm schrillte.

Der Sog verpuffte endgültig, spuckte sie aus, warf sie zurück auf den Boden. Der Bischof verschwand mit einem Fluch schlichtweg im Nichts.

Alice kämpfte sich auf die Beine, unterdrückte das Schluchzen, das ihre Kehle zerreißen wollte, und taumelte zurück in den kleinen Alkoven.

Wachmänner stürmten den Keller, verteilten sich auf alle Gänge, durchsuchten sie, strebten auf Alice zu und doch an ihr vorbei. Sie begriff nicht, warum sie nicht entdeckt wurde. Sie konnte nicht verstehen, wie ein Dutzend Männer sie einfach übersehen konnte.

Das Buch vor die Brust gepresst, tastete sie sich im Halbdunkel des Kellers voran. Sie war sich sicher, sie würde irgendjemandem in die Arme laufen, doch niemand bemerkte sie, als sie nach oben ging, den Korridor hinab und aus dem Gebäude.

Die Sonne stach schmerzhaft in ihren Augen, sie überquerte den Vorplatz und strebte auf die Straße zu.

»Alice!«

Sie sondierte die Masse an vorbeiströmenden Menschen.

»Alice! Hier bin ich!« Eine Berührung an ihrem Arm, der sie sich reflexartig entziehen wollte. »Was ist denn mit dir los?«

»Ryan ...« Ihre Stimme war kaum mehr als ein Hauch.

»Mein Gott!« Er wollte ihr das Buch aus der Hand nehmen. »Ist es das?«

Sie klammerte sich daran und nickte, brach zwischen all den Touristen, die durch die Vatikanstadt flanierten, in Tränen aus.

Er umarmte sie fest, murmelte Beruhigendes in ihr Haar.

Erst jetzt bemerkte sie ihr eigenes Zittern.

»Lass uns erst einmal zurück ins Hotel gehen, damit du dich beruhigen kannst.«

Alice nickte hastig, wischte sich mit dem Ärmel übers Gesicht und machte einen Schritt nach vorne.

»Vorsicht!«

Doch da war sie schon mit dem Schienbein gegen eine Bank geknallt. Sie rieb sich das schmerzende Bein und tastete nach der Sitzfläche der Bank.

Und da begriff sie es endlich.

Die Erkenntnis schoss in ihren Kopf wie ein Projektil, das alles zerfetzte, was es berührte.

Sie richtete sich langsam auf und legte ihre Hand auf Ryans Arm.

»Was ist?«, fragte er beunruhigt.

»Meine Augen ...« Sie kämpfte gegen die Tränen und hob das Gesicht. Seine Züge blieben verschwommen; fast schwarz. »Ryan, ich ... bin fast blind.«

VI

Alice wusste gar nicht, wie sie ins Hotel zurückkam. Und noch weniger war ihr klar, wie sie es schaffte, die ganze Zeit nicht zu weinen.

Aber als sich die Tür hinter ihr schloss, da brachen alle Dämme. Sie sackte in sich zusammen, glitt an der Wand hinab, bis sie auf dem Fußboden saß und vergrub das Gesicht zwischen ihren Knien.

Ryans Hände an ihren Schultern wollten ihr aufhelfen, doch sie war mehr als kraftlos oder mutlos; sie war am Boden zerstört.

Er redete auf sie ein, strich ihr Haar zurück, versuchte sie zu beruhigen. Doch nichts drang zu ihr durch. Sie hatte das Buch gefunden, aber ihr Augenlicht verloren.

Als sie plötzlich eine Berührung in ihrer Kniekehle spürte, wurde sie Augenblicke später hochgehoben.

Ihr Reflex war es, die Augen zu öffnen, doch sie presste die Lider nur noch entschlossener zusammen.

Er legte sie auf das Bett, zog ihr die Stiefel und Jacke aus.

»Ich bin hier, hörst du?« Er drückte sie zurück in die Kissen und legte seine Hand auf ihre Wange. »Ich bin hier und passe auf dich auf.«

»Aber meine Augen ...«, schluchzte sie, jenseits von Selbstbeherrschung und Kontrolle.

»Wir werden das heilen!«

»Wie soll das gehen? Er ... er wollte mich in das Buch lesen. Es hat an mir gezerrt; hat mich ...«

»Erzähl es mir nicht!«

Sie stockte.

»Erzähl es mir erst, wenn du dich ein wenig beruhigt

hast. Erzähl mir nur, was du mir erzählen kannst.« Er küsste sie auf die Stirn, woraufhin sie noch einmal aufschluchzte. Er umarmte sie fest, presste ihr Gesicht gegen seinen Brustkorb, was sie unwillkürlich ein wenig beruhigte.

Minutenlang verharrten sie so, bis Ryan seinen Griff ein wenig lockerte.

»Nicht.« Sie war von ihrem Protest beinah selbst überrascht. »Könntest du mich vielleicht noch ein bisschen so festhalten?«

Sie hörte ihn lächeln. Bis zu diesem Augenblick war ihr gar nicht bewusst gewesen, dass so etwas überhaupt möglich war. Er zog sie wieder an sich, schlang seine Arme um sie und legte sein Kinn auf ihren Scheitel.

»Soll ich dir etwas Verrücktes sagen?«

Die Frage überraschte Alice. Sie nickte an seiner Kehle.

»Ich habe noch nie jemandem gesagt, dass ich ihn liebe.«

Alice stockte und löste sich von ihm. Noch immer waren ihre Augen geschlossen, doch nach einigen Augenblicken öffnete sie sie blinzelnd. Sie erkannte Ryans Gesicht schemenhaft, hinter ihm schien das Licht durch das Fenster und verlieh ihm das Aussehen eines Schattens. Doch sie spürte ihn und durch ihre Fingerspitzen, die auf seiner Brust lagen, prickelte seine Aufregung.

Er strich ihr Haar zurück und sah ihr fest in die Augen; zumindest fühlte es sich für Alice so an, denn genau sehen konnte sie ihn nicht.

»Ich kann den Gedanken nicht ertragen, dass du leidest; dass dich etwas bedrückt. Ich kann die Angst spüren, die auf dir lastet. Ich sehe die Sorge; die Trauer. Und ich kann dir nicht beschreiben, wie übermächtig der Wunsch in mir pocht, dir all das abzunehmen. Du solltest lächeln, anstatt zu weinen. Du solltest tanzen, anstatt zu zittern. - Verdammt nochmal, du solltest nackt unter mir vor Lust wimmern!«

Sie lächelte und spürte Ryans Hand auf ihrer Wange.

»Jeder meiner Tage sollte mit deinem Lächeln beginnen und mit deinem Kuss enden, Alice O'Rourke.« Er hauchte einen Kuss auf ihren Scheitel. »Und dass sich dieser Wunsch so unnachgiebig in mein Innerstes gebrannt hat ...«

Er ließ den Satz in der Luft hängen, als sie sich ein wenig von ihm löste. Sie blinzelte, was ihren Blick leider kein bisschen schärfte.

»Willst du mir gerade eine Liebeserklärung machen?«

Er stockte. »Womöglich.«

»Und das tust du, wenn ich nicht in der Lage bin, dir dabei ins Gesicht zu sehen?«

»Äh ...«

Sie brach beinah in Tränen aus.

»Nicht unbedingt die Reaktion, die ich mir erhofft hatte«, räumte er ein.

»Weil du gerade im Begriff bist, das Schönste zu mir zu sagen, dass jemals jemand zu mir gesagt hat, und *ich* kann dich *nicht* sehen!«

»Aber du ... bist mit der Kernaussage einverstanden?«

Sie lachte leise und nickte. »Sehr. Um nicht zu sagen: Absolut.«

Ihr Sichtfeld verdunkelte sich und einen Augenblick später spürte sie Ryans Lippen auf ihren. Nach wenigen Augenblicken ließ er von ihr ab, legte seine Stirn gegen die ihre und lachte leise.

»Ich habe da gerade eine Idee.«

»Die habe ich auch.«

»Nein außer dieser - außergewöhnlich fantastischen - Idee habe ich noch eine weitere. Eine, die uns vielleicht den entscheidenden Schritt weiterbringt.«

Sie stockte. Die Geschwindigkeit, mit der Ryan zwischen allen möglichen elementaren Themen hin und her flipperte, war ihr zu viel.

»Und die wäre?«

»Verrate ich dir in etwa zwei Stunden.«

»Was ist in zwei Stunden?«

»Da verrate ich dir meine Idee.«

»Ja, das weiß ich! Ich meine, warum -«

»Leg dich hin!«

»Was?«

»Du musst dich und deine Augen ausruhen. Und ich muss einen Weg finden, um dir zu helfen.«

»Aber -«

»Leg dich hin!« Er drückte sie wenig sanft in die Kissen und zog die Decke über sie.

»Es ist noch nicht einmal neun Uhr morgens«, protestierte sie, doch es war zwecklos. Ryan bestand darauf, dass sie im Bett blieb, bis er seine geheimnisvolle Theorie überprüft hatte. Und Alice selbst musste einräumen, dass sie nach der Kälte und den schrecklichen Erlebnissen, der quälenden Ungewissheit, was ihre Augen betraf, in der Wärme des Bettes ein wenig Trost fand.

»Verrätst du mir wenigstens, wohin du gehst?«

»Nein.«

Dann schloss sich die Tür hinter ihm.

»Frechheit!«, murmelte sie und starrte in das verschwommene Bild, das ihr von der Realität noch geblieben war.

Es war, als würde man durch eine beschlagene Scheibe

sehen, doch es gab keine Möglichkeit irgendetwas abzuwischen; keine Möglichkeit den Blick zu schärfen.

Ihre Gedanken trieben zurück zu Machèt. Er war wie sie; hatte sich sein Leben lang mit dem positiven Gegenstück des dunklen Buches beschäftigt, und nun war er ein Gefangener, wie Ryan es so viele Jahre gewesen war. Dieser sympathische Mann, den sie hatte übertölpeln wollen, und der ihr doch das in die Hand gegeben hatte, was sie so dringend gesucht hatten.

War der Bischof geschwächt?

Oder war er Ryan bereits auf den Fersen?

Sorge pochte hinter ihren Schläfen und wühlte sie auf. Sie drehte sich auf die Seite und blinzelte gegen die schlichte Wand.

Irgendwo tickte eine Uhr. Vermutlich über ihr. Sie konnte sie nicht sehen.

Aber sie begriff, dass sich die Zeit quälend hinziehen würde, bis Ryan endlich zurückkehrte. Also tat sie das einzige, dass sie im Moment tun konnte: Sie schloss die Augen.

Als die Tür aufging, schrecke sie empor.

Sie rieb sich die Augen, versuchte, ihren Blick zu schärfen, und begriff im nächsten Augenblick, dass das nicht klappen würde.

Bevor sie tatsächlich eingeschlafen war, hatte sie alle möglichen Augenerkrankungen geistig abgehakt, die sie in ihrem bisher kurzen Studium kennengelernt hatte. Augenlicht in ein Buch gesaugt kam dabei allerdings nirgends vor.

»Ryan?«, fragte sie aufgeschreckt.

»Ja, ich bin es. Alles in Ordnung?«

Sie gab ein Achselzucken von sich. »Unverändert, falls das deine Frage ist.«

»Sozusagen.« Er trat in ihr Sichtfeld, verschwommen und undeutlich. Dennoch war sie über die Maßen erleichtert, dass ihm nichts geschehen war.

»Ich hatte schon Angst, der Bischof wäre dir auf den Fersen.«

»Nein, das heißt ... - wenn es so ist, habe ich es nicht bemerkt. Ich bezweifle es aber. Nicht nur, weil ich jemanden mitgebracht habe.«

»Jemanden mitgebracht?«

Alice sprang förmlich aus dem Bett und strich ihre Kleider glatt. »Warum sagst du mir das erst jetzt? Wer ...? Wo ...?«

Sie sah sich um, doch ihre nutzlosen Augen konnten keine weitere Person erkennen.

»Keine Sorge«, erklärte Ryan und drückte sie an den Schultern zurück auf die Bettkante. »Ihr kennt euch.«

Plötzlich raschelte es neben ihr und dann ... war ein Schnurren zu hören.

Etwas Weiches streifte ihren Arm und Alices Herzschlag setzte für einen Moment aus.

»Ist das ...?«

»Sir Aberdeen«, bestätigte Ryan mit einer großen Menge an Stolz und Freude in seiner Stimme. »Höchstpersönlich.«

Alice dachte nicht weiter darüber nach, wer Sirius wirklich war. Als sie ihren über alles geliebten Kater in Sicherheit und wieder bei sich wusste, packte sie ihn, hob ihn hoch und presste ihr Gesicht in sein weiches, dunkles Fell.

Er schnurrte; zumindest bis Alice ihn etwas zu fest drückte.

Nach einem Laut des Protests, ließ sie schließlich von ihm ab, setzte ihn mit einer gemurmelten Entschuldigung auf die Bettdecke neben sich und wischte sich mit dem Handrücken über die Augen.

»Wo war er denn?«

»An einem Ort, den aufzusuchen ich mir vorhin überlegte.«

Alice blinzelte gegen die Schemen an, die sie noch sehen konnte. »Und welcher Ort ist das?«

Da die Matratze neben ihr einsank, setzte er sich offenbar neben sie.

»Heb die Hände«, wies er sie an. Einen Augenblick später bekam sie etwas Schweres auf die Oberschenkel gelegt.

»Ist das das Buch?«

»Ja. - Leg die Hände auf die Seiten.«

Als Alice zögerte, griff Ryan vorsichtig nach ihren Fingern und spreizte sie auf den alten, glatten Pergamentseiten.

Das Papier fühlte sich warm an, vertraut.

»Was soll ich jetzt tun?«, fragte sie.

Ryan atmete ein, es klang angespannt. Dann legte er seine Hand auf die ihre und atmete wieder aus.

»Ich weiß es nicht genau, aber ... lass uns erst einmal abwarten.«

Und das taten sie.

Alice verharrte in ihrer Position, mit den Fingern auf den alten Seiten des Buches und Ryans Händen auf ihren.

Doch außer der Wärme spürte sie nichts.

»Wenn ich wüsste, was ich tun soll ...«, erklärte sie nach einigen Minuten.

Da kam Sirius und legte sich direkt auf ihre Finger. Sie konnte es nicht genau sehen, aber es fühlte sich an, als würde er sich auf die Seiten legen, sich daran reiben und dann schnurren.

Alice lächelte. »Wenn ich dich nur sehen könnte, Sirius. - Ich bin so froh, dass du wieder bei uns bist.«

Da wirbelte er herum und sprang vom Bett. Für einen Augenblick erschien es Alice, als wäre er vom Bett gefallen, und in einem Reflex wollte sie nach ihm packen, doch ... es ging nicht.

Ihre Hände lagen auf den Buchseiten, und es fühlte sich nicht an, als würden sie daran kleben, nein: Es war, als wären sie regelrecht damit verwachsen.

»Was ist denn jetzt los?«

Ryan presste ihre Finger auf die Seiten. »Warte ab! Entspann dich!«

»Entspannen?«, rief sie etwas hysterisch aus. »Meine Finger sind in ein Buch eingewachsen und ich soll mich *entspannen*?«

Als sie wieder den Arm zurückreißen wollte, presste Ryan ihre Hände noch fester auf das Buch.

»Jetzt warte doch wenigstens einen Moment ab!«, presste er zwischen den Zähnen hervor.

Hinter ihr miaute es, was auch nicht wirklich hilfreich war.

Alice wollte gerade zum nächsten Protest ansetzen, da spürte sie es plötzlich: Zuerst war es nur ein Kitzeln an ihren Fingerspitzen, wie kleine Stromschläge, die sich ausbreiteten, auf ihre Handflächen krochen, die Handgelenke umschlangen und sich dann hinauf zu ihren Armen zogen.

»Verdammt«, hauchte sie, unsicher, ob das nun ein gutes oder ein schlechtes Gefühl war, was da in ihren Oberkörper strömte, sich mit ihrem Herzschlag nach oben und unten zu verteilen schien und schließlich ihren Kopf erreichte.

»Mein Gesicht wird ganz warm.« Sie flüsterte. Das Gefühl war unheimlich und angenehm gleichermaßen.

»Warte ab«, sagte Ryan leise. Er ließ sie los; überließ sie dem Gefühl, das durch ihren Körper pulsierte; ihm auf unbeschreibliche Art Substanz und neue Kraft verlieh.

Es war, als würde in sie zurückströmen, was ihr das Buch der Sinne hatte entreißen wollen.

Es war magisch.

Es war ... urplötzlich vorbei.

Alice riss die Augen auf. Ihre Finger rutschten vom Buch. Helligkeit stach in ihre Pupillen und gleichzeitig eine Erkenntnis, die sie aufschluchzen ließ.

Sie schlug die Hände vors Gesicht und überließ sich für einen Moment ihren überbordenden Emotionen.

»Ich kann wieder sehen«, hauchte sie in ihre Handflächen, woraufhin Ryan sie in seine Arme zog und fest an sich presste.

Da besann sich Alice Sirius Anwesenheit. Sie löste sich von Ryan und zog die Nase hoch.

»Entschuldigung.«

»Miau.«

Sie blinzelte gegen die durch die Fenster strömende Helligkeit und als sie die Konturen einer billigen, geblümten Vase bis ins kleinste, unnatürlichste Detail erkannte, schien es ihr das Schönste zu sein, das sie je gesehen hatte.

Dann sah sie in Ryans Gesicht und lachte atemlos.

»Ich danke dir«, hauchte sie, schon wieder den Tränen nahe. Er drückte ihre Hand und nickte hinab zu dem Buch auf ihren Knien.

»Woher wusstest du das?«

»Ich wusste es nicht. Es war nur eine Theorie, die ich nach Betrachten der Bilder hier aufgestellt hatte.«

»Also kannst du sie entschlüsseln?«

»Nein, aber manchmal lässt sich ein möglicher Sinn erahnen.« Er zeigte auf eine Seite. »Im ersten Augenblick scheint das Bild nur zu verwirren, aber wenn man es länger betrachtet, scheint es zwischen den Kreaturen und Symbolen einen Austausch zu geben; ein Geben und Nehmen.«

»Und so hat mir dieses Buch zurückgegeben, was mir das andere genommen hat?«

»So scheint es. - Und jetzt, wo wir das geschafft haben, steht noch eine größere Aufgabe vor uns.« Bei diesen Worten blickte er Sirius an, der sich neben Alice setzte und die beiden abwechselnd aus seinen gelben Augen ansah.

Da endlich begriff sie.

»Du meinst ...«

Ryan nickte. »Falls es uns gelingen würde, Lord Angus in seine ursprüngliche Gestalt zurückzuverwandeln, wäre dies nicht nur für seine Lordschaft ein Gewinn, sondern für all das, wonach wir streben und was wir zu erreichen versuchen.«

Alice nickte langsam. »Mindestens. Aber -« Sie zeigte auf das Buch. »Wie soll das funktionieren? Und wo ... kommt Sirius jetzt überhaupt her? Ich dachte, der Bischof hätte ihn in seiner Gewalt.«

»Soweit ich es verstanden habe ...« Ryan nickte auf den schwarzen Kater hinab, »... die Kommunikation ist aus offensichtlichen Gründen stark eingeschränkt, konnte es seiner Lordschaft gelingen, sich aus den Fängen des Bischofs zu befreien. Seine Kraft hat einen enormen Energieabfall zu verzeichnen gehabt, der es Lord Angus erlaubte, dem Bischof hier in Rom zu entkommen.«

Alice hob eine Braue. »Und das hast du im Gespräch mit - nichts für ungut - einer Katze erfahren?«

»Einem Kater. - Aber ja.« Er nickte Sirius an, der schweigend abwartete. »Heute Morgen kam mir der Gedanke, dass es einen Ort geben könnte, an dem wir womöglich ein paar Antworten auf die Rätsel finden, die uns dieses Buch aufgibt.«

Sie blickte ihn abwartend an. »Und welcher Ort wäre das?«

Ryan sah hinab zu Sirius, der schon wieder miaute. Für Alice klang es immer gleich, keine Ahnung, wie man daraus eine ganze Geschichte ableiten konnte.

»Mir war in diesem Buch etwas aufgefallen.«

Alice blickt hinab auf ihren Schoß. »Du meinst außer den Fabelwesen und der kunstvollen, aber absolut unleserlichen Schrift?«

»Ja.«

»Und was?«

»Auf der Umschlaginnenseite war etwas aufgedruckt; oder aufgeschrieben. So oder so war es stark verblasst, aber ich erkannte es trotzdem.«

Als er eine Pause machte, warf Alice die Arme in die Luft. »Soll ich etwa raten?«

»Nein, nein. Es war ... ein Papstwappen.«

Sie blinzelte. »Ein Papstwappen?«

»Genau.«

»Und das erkennst du einfach so?«

»Ich hatte eine klassische, umfassende Ausbildung.«

Sie verschränkte die Arme vor der Brust. »Du meinst im Vergleich zu dem dümmlichen Landei, das ich bin?«

»Keineswegs.« Er verstärkte seine beschwichtigenden Worte mit einer Hand, die er auf ihre legte. »Jedenfalls erkannte ich das Wappen von Paul, dem IV.«

»Du erkennst nicht nur, dass es ein Papstwappen ist, sondern auch noch von welchem Papst?«

»Wie gesagt, ich hatte eine klassische -«

»-umfassende Ausbildung. Ja, ich weiß. - Gut, und was sagt uns das mit diesem Papstwappen?«

»Paul, der IV war Papst von 1555 bis 1558.«

»*Miau*!«

»1559, Entschuldigung.«

Alice Kopf flipperte zwischen Sirius und Ryan hin und her, bis letzterer seine Erzählung fortführte.

»Jedenfalls wurde ich deswegen hellhörig, weil Paul, der IV ein wahrhaftiger ... Fanatiker war. Er war einer der wenigen Päpste, die nicht nur selbst strenggläubig waren, sondern auch alles verdammten, das nicht in das katholische Weltbild passte. Er war einer der großen Fürsprecher der Inquisition. Von ihm soll der Satz stammen: *Selbst wenn mein eigener Vater Häretiker wäre, würde ich das Holz zusammentragen, um ihn verbrennen zu lassen.*«

Alices Brauen schossen in die Höhe. »Ernsthaft?«

»Miau«, bestätigte Sirius.

»Jedenfalls«, fuhr Ryan fort, »hat Paul, der IV, den *Index librorum prohibitorum* ins Leben gerufen. Eine Liste verbotener Bücher. Und da dieses Buch hier ist, wollte ich herausfinden, ob Paul vielleicht auch den anderen Band hatte.«

Alice nickte. »Wenn auf diese Liste irgendein Buch passt,

dann wohl dieses.«

»Eben darum. - Also bin ich zurück zum Archiv, wo mir gesagt wurde, dass der Index bis in die 1960er weitergeführt wurde. Zu diesem Zeitpunkt standen über 6000 Bücher auf der Liste. - Mittlerweile ist der Index aber nicht mehr wirksam und die Liste wurde veröffentlicht. Man kann die gebannten Bücher einsehen. Und während ich mich also in die entsprechende Abteilung der öffentlichen Bibliothek orientieren will, treffe ich auf seine Lordschaft. Er hatte sich auf einer Mauer platziert, von wo aus er die relevanten Eingänge im Auge behalten konnte.«

»Aber wie -?«

»Vielleicht sollten wir versuchen, ihn das selbst zu fragen. Und zwar in seiner menschlichen Gestalt.«

»Und dieses Buch soll ihn ... zurückverwandeln können?«

Ryan nahm ihr das Buch ab und legte es in seinen Schoß. »Wie gesagt: Meine Theorie ist es, dass dieses Buch die Macht hat, das auszugleichen, was das andere Buch zerstört hat; oder was es auch nur aus dem Ungleichgewicht gebracht hat.«

»Geben und Nehmen.« Sie blickte ihn fest an und er nickte.

»Ganz genau.«

»Wenn das so wäre, denkst du, es könnte Machèt zurückbringen?«

»Vielleicht. Ihn und die anderen.« Er rieb sich die Schläfe und gab ein Achselzucken von sich. »Es ist schwer zu sagen, denn ich konnte dem Buch ja durch dich entfliehen und du sagst, du wüsstest selbst nicht genau, was du eigentlich getan hast.«

»Ich habe es nur aufgeschlagen.«

»Du musst noch mehr getan haben. Du weißt eben nur

nicht, worauf genau es ankam. - Ich hoffe, dass seine Lordschaft uns weitere Informationen geben kann. Immerhin hat sich meines Wissens nach niemand so intensiv mit dem Buch beschäftigt wie er.«

Alice blickte wieder hinab zu Sirius und nickte. Dann berührte sie das Buch. »Und wie ... soll das gehen?«

Ryan nahm das Buch und legte es auf den kleinen Tisch, Alice stand auf und setzte sich ihm gegenüber, während Sirius auf ihren Schoß sprang.

»Ich verstehe zwar weder die Symbolik der Zeichnungen, noch die Schrift selbst ...«

»Machèz sagte, dass sich über unzählige Jahre Übersetzer und Leute, die versuchten einen eventuell enthaltenen Code zu knacken, die Zähne ausgebissen haben.«

Ryan nickte. »Das denke ich mir. Trotzdem habe ich das Gefühl, dass die Schrift eines jeden Abschnitts oder vielmehr jeder Seite, die mit einem kunstvollen Großbuchstaben beginnt, mit etwas anderem beschäftigt, oder vielmehr: mit Jemandem.«

»Mit jemandem, der in das andere Buch gelesen wurde?«

»Das glaube ich zumindest. - Du hast die Hand auf die neueste Seite gelegt.« Er blätterte sie auf. »Siehst du, wie kurz der Abschnitt ist?«

Alice nickte nachdenklich. »Es wirkt unvollständig.«

»Weil du ja noch hier bist. Der Bischof konnte sein Werk an dir nicht vollenden.«

Bei diesem Satz bekam Alice unwillkürlich eine Gänsehaut. Sie rieb sich die fröstelnden Arme und nickte. »Gut, also weiter. Dann müsste die Seite davor Machèt sein.«

Ryan blätterte zurück. Eine Doppelseite in der bereits vertrauten, unlesbaren Schrift war zu sehen. Dazu verschlungene Fabelwesen und ein kunstvoller Anfangsbuchstabe, den Alice ebenfalls nicht lesen konnte.

»Vermutlich.«

»Können wir ihn befreien?«

»Ich glaube nicht. - Ich glaube, wir brauchen denjenigen bei uns, den wir von dem Bann lösen wollen. - In Machèzs Fall und in dem der anderen bräuchten wir also das Buch. In deinem Fall und in dem seiner Lordschaft ...« Er gab ein Achselzucken von sich. »Ihr seid beide hier. Euch hat der dunkle Zauber anders berührt.«

Alice nickte langsam.

Das klang zumindest einleuchtend. »Gut, dann suchen wir jetzt die Seite, die Sirius gehört?«

»Ja.«

Sirius sprang von Alices Schoß auf den Tisch und miaute. Ryan hob eine Braue.

»Es sieht aus, als würde seine Lordschaft selbst seine Seite finden wollen.«

Er blätterte zurück. Alice betrachtete Sirius, der auffordernd miaute, also blätterte Ryan weiter. Und weiter.

Wenn man bedachte, dass wirklich jede dieser Seiten für einen Menschen stand, der durch das Buch verdammt wurde, dann waren das in den letzten Jahren Unzählige. Der Hunger des Bischofs und der Preis, den seine Jugend hatte, waren unersättlich.

Plötzlich fauchte Sirius auf und Ryan zog seine Hand zurück.

Alice blickte auf die Seite, die aufgeschlagen war.

»Sie wirkt anders, als die anderen«, stellte sie kurz danach fest.

»Ja.« Ryan strich über die Buchstaben. »Die Schrift hat eine andere Farbe. Es geht ins Bläuliche.«

»Weil es eine andere Art von Bann ist?«

»Das nehme ich zumindest an.« Er blickte Sirius an, der - obwohl er völlig ruhig da stand - aufgewühlt wirkte. »Sollen wir?«

»Miau.«

Dann schufen Alice und Ryan etwas Abstand und Sirius trat nach kurzem Zögern auf das Buch.

Er schloss die Augen, hob den Kopf ein wenig an; die Geste wirkte grotesk menschlich an einer Katze.

Alice warf einen Blick auf die Uhr, die sie nun wieder sehen konnte. Es vergingen fast fünf Minuten, in denen Sirius regungslos verharrte.

Ryan machte einen Schritt zum Tisch hin und legte eine Hand auf Sirius Rücken. Es wirkte, als wollte er etwas erspüren, und als er die Augen wieder öffnete, war offenbar genau das geschehen.

»Sie müssen es zulassen«, sagte er leise. »Auch wenn es schwerfällt, auch wenn es schmerzt. Sie müssen die Rückverwandlung zulassen, Angus.«

Wieder schloss der Kater die Augen. Dann knickte er die Vorderbeine ein und legte sich quer auf die Seiten.

Es dauerte kaum eine Sekunde, da drang ein Laut aus seiner Kehle, der weder Miauen, noch Fauchen war. Es war auch kein Schrei. Alice konnte es nicht genauer beschreiben als einen Laut puren Schmerzes.

Sirius kippte zur Seite, als wäre das Buch plötzlich magnetisch, zog es seinen Körper an, fixierte ihn darauf.

Ein weiterer Laut purer Qual drang aus seiner Kehle. Er verdrehte die Augen. Sein Atem flatterte unkontrolliert.

Alice schnellte nach vorne.

»Wir müssen ihm helfen!«, rief sie aus, doch Ryan packte sie beiden Armen. »Warte! Er muss es geschehen lassen!«

Sie hatte keine Ahnung, woher er die Selbstkontrolle nahm, nicht sofort einzugreifen.

»Was ist, wenn er stirbt?«, hauchte sie, während Sirius Körper wie wild anfing zu zucken.

Ryan deutete ein Kopfschütteln an. »Es liegt nicht in unserer Macht, etwas daran zu ändern.«

Alice blickte wieder auf den Tisch. Sirius darauf bewegte sich nicht mehr. Er atmete nicht mehr. Seine Augen standen weit offen, die Pupillen groß, fast kugelrund.

»Er ist tot«, hauchte sie. »Er ...« Sie trat näher und Ryan ließ sie gewähren.

Alice beugte sich über den Tisch, nach kurzem Zögern streckte sie die bebende Hand aus und strich mit klammen Fingern über Sirius weiches Fell. Eine Träne tropfte auf sein Ohr, als sie vergebens versuchte, ein Schluchzen zu unterdrücken.

Sie schob ihre Hände unter Sirius, hob ihn empor, legte ihn sich in die Arme, wie ein Kind. Sein Kopf rollte leblos zur Seite.

»Verdammt nochmal«, hauchte sie. »Das ist so unfair.«

Alice presste ihr Gesicht in das seidige Fell. Wie oft hatte sie in den letzten 15 Jahren das Ohr an Sirius Bauch gelegt und sein Schnurren gehört.

Jetzt hörte sie nichts mehr.

Sie hob den Kopf wieder ein Stück und blickte Ryan an, der selbst die Lippen fest zusammenpresste.

»Es tut mir so leid, Alice«, sagte er leise. »Er war schon so lange in dieser Gestalt, dass er der Kraft des Gegenzaubers nicht standhalten konnte.«

»Er hätte es überhaupt nicht versuchen dürfen!«

»Er wollte uns helfen! Uns retten!«

»Und jetzt ist er tot! Unseretwegen!« Sie blickte auf den

Kater in ihren Armen hinab. »Meinetwegen!«

»Es war seine Entscheidung, Alice. Es ist nicht deine Schuld! Es ...« Der Ausdruck in seinen Augen veränderte sich. »Leg ihn aufs Bett!«, sagte er plötzlich hektisch.

»Was?«

»Hinlegen! Auf's Bett! Schnell!«

»Warum denn?«

»Ich spüre etwas.«

»Was?«

»Keine Ahnung. Es ... - Leg ihn hin! - Ach, ich mache es selbst.«

Er nahm ihr Sirius leblosen Körper ab und legte ihn auf die Bettdecke.

»Was spürst du denn?« Alice erlaubte sich noch keine Hoffnung, aber ...

»Ich kann es nicht beschreiben. Irgendetwas geht vor sich ... da ist etwas. Es kribbelt unter meinen Fingerspitzen. - da, schau!«

Alice blickte hinab aufs Bett und sah zuerst gar nichts, als einfach nur den toten Sirius. Doch dann kehrte etwas in ihn zurück. Es war kein Atemzug, kein Herzschlag. Es war eher, als würde ein Zucken durch seinen Körper laufen. Und dann noch eines.

Plötzlich wand sich der ganze Katzenkörper in Krämpfen. Als er die Augen wieder aufriss, waren sie plötzlich himmelblau.

Wieder wollte sie zu ihm eilen, wieder hielt Ryan sie zurück.

Und tatsächlich geschah das Unvorstellbare.

Sirius verwandelte sich. Innerhalb von Augenblicken wuchs sein Körper an, verformte sich. Die Glieder streckten sich, das Fell verschwand. Die Krallen zogen sich zurück, aus Pfoten wurden Hände. Der Kopf verformte sich, die kleinen Reißzähne bildeten sich zurück, wurden stumpf, verformten sich. Die Nase wölbte sich nach außen, während sich alles in die Länge streckte.

Alice konnte kaum hinsehen. Der Anblick war beängstigend und faszinierend gleichermaßen.

Dann plötzlich lief ein tiefer Atemzug durch den Körper. Er blinzelte und ... blickte Alice an.

Schweiß stand auf seiner Stirn. Sein Brustkorb hob und senkte sich in totaler Erschöpfung und seine Beine zitterten.

»Oh, er ist ...«

Ryan stand auf und breitete schnell ein Laken über den nackten Mann um die Sechzig, der plötzlich auf ihrem Bett lag.

Alice starrte ihn fassungslos an, während der Mann selbst versuchte, sich zu orientieren und zu Atem zu kommen.

Ryan kam zurück zu ihr und legte eine Hand auf ihren Arm.

»Ist das wirklich ...?«, fragte sie fassungslos.

»Ja. - Und er ist am Leben.«

Sirius - oder musste sie ihn jetzt Lord Angus Aberdeen nennen? - gelangte allmählich wieder zu Atem. Er bewegte die Lippen, rollte die Zunge, schmatzte, als wollte er versuchen, seinen Körper daran zu erinnern, wie man sprach.

Alice machte einen Schritt nach vorn. Sirius jetzt wasserblauer Blick traf sie. Er lächelte. Zumindest versuchte er es, auch wenn ihm offenbar noch nicht all seine Gesichtsmuskeln in gewünschter Weise gehorchten.

Vorsichtig setzte sie sich neben ihn auf die Bettkante.

Er war ein schlanker, gepflegter Mann mit akkurat geschnittenem Bart und einer ehemals sicher sehr sorgfältig gelegten Frisur.

»Alice ...« Es war das erste Wort, das zwischen seinen trockenen Lippen hervordrang. Kaum gesprochen, kaum zu hören, und doch so aufwühlend, dass sie schon wieder gegen die Tränen ankämpfen musste.

Sie griff nach seiner Hand und drückte sie fest.

»Bist du es wirklich? - Ist das wirklich ... wahr?«

»Ja, es ...« Er schluckte, leckte über seine Lippen.

»Ryan, gib ihm ein Glas Wasser«, bat Alice und Ryan holte eine kleine Wasserflasche und gab sie ihr.

»Kannst du dich aufsetzen?«

Sie half ihm und legte dann ein Kissen in seinen Rücken, so dass er durch das Kopfende des Bettes ein wenig Halt fand.

»Ich hole eines meiner Hemden«, sagte Ryan schnell und lief ins Badezimmer.

Alice derweil betrachtete Sirius und konnte es einfach nicht fassen.

Er lächelte gütig.

»Es muss ein Schock für dich sein«, brachte er heiser hervor. Sein Lächeln wurde etwas geschmeidiger, wirkte weniger hölzern.

»Es ist zumindest eine Überraschung.«

Ryan gab das Hemd an Sirius weiter und dieser nahm es dankend entgegen.

Etwas umständlich zog er es über, während das Laken weiterhin den Rest seines Körpers bedeckte.

»Ich bin es gar nicht mehr gewohnt, Kleidung zu tragen. Ich ... danke euch.« Er blickte auf seine Hände hinab, drehte sie nach oben und unten, ließ dann den Blick an seinem Körper hinabgleiten und wackelte mit den Zehen, die unter dem Laken hervorlugten. Eine kindliche Geste, die Alice lächeln ließ.

»Ist alles noch dran?«

»Ich vermute es.«

»Wir wissen es ganz genau«, gab Ryan zurück und Sirius lachte leise.

»Es tut mir leid. Ja, die Verwandlung vernachlässigt wohl die gegebenen Kleiderordnungen, wie ich fürchte.«

»Hauptsache, es geht dir gut.« Alice hob die Brauen. »Oder soll ich jetzt Lord Aberdeen sagen?«

»Das empfände ich als persönliche Beleidigung«, gab er zurück und setzte sich ein wenig auf. Er stöhnte leise. »Wie schön, dass ich mit der Verwandlung auch mein Rückenleiden zurückbekommen habe. - Grundgütiger, dieser Körper ist weit weniger geschmeidig, als der des Katers.« Er sah zu Alice auf und ertrug den Umstand, dass er nur zur Hälfte bekleidet war, weiterhin tapfer. »Wie auch immer: Wir dürfen keine Zeit verlieren.«

Ryan nickte. »Das haben wir uns schon gedacht.«

»Ihr müsst zurück nach Irland.«

Alice und Ryan wechselten einen überraschten Blick. »Irland?«

»Unverzüglich«, bestätigte Sirius und betrachtete Ryan abschätzend. »Welche Hosengröße habt Ihr, Sir Somerset?«

»Bitte, nennt mich Ryan.«

»Ryan ... 54?«

Er hob eine Braue. »Ehrlich gesagt weiß ich es nicht genau. Dies ist das erste Paar Hosen, das ich im 21. Jahrhundert gekauft habe.«

»54«, bestätigte Alice derweilen.

Sirius runzelte die Stirn. »Ihr habt nicht ein ersatzweises

Beinkleid für mich, Ryan?«

»Natürlich.« Ryan stand auf und holte seine zweite Jeans aus dem Koffer.

Sirius, alias Angus Aberdeen, raffte mit etwas hölzernen Bewegungen das Laken um sich und stand vorsichtig auf. Er schwankte bedenklich, so dass Ryan ihn stützte.

»Das Gehen auf zwei Beinen ist mehr als ungewohnt«, erklärte er dabei und ließ sich von Ryan ins Badezimmer schieben.

Als Ryan zurückkam, blickte er Alice forschend an. »Wie geht es dir?«

»Als würde alles um mich herum im Schnelldurchlauf passieren und ich selbst kann mich nur in Zeitlupe bewegen.«

»Verständlicherweise.«

Im nächsten Augenblick öffnete sich die Tür und Sir Angus kam bekleidet aus dem Badezimmer. Auch seine Frisur war gerichtet, das graubraune Haar streng gescheitelt. Lediglich die Schuhe fehlten ihm noch. »Vielen Dank.«

»Keine Ursache. - Etwas zu trinken?«

Alice stellte ein Glas Wasser neben eine Tüte Kekse auf den Tisch und zog ihm den Stuhl zurück.

Sirius bedankte sich noch einmal und trank einen großen Schluck. Dann legte er die Stirn in Falten und ein konzentrierter Ausdruck trat auf sein Gesicht.

»So ungewohnt und unglaublich die Geschehnisse auch sein mögen, wir dürfen uns nicht am Staunen und Unglauben aufhalten.«

»Mit Verlaub, Sir Angus, wir haben uns bis zu diesem Augenblick mehr blind als sehend vorangetastet«, erklärte

Ryan und wartete Alices bestätigendes Nicken ab. »Wir haben fast gar keine Informationen über diese Bücher, den Bischof und das, was uns passiert, außer dass wir offenbar in Lebensgefahr sind. - Deswegen bitten wir euch, uns aufzuklären über alle Umstände und all das, was ihr wisst.«

Angus nahm noch einen weiteren Schluck und nickte. »Als ich vier Jahre alt war, 1869, da habe ich den Bischof zum ersten Mal gesehen.«

»Was ist passiert?«, fragte Ryan.

»Er hat meine Mutter in das Buch gelesen; vor meinen Augen.« Ein leerer Ausdruck trat auf sein Gesicht, bis er den Kopf schüttelte. »Wir hatten ein Landhaus, mein Vater war in der Stadt, das Personal im Haus. Meine Mutter und ich waren allein. Sie spielte mit mir. Ich war ihr einziges Kind. Es war ein sonniger, wunderschöner Tag. Ich erinnere mich, wie glücklich ich war; bis zu diesem Augenblick. - Er kam einfach in den Garten. Er schlich sich nicht an, er drohte uns nicht. Er kam einfach zu uns und als meine Mutter fragte, was er hier zu finden wünschte, da schlug er das Buch auf. Mehr nicht.« Sirius schüttelte den Kopf. »Er schlug einfach das Buch auf und zerstörte mein Leben. - Den gellenden Schrei meiner Mutter, ich höre ihn noch immer, jedes Mal, wenn ich die Augen schließe, verfolgt er mich und klirrt in meinen Gedanken, bis alles zerspringt.« Er biss in einen Keks und schluckte ihn, trank noch einen Schluck. Er schien die Zeit zu brauchen, um sich zu fassen. »Als mein Vater nach Hause kam und ich mit meinen unbeholfenen Worten erzählte, was geschehen war, glaubte mir natürlich niemand. Auch später nicht! Mein Vater vermutete ein Verbrechen. Man ließ nach ihr suchen, aber nur ich wusste, dass niemand sie jemals finden würde. Niemand, außer mir. Ich machte mich also auf den Weg, sobald ich alt genug war, recherchierte, forschte, reiste. - Es dauerte fast dreißig Jahre, bis ich wieder auf den Bischof traf. Wie es der Zufall wollte, war ich nach England übergesiedelt und die junge Frau war die Nichte meiner Ehefrau, die uns eines Sommertages besuchte. Sie hatte sich bei ihren Eltern ständig beschwert, dass es in der Stadt so stank; dass sie aufs Land wollte. Sie schwelgte zwischen den Blumenbeeten und war verzückt von allem, was ihr unter die Nase kam. Ich hatte zu diesem Zeitpunkt einen Hund, einen Setter. Ich glaube, die kleine Margery hätte es mit ihm aufnehmen können. - Es geschah auf einer Spazierfahrt mit Picknick. Der Bischof war uns in die Wälder gefolgt und hatte ihr aufgelauert. Es sah wie eine Entführung aus, zumindest im ersten Augenblick. Ich lief ihm nach, um sie zu retten, und sah das Unfassbare.« Sirius strich sich durchs Haar. »Er hat gelacht. Dann klappte er das Buch zu und lief fort, verjüngt und mit so viel neuer Energie gestärkt, dass ich ihm niemals hätte folgen können. - Natürlich erkannte er mich nicht. Aber ich erkannte ihn. Die Suche nach Margery verlief erfolglos. Und während die anderen noch hofften und bangte, wusste ich, sie würde nie wieder zurückkommen. Und ich fragte mich, wieder und wieder ob die Auswahl der Opfer dieser schrecklichen Kreatur zufällig war. Und irgendwann begriff ich: Das Mädchen hatte einen außergewöhnlichen Geruchssinn, und meine Mutter konnte sehen wie ein Luchs.« Er lächelte Alice sanft an. »Sie war mit dem gleichen scharfen Sinn gesegnet, wie du.«

Alice griff noch einmal nach seiner Hand. »Es tut mir so leid.«

»Schon gut, mein Liebes. Es ist lange her. - Jedenfalls in all den Jahren habe ich meine Mutter oder Margery nie gefunden. Als ich den jungen Ryan Somerset entdeckte, war er in gut sechzig Jahren erst der vierte Mensch mit derlei scharfen Sinnen, den ich entdeckte. - Es gab ja noch keine umfassenden Archive, kein Internet, keine vernetzten Datenbanken. - So oder so, als ich ihn fand, war ich zu spät. Der Bischof nutzte die gleichen Wege, um an seine Opfer zu kommen, und er war mir um Jahrhunderte an Erfahrung voraus. Als er Ryan in das Buch las, konnte ich ihm nicht helfen, aber zumindest versuchte ich, den Bischof anzugreifen. Dennoch schaffte ich es nicht, ihn zu überwältigen. - Als ich ihm das Buch entreißen wollte, traf mich der Bann, der mich verwandelte. Doch da ich das Buch bereits in Händen hielt, konnte er es nicht sofort wieder an sich bringen. Es stürzte in den Fluss; genau wie ich. - Während ich mich nach einigen Metern wieder ans Ufer retten konnte, blieb das Buch verschollen.« Er blickte Alice fest in die Augen. »Dein Großvater fand es.«

»Das hat er mir nie erzählt.«

»Nein, er ... wusste von der Macht, die es hatte.«

»Wie war das möglich?«, wollte nun Ryan wissen.

»Am Anfang war es wohl nur ein Gefühl. Und später: Er hat es dechiffriert.«

Alice und Ryan wechselten einen ungläubigen Blick.

»*Was*?«, rief sie aus.

»Er hat den Code entschlüsselt, der hinter allem liegt. Nun, kein gewöhnlicher Code, das muss man denjenigen, die sich seit weit über 400 Jahren daran versucht haben, zugestehen. Am Ende konnte es wohl nur ein Mensch verstehen, der auf das Engste verbunden war mit einem Menschen, der vor dem Buch beschützt werden musste.« Er lächelte Alice wehmütig an. »Er hat dich über alles geliebt, Alice. Das musst du wissen. Du warst alles, was in seinem Leben gezählt hat. Er hätte alles für dich getan.«

Sie blinzelte gegen die Tränen an und schluckte. »Auch für mich sterben?«

Sirius seufzte schwer und nickte. »Ja, auch das. - Ich habe versucht, ihm zur Seite zu stehen, Alice. Aber ... was konnte ich schon ausrichten in meiner Gestalt?«

»Er hat ihn also wirklich getötet?«, fragte Ryan leise, als Alice nicht sprechen konnte.

Der alte Mann nickte. »Ich fürchte, ja.«

»Aber als er ins Antiquariat kam an diesem Tag, da hatte er doch solche Angst vor dir. Warum da? Warum nicht ein paar Tage früher?«

»Weil wir zu zweit waren. Erinnerst du dich, als ihr an dem Hotel auf ihn getroffen seid und er euch nichts tun konnte?«

Ryan nickte. »Woher weißt du davon?«

»Ich spüre das Buch. Ich spüre es ... ständig, seit mich dieser Bann berührt hat. Geht es dir nicht auch so?«

Alice hob den Blick zu Ryan, der nachdenklich die Stirn krauszog. »Ja, ich ... habe diese Unruhe von Zeit zu Zeit.«

»Du solltest dich auf sie einlassen; ihr nachspüren. - Was denkst du, wie euch der Bischof finden konnte? War er euch nicht ständig einen Schritt voraus?«

»Mindestens«, erklärte Alice.

»Weil er mit dem Buch verbunden ist. Mehr als wir alle.«

»Und was ist mit *diesem* Buch?« Ryan zeigte auf den Tisch.

Sirius streckte die Hand danach aus, zog sie aber zurück, bevor er die Seiten berührte. »Es muss immer ein Gleichgewicht geben. Ohne Gleichgewicht kann nichts existieren. Dieses Buch hat die Macht, die Bannsprüche des anderen aufzuheben. Es ist mit ihm verbunden, auch wenn es einen entscheidenden Unterschied gibt.«

»Welchen?«

»Der Bischof kann es nicht spüren. - Deswegen hat er so lange danach gesucht.«

Alice starrte auf die Pergamentseiten. »Wir haben ihn direkt dorthin geführt.«

»Das stimmt. Aber noch ist es nicht zu spät. Ihr könnt ihn aufhalten.« Er blickte zwischen Ryan und Alice hin und her. »Zwei Menschen mit diesen unglaublich ausgeprägten Sinnen, gemeinsam, in Liebe verbunden ...« Er lächelte über die beiden verdutzten Gesichter. »... ihr könnt euch allem und jedem entgegenstellen. Er kann euch nicht zusammen besiegen. Er muss euch trennen. Und wenn ihm das nicht gelingt, dann könnt ihr seinem schreckensvollen Treiben endlich ein Ende bereiten.«

»Und selbst wenn«, warf Ryan ein. »Wie sollte das funktionieren?«

Sirius blickte Alice an. »Dein Großvater. Seine Übersetzungen. Du musst sie finden und studieren. Darin findet ihr die Lösung, nach der ihr sucht. Er wusste es. Er hat die entscheidenden Absätze erst kurz vor seinem Tod entschlüsseln können.«

»Und wo sind die Übersetzungen?«

»Genau dort, von wo ihr kommt: In Dublin. Im Antiquariat.«

VII

»Nein, ich bleibe hier«, erklärte Sirius. »Ihr fahrt voraus!«

»Aber -« Alice versuchte schon seit fast einer viertel Stunde, ihn zu überzeugen.

»Soll ich mich vielleicht im Eurotunnel in den Kofferraum eines Mietwagens zwängen?«

Sie schwieg. Durchaus ein Totschlagargument.

»Und wie wollt Ihr dann zurückkommen?«, fragte Ryan.

»Ich finde einen Weg. - Viel wichtiger ist, dass ihr beide einen Weg findet; und zwar einen schnellen. Ich schlage vor, ihr fliegt, so weit es geht und dann wieder durch den Tunnel.«

»Mit einem neuen Mietwagen?«, fragte Alice.

Sirius trank einen Schluck Tee und für einen Augenblick wirkte es, als würde er den Impuls unterdrücken, sich die Hände abzulecken. »Um diesen hier kümmere ich mich. Ihr braucht einen neuen. Dann mit der Fähre wieder zurück nach Dublin. Alles, wie gehabt. - Ich komme nach, so schnell ich kann. Das Wichtigste ist: Lasst euch das Buch nicht abnehmen! Und findet die Transkriptionen, bevor der Bischof sie findet.«

Alice bewunderte die Geistesgegenwart seiner Lordschaft, immerhin hatte er bis vor wenigen Augenblicken fast 100 Jahre als Katze gelebt. »Wo wir gerade von den Übersetzungen sprechen: Wo sind sie genau?«

»Das weiß ich leider nicht.«

Alice und Ryan wechselten einen Blick. »Aber ich dachte -«

»Ich weiß nur, dass es im Laden ist, aber wo genau hat mir dein Großvater nie verraten. - Er war sehr vorsichtig und ich glaube, er wollte nicht, dass ich es weiß.«

»War ihm denn klar, ... was du bist?«, fragte sie.

»Nein, das heißt ... - er muss schon vermutet haben, dass mit mir etwas nicht stimmt.« Sirius lächelte und die Zuneigung für Alices Großvater, die darin lag, war tröstend. »Er hat es nie hinterfragt oder versucht, herauszufinden. Als ich dann erst einmal dreißig Jahre bei ihm war, hat er es einfach angenommen, wie es war. - Das will ich euch noch geben.« Er griff sich in die Hosentasche und zog das kleine Halsband mit dem Anhänger heraus, das er als Katze getragen hatte. »Es ist für das Buch. Ein Schlüssel, wie du weißt, Alice.«

»Ja, ich habe damit das Buch geöffnet.«

»Es ist nicht das Original. Ich habe es einst nach alten Vorlagen, Zeichnungen anfertigen lassen. - Aber es erfüllt seinen Zweck. - Nimm es mit!« Er ließ die kleine Kette in Alices Hand gleiten und schloss ihre Finger darum. »Ich bin zwar nicht dein Großvater, Alice, aber ich habe dich all die Jahre begleitet genau wie er. Ich will damit sagen, dass ich dich nicht weniger liebe, als er es getan hat.«

Und dann zog er sie in eine erstaunlich feste Umarmung, die Alice nach kurzer Verblüffung herzlich und über glücklich erwiderte. Als sich die beiden wieder voneinander lösten, räusperte sich Sirius gerührt und nickte.

»Nun, zögert nicht länger! - Auf dass wir uns alle wiedersehen!«

*

Eine Stunde später saßen Alice und Ryan mit ihrem spärlichen Gepäck, das sie sorgfältig um das Buch geschlungen hatten, auf dem beengenden Rücksitz einer kleinen Chartermaschine, die sie für horrendes Geld nach Avignon flog. Von dort aus ginge angeblich ein weiteres Flugzeug an die französische Ostküste. - Die beiden hatten vorgetäuscht, einen Urlaub dort verbringen und keine Zeit verlieren zu wollen.

Alice vermied den Blick nach unten genauso, wie sie das Gefühl in ihrer Magengrube ignorierte. Wenigstens hatte sie nichts gefrühstückt, sonst hätte sie für nichts garantieren können.

Ryan hielt ihre Hand und warf ihr ab und an einen aufmunternden Blick zu. Trotzdem war ihm die Anspannung anzumerken.

Was würde sie erwarten, wenn sie erst einmal wieder in Dublin waren.

Würde der Bischof bereits alles auf den Kopf gestellt und das gefunden und vernichtet haben, was man mit einigem Recht als ihre einzige Rettung bezeichnen konnte?

Würde er ihnen eine Falle stellen, sie gleich an Ort und Stelle verdammen?

Oder hatten sie durch die Geistesgegenwart und den Einsatz ihres Großvaters wirklich eine Chance?

So zeitintensiv ihr die Reise nach Rom erschienen war, so rauschte die Rückreise nach Dublin regelrecht an ihr vorbei.

Als sie die Stadtgrenzen passierten, blickte Alice aus dem Fenster und konnte kaum begreifen, was in den letzten Tagen alles geschehen war. Es war gerade acht Tage her, da hatte ihr Großvater noch gelebt.

Und seitdem ...

»Sollen wir erst in deine Wohnung fahren?«, fragte Ryan,

dem ihre Stimmung sicher nicht entgangen war.

Alice schüttelte entschlossen den Kopf. »Nein, schon gut. Sirius hat Recht. - Wir müssen uns beeilen.«

Also lenkte sie den Wagen zum Antiquariat und parkte ihn direkt vor der Eingangstür.

Bevor sie ausstieg, betrachtete sie die Tür, die Schaufenster.

»Sieht nicht aus, als hätte da jemand alles auf den Kopf gestellt«, befand Ryan.

»Nein, aber ... er könnte uns auch in eine Falle locken.«

»Wir nehmen das Buch mit und sehen nach, ja?«

Alice nickte langsam. Eine große Auswahl hatten sie nicht. Immerhin gab es keine herkömmlichen Waffen, die gegen den Bischof wirkungsvoll zu sein schienen. Und früher oder später würden sie auf jeden Fall in den Laden müssen, um die Übersetzungen zu suchen.

Sie öffneten die Autotüren, holten das Buch aus dem Koffer und steuerten auf die Eingangstür zu.

Alice holte den Schlüssel aus ihrer Tasche und steckte ihn ins Schloss, während sie das Innere des Ladens sondierte.

»Fällt dir irgendetwas auf?«, fragte Ryan.

»Nein, soweit alles ruhig, wie es aussieht.«

Sie drehte den Schlüssel und öffnete die Tür.

Die Glocke schrillte in der Stille und ließ sie beinah zusammenzucken.

Alles wirkte so vertraut und doch fremd, als hätte sich alles in der Woche, die vergangen war, verändert.

Oder sie selbst hatte sich verändert ...

Systematisch schritt sie mit Ryan die Korridore ab, suchte in allen Schlupflöchern, in dem kleinen Kellerraum und sogar hinter dem Laden.

Alles wirkte unberührt und vom Bischof war weit und breit nichts zu sehen.

»Wo könnte dein Großvater die Übersetzung versteckt haben?«, fragte Ryan.

Alice drehte sich einmal um die eigene Achse. »Es gibt zig Möglichkeiten.«

»Wo würdest du zuerst suchen?«

Nicht einmal das konnte sie mit Sicherheit sagen, also versuchte sie systematisch vorzugehen.

»Er wird es ja sicher so versteckt haben, dass man nicht sofort darüber stolpert.«

»Ist anzunehmen.«

Als Alice ratlos seufzte, legte er seinen Arm um ihre Schulter und zog sie an sich. »Wir müssen es ja nicht in den nächsten zehn Sekunden finden. Überleg einfach in Ruhe.«

Sie schloss sie Augen und genoss die Wärme, die von Ryan ausging. Wie gerne hätte sie sich darin vergraben. Aber im Augenblick ...

»Überlegen bringt nichts«, befand sie. »Ich muss den Laden durchsuchen.« Sie raffte sich auf und beugte sich zuerst über den Tresen. Darunter waren Rechnungsbücher, Quittungsblöcke und Stifte, einige alte Zeitungen und zwei Dosen Katzenfutter.

Alice drehte sich um und wandte sich der Vitrine mit den wertvollen Ausgaben zu.

Auch darin war nichts zu finden.

»Hatte dein Großvater irgendein spezielles Papier, auf dem er gern geschrieben hat? Blöcke? Ringbücher?«

Sie schüttelte den Kopf. »Nein, leider.« Sie wandte sich dem ersten Korridor zu und betrat ihn, nachdem alle verfügbaren Lichter angesprungen waren. Die Regale waren so hoch, dass Ryan sagte, er könnte die obersten Reihen nicht erkennen. Dank Alices wiedererlangtem Augenlicht war das für sie kein Problem, so dass sie die Korridore nach unten und oben aufteilten.

Und dann begann die mühsamste Suche, die sich Alice nur vorstellen konnte. Zwischen Reiseführern der Fünfzigerjahre und Bibelausgaben zwischen 1790 und 1990 war in den Regalen wirklich alles zu finden.

Die unterschiedlichsten Ausgaben von klassischen und modernen Romanen, Sammelbände, Enzyklopädien, Gedichtbände, sogar Poesiealben verschiedener historischer Persönlichkeiten, die Alice nicht kannte.

Egal, was man suchte: Hier fand man es!

Es sei denn natürlich man suchte die Übersetzung eines Jahrhunderte alten, mit einem Fluch belegten Buches. Dann hatte man leider Pech!

Alice ließ sich in den durchgesessenen Lederstuhl ihres Großvaters fallen und hörte ihre Lendenwirbelsäule knacken. Ihre Waden prickelten, ihre Augen brannten.

»Ich kann nicht mehr«, erklärte sie wahrheitsgemäß.

Ryan wirkte auch reichlich erschöpft. Er lehnte sich gegen den Tresen und nickte. »Gegen eine kleine Verschnaufpause hätte ich nichts einzuwenden.«

Es war bereits nach fünf Uhr abends.

»Magst du chinesisches Essen?«, fragte Alice und Ryan hob eine Braue.

»Schwer zu sagen. Ich habe noch nie etwas Chinesisches gegessen.«

Alice tastete unter dem Tresen nach den Menükarten und wählte die ihres Lieblingschinesen aus.

»Es schmeckt super. Reis, gebratene Nudeln, Hühnchen.« Sie musste schlucken, um vor lauter Hunger nicht anzufangen zu sabbern.

Ryan gab ein Achselzucken von sich. »Lass mal sehen!«

Er studierte die Karte und nickte. »Ente ...«, erklärte er nachdenklich. »Schmeckt das?«

»Klar. - Oh, und ich will noch eine Suppe!« Sie griff nach Block und Stift. »Wan-Tan-Suppe«, notierte sie. »Dann das Hähnchen süß-sauer, gebacken. Und du? Ente?«

»Ja, gebraten. Scharf. Mit Eierreis.«

»Lecker.«

Alice suchte ihr Handy heraus, bestellte ihren kleinen Speiseplan zusammen mit ein paar Getränken und weniger als 30 Minuten später saßen sie sich am Tresen gegenüber und schaufelten wortlos die längst überfällige Mahlzeit in sich hinein.

Danach stapelte Alice die leeren Packungen in die Liefertüte und leerte ihre Cola.

»Das war überfällig«, erklärte sie.

»Allerdings. - Hast du eine Serviette?«

»Sowas Ähnliches.« Sie griff an der Kasse vorbei in ein kleines Schubfach und zauberte ein paar Papiertaschentücher hervor.

Ryan lächelte. »Du kennst hier auch jeden Winkel.«

»Na, offenbar ja leider nicht.« Sie seufzte.

»Willst du den Laden behalten?«

Alice blickte sich wehmütig um. »Eigentlich studiere ich ja etwas ganz anderes.«

»Das muss ja nicht heißen, dass es auch das Richtige ist.«

»Und woher weiß ich, ob es das Richtige ist?«

Sein dunkler Blick leuchtete. »Na, wenn du es mehr möchtest, als alles andere, zum Beispiel.«

Für einen Moment vergaß sie, dass er von der Berufswahl sprach. Dann fing sie sich wieder und fragte: »Und wenn ich den Laden übernehmen wollte, anstatt Augenärztin zu werden, obwohl ich kaum Ahnung von Büchern und null Geschäftssinn habe, dann wäre es trotzdem das Richtige?«

Er gab ein Achselzucken von sich. »Klar.«

Sie lachte leise. »Das wäre ja schön einfach.«

»Die meisten wichtigen Dinge sind auch einfach.«

Alice hob eine Braue. »Ich dachte, die wirklich wichtigen Dinge wären immer schwierig und kompliziert.«

»Weil wir sie schwierig und kompliziert machen. - Du in diesem Laden. Das wäre doch nicht schwer. Und wenn du bei etwas unsicher bist, könntest du dir Unterstützung holen.« Er gab ein Achselzucken von sich. »Mich, zum Beispiel.«

Sie lächelte. »Dich?«

»Mhm.«

»Was würde dich den qualifizieren?«

»Na, ich bin älter als viele dieser Bücher«, führte er an und reckte ein wenig das Kinn. »Außerdem habe ich diese umfassende, klassische Ausbildung genossen.«

»Ah ja, von der hörte ich bereits.«

»Von Buchführung habe ich allerdings keine Ahnung. Aber ansonsten könnte ich dir sicher mit vielem helfen. Wir könnten ... Geschäftspartner sein.«

Nun zuckte sein Mundwinkel und auch Alice musste grinsen. »So, so. - Geschäftspartner, also.«

»Beispielsweise.« Er machte eine ausladende Handbewegung. »Ich sorge für das Hintergrundwissen, verhandle hart und unnachgiebig mit liquiden Kunden und schlitzohrigen Verkäufern. Und du stehst hier an diesem schönen Tresen und schaufelst das Geld in die Registrierkasse.«

Alice lachte. »Eine schöne Vorstellung.«

»Ja, nicht? - Du passt doch perfekt hierher. Der antiquierte Charme des Holzes und der Kasse. Und du als strahlendes Licht dahinter.«

»Nur, dass die Kasse leider nicht mehr geht.«

»Wir könnten sie reparieren lassen.«

»Ja, das könnten wir. Ich weiß gar nicht, warum mein Großvater das nicht hat machen lassen. Er hat diese Kasse geliebt. Sie stand seit jeher im Laden und nie hat er auch nur einen Tag ...« Alice stockte. Ihr Blick glitt auf das Kassenmonstrum.

Ryan richtete sich auf, begriff sofort, worauf sie hinauswollte.

»Du glaubst, dass -«

Doch da hatte sie sich schon auf die Kasse gestürzt und tippte wie wild darauf herum, um die Kassette aufspringen zu lassen.

»Warum geht das denn nicht? Die muss doch irgendwie aufgehen!«

»Wir müssen sie umdrehen«, befand Ryan. »Hilf mir! Aber pass auf, diese Dinger sind verdammt schwer.«

Alice packte mit an und mit vereinten Kräften schafften sie es im vierten Anlauf, die Kasse auf die Seite zu wuchten.

Der Tresen gab ein bedenkliches Knacken von sich, das Alice allerdings ignorierte, als sie begriff, warum die Kassette nicht aufgesprungen war: Sie war fort.

Ihr Großvater hatte daraus ein Geheimfach gemacht und darin verborgen war eine dicke Ledermappe.

»Das ist es, oder? Das muss es sein!«

»Ja, ich glaube auch.« Alice griff nach der Mappe, die fest

unter der Kasse verkeilt war, und zog sie heraus. Sie öffnete das dünne Lederband und blickte plötzlich auf die Handschrift ihres Großvaters:

Meine kleine Alice,
ich hoffe, du wirst es niemals brauchen!
Aber für den Fall, dass doch: Hier ist alles, was ich über das Buch der Sinne herausfinden, was ich übersetzen konnte.
Ich hoffe, es hilft dir.

Ich liebe Dich,
Opa

Alice presste sich eine Hand vor den Mund, um nicht aufzuschluchzen. Ryan legte seinen Arm um sie.

»Wenn es nicht geht, dann -«

»Nein, schon okay.« Sie lächelte. »Ich habe eben nicht damit gerechnet einen Brief von ihm zu finden. Ich ... - er ist ja gerade erst gestorben.«

»Ja, ich weiß. Lass dir einfach Zeit. - Oder, weißt du was?«

»Hm?«

»Wir nehmen die Mappe einfach mit, du ruhst dich aus, nimmst ein Bad, beruhigst dich und dann sehen wir uns alles an.«

Alice zog die Nase hoch und nickte. Plötzlich erschien ihr das Antiquariat düster und der Wunsch nach draußen zu gehen war übermächtig.

»Lass uns aber die Kasse wieder aufstellen. - Falls dieser Mistkerl hier auftaucht, muss er nicht gleich wissen, dass wir schon gefunden haben, wonach wir gesucht haben.«

»Gute Idee. Und wir sollten nicht in deine Wohnung

gehen. Von der wird er wissen. - Lass uns ein Hotelzimmer nehmen. Irgendwo am anderen Ende der Stadt.«

Alice nickte und erhob sich. Sie schlug die Mappe zu, verschloss sie mit dem Lederband und lächelte wacker. »Dann los.«

*

Dublin war groß.

Das fiel Alice spätestens dann einmal mehr auf, als sie sich am anderen Ende der Stadt so hoffnungslos verfahren hatte, dass sie schließlich in einer Wohnsiedlung landete, die ziemlich amerikanisch wirkte. Hinter den offenbar genormten Fenstern saßen Familien beim Abendessen. Hie und da lief ein Fernseher, eine Kerze brannte.

Alice hielt an, um sich zu orientieren, und ihr Blick verfing sich an einem Mann, der den Müll aus dem Haus trug und in die Tonne warf, bevor er wieder nach drinnen ging.

Durch das Flurfenster sah man, dass ihn seine Frau dafür lobte, als wäre er ein Hündchen, das sein Spielzeug geholt hatte.

Während sie die Augen verdrehte, schüttelte sie den Kopf und betonte noch einmal: «Ich habe keine Ahnung, wo wir sind!«

»Ich dachte, du wohnst hier.«

»Hast du eine Ahnung davon, wie groß diese Stadt in den letzten hundert Jahren geworden ist?«

Er machte ein zustimmendes Geräusch. »Sehr groß, wie es scheint. - Lass uns einfach weiterfahren, bis wir etwas finden, ja?«

Alice nickte, lenkte den Wagen zurück auf die Straße und fuhr weiter, bis sie tatsächlich irgendwann auf einen großen Turm stießen.

»Ist das ein Hotel?«, fragte Ryan.

»Du hältst offenbar nicht viel von moderner Architektur.«

»Ähm ... nein! Aber sie werden Betten und etwas zu Trinken haben, also ...« Er öffnete die Tür und kam zu Alices Seite, die allerdings schon ausgestiegen war. Zusammen nahmen sie den Koffer mit ihrer doppelt wertvollen Fracht heraus und gingen zum Empfang.

Das Hotel hatte offenbar fünf Sterne und eine Nacht in einem der günstigeren Zimmer kostete über 500 Euro.

Alice trat von einem Fuß auf den anderen, doch Ryan zahlte ohne mit der Wimper zu zucken.

»Für ein Bett hätte ich jetzt auch das Zehnfache bezahlt«, erklärte er.

»Ja, aber irgendwann geht dein schönes Vermögen zur Neige. Und was ist dann?«

»Weißt du, wie sich der Preis für eine Feinunze Gold entwickelt hat seit 1920?«

»Nicht wirklich.«

»Gekauft habe ich das Gold für 125 Pfund je Feinunze und aktuell ist sie bei etwa 1.000 Pfund. Ich habe mein Schließfach mal überschlagen und glaub mir, wir können uns das Zimmer leisten und müssen nicht übermorgen in die Gosse ziehen.«

Als Alice auf seine Antwort hin nur lächelte, hob er eine Braue.

»Was?«

»Weißt du, was mir gefällt?«

»Dass ich ein vermögender, gutaussehender Mann im besten Alter bin?«

Sie nickte ironisch. »Und weißt du, was mir sogar noch besser gefällt?«

»Nein.«

Sie nahm seine Hand und stellte sich vor ihn, küsste ihn aufs Kinn. »Dass du immer *wir* sagst.«

Dann stellte sie sich auf die Zehenspitzen, strich mit den Lippen von seinem Kinn hinauf zu seinem Mund und küsste ihn hungrig.

Sofort schnellte seine Hand in ihr Haar, er ballte die Faust darin, wirbelte sie herum und presste sie gegen die Aufzugwand. Als die Tür aufglitt, räusperte sich jemand hinter ihnen.

Alice riss sich los und lächelte wenig geistreich eine ältere Dame an, die sich auf ihren Gehstock stützte.

»Tut mir leid, wir waren in Gedanken.«

Die Dame humpelte in den Aufzug und nickte. »So nennt man das also heute.«

»Ja, wir ... es tut mir leid. Wir -«

Weiter kam sie nicht, denn Ryan packte ihre Hand und zerrte sie mit erstaunlicher Kraft auf den Korridor. Die Suche nach Zimmer Nummer 1122 wurde unterbrochen von atemlosen Küssen und bebenden Fingern auf lästiger Kleidung.

Als sie das passende Zimmer fanden, ließ Alice die Karte durch das Schloss sausen, die Tür sprang auf und die beiden stolperten atemlos hinein.

»Was ist denn plötzlich los mit uns?«, brachte Ryan zwischen zwei Küssen hervor, während er die Tür ins Schloss trat und den Koffer samt wertvollem Inhalt auf den Boden gleiten ließ.

»Keine Ahnung«, gab Alice zurück, während sie Ryan Richtung Couch zerrte. »Ziemlich wilde Mischung von Gefühlen, würde ich sagen.«

»Wo ist denn das Bett?«

»Keine Zeit.« Sie riss an seinem Hemd, bis die Nähte knackten. Es dauerte viel zu lang, bis er es ausgezogen hatte. Alices Hand glitt an seinen Gürtel, strich wie zufällig über die Härte, die sich unter seiner Hose wölbte.

Er keuchte auf. »Sind denn alle Frauen so ... heutzutage?«

»Keine Ahnung. Mit Frauen hab ich mich noch nie beschäftigt ...«

Als sie seinen Gürtel aufziehen wollte, packte er ihr Handgelenk. Wilder Hunger stand in seinem Blick, seine breite Brust hob und senkte sich unter verlangenden Atemzügen.

Er lächelte, doch es wirkte wölfisch. »Du bist noch angezogen. - Ein Unrecht, das aus dem Weg geschafft werden will.« Er zog ihr Shirt aus dem Hosenbund und knöpfte ihre Jeans auf. »Es ist ohnehin eine Zumutung, dich in dieser engen Hose herumlaufen zu sehen.« Er schob die Jeans über ihre Hüften und legte seine Hand auf die Stelle, wo ihr Körper wie wild pulsierte. Der Stromschlag, der durch sie hindurchschoss, ließ sie aufkeuchen. »Ist dir klar, was man durch den Stoff alles sehen kann?« Als seine Finger ein wenig Druck ausübten, gaben ihre Knie nach. Sie ließ sich auf die Couch gleiten und betrachtete Ryan, der ihr sorgfältig und langsam die Hose auszog. Seine Hände wanderten zu ihren Hüften, er beugte sich über sie und bedeckte ihren Körper mit dem seinen.

Sie zog seinen Kopf zu sich herab und küsste ihn tief.

»Dein Gerechtigkeitssinn gefällt mir, weißt du?«

Er lächelte an ihrem Mundwinkel. »Nur eine meiner zahllosen Stärken.«

»Sicher?«

Ryan presste sie tief in die Kissen, spreizte ihre Beine und raunte: »Ganz sicher.«

*

Als Alices Puls unter die 200er-Marke rutschte, lag sie bäuchlings auf dem Boden.

Direkt vor ihr war ein Tisch-bein, dahinter lag all das auf dem Boden verstreut, was sich einmal auf dem Tisch befunden hatte.

Sie wollte sich über die Schulter zu Ryan drehen, aber ihr Nacken schmerzte und ihr Rückgrat fühlte sich plötzlich völlig verdreht an.

»Bist du tot?«, fragte sie also, ohne den Kopf zu heben.

Ein undefinierbares Geräusch war zu hören, als sie nun doch den Blick hob, hing eines seiner Beine vom Tisch. Offenbar lag er noch immer darauf.

»Falls ja, soll noch einmal einer behaupten, es gäbe keine schöne Art, zu sterben!«

Sie lachte, was einen stechenden Schmerz im Brustkorb auslöste. Aus dem Augenwinkel sah sie, dass sich Ryan auf dem Tisch aufsetzte. Sein Körper war noch immer mit einem dünnen Schweißfilm überzogen, als er sie mit den Zehen anstupste.

Alice schüttelte den Kopf. »Keine Chance.« Sie war etwas heiser. »Ich kann nicht mehr.«

»Sicher?«

»Ganz sicher! - Um ehrlich zu sein, muss ich mich wohl mit dem Gedanken anfreunden, dass ich nie wieder vom Boden aufstehen kann.«

»Na, komm! Ich helfe dir!« Er rutschte vom Tisch, beugte sich nackt über Alice und half ihr auf. Sie sackte gegen seine Brust. »Ich glaube, alle Knochen in meinem Körper sind plötzlich aus Gummi.«

»Das normalisiert sich wieder.« Er setzte sie auf die Couch und wickelte sie in eine Decke ein, dann ließ er sich erschöpft neben sie fallen. Er legte seinen Arm um sie und Alice bettete den Kopf an seine Schulter.

»Mal ernsthaft, tut dir etwas weh?«

Sie hob den Blick. »Weh?«

»Na, du weißt schon ...« Er wackelte vielsagend mit dem Kopf.

»Du meinst, wegen ...«

»Ja!«

»Ob du zu ...?«

»Genau.«

»Nein.« Sie lächelte und schmiegte sich wieder in seine Umarmung. »Du weißt ja, diese Frauen heutzutage ...«

»Wilde Biester«, nickte er und Alice grinste. »Genau wie die Männer damals.«

Sie bestellten sich Abendessen aufs Zimmer und versuchten, sich keine womöglich verhängnisvollen Blicke zuzuwerfen, vermieden zufällige Berührungen und überhaupt alles, was dazu hätte führen können, dass sie wieder übereinander herfielen. Das war nämlich noch einmal passiert, als sie das Schlafzimmer ausfindig gemacht und das riesige Bett entdeckt hatten.

»Wein?«, fragte Ryan und goss Alice auf ihr Nicken hin ein.

Er hatte bereits die ersten Seiten der Übersetzung durchgesehen, während sie geduscht hatte, und sie war neugierig, was er herausgefunden hatte.

»Also ...« Ryan atmete tief. »Ich habe noch nicht viel gelesen und es wird uns sicher eine nicht unerhebliche Anzahl an Stunden kosten, um das zu tun, aber alles, was im Buch steht, ist sehr ... kryptisch.«

Alice hob eine Braue.

»Willst du damit sagen, dass es zwar übersetzt ist, wir aber trotzdem nichts verstehen?«

»Ganz so schlimm ist es wohl nicht. Aber viele Sätze sind geprägt durch Symbolik, Metaphern und Bilder, die nicht in unsere Zeit gehören und dadurch schwer zu interpretieren sind.«

»Hm«, erklärte sie einsilbig.

»Was ich schon einmal zu verstehen glaube, ist, dass das Buch aufgeteilt ist. Das erste Drittel scheint sich mit einer Art von Geschichten und Sprüchen zu beschäftigen. Der Rest beschreibt Figuren, die in das Buch hineingelesen wurden.«

»Auch von dir?«

»So weit habe ich noch nicht geschaut, aber ... ich nehme es an.« Er griff nach dem Stapel Übersetzungen. »Ich schlage vor, wir teilen uns auf. Willst du die Sprüche oder die Personen?«

»Die Personen. - Dank deiner umfassenden Ausbildung sagen dir die Geschichten vielleicht mehr als mir. Außerdem bist du 120 Jahre alt.«

Er hob eine Braue. »Wenn du frech wirst, leg ich dich übers Knie.«

»Das kannst du später machen«, gab sie zurück und griff nach den handschriftlichen Übersetzungen ihres Großvaters.

Bereits den ersten Satz musste sie mehrfach lesen. Nicht, weil ihr die Handschrift ihres Großvaters zu undeutlich gewesen wäre, nein, weil sie ihn schlichtweg nicht begriff.

»Der Quell des Monströsen liegt in seinen Sinnen. Nähre es, und seine Schrecklichkeit wird dir auf ewig dienen.«

»Großer Gott«, murmelte sie und Ryan auf der anderen Seite des Tisches nickte.

»Du verstehst, was ich meine.«

»Allerdings.«

»Soll ich uns noch Kaffee bestellen? - Das wird nämlich eine sehr lange Nacht.«

*

Zwar hatte Ryan Kaffee bestellt und Alice hatte auch das Gefühl, mindestens einen Liter davon getrunken zu haben, doch das konnte leider nicht verhindern, dass ihre Lider irgendwann so schwer wurden, dass die Buchstaben vor ihren Augen zu einem sinnlosen Zickzack aus Tinte verschwammen.

Irgendwann schlief sie einfach ein.

Als Ryan sie weckte, brannte nur noch eine kleine Lampe, die er auf den Tisch gestellt hatte.

Die Blätter lagen seltsam geordnet auf den Möbeln verteilt.

»Was ... - Wie spät ist es?«

»Keine Ahnung.«

»Aber -«

»Ich habe eine Idee.«

Alice versuchte, den Oberkörper von der Tischplatte zu hieven, ohne dass sie einen Krampf im Nacken bekam.

»Welche denn?«, fragte sie, immer noch dabei wach zu werden.

»Um wirklich zu verstehen, was in dem einen Buch steht, muss man auch das andere haben. - Wir haben zwar nicht das Original des Buchs der Sinne. Aber wir haben die Übersetzung, was so gesehen noch besser ist. Und was von entscheidender Wichtigkeit ist: Dein Großvater hat den Schlüssel für den Code in den Übersetzungen versteckt.«

Alice riss die Augen auf. »Wirklich?«

»Ja, und zwar so, dass er schwer zu finden ist ...« Ryan sprang auf - Alice fragte sich, wo er um diese Uhrzeit die Energie für ruckartige Bewegungen hernahm - und ging zur Couch.

»Der Code ist kompliziert und doch auch wieder nicht, wenn man ihn verstanden hat. Und es ist auch klar, warum er für Dechiffriermaschinen beispielsweise unmöglich zu knacken ist.«

»Warum?«

»Weil er Gefühle mit einbezieht.«

Alice riss die Augen auf. »Was? Aber wie soll das gehen?«

»Hier!« Ryan kam mit einem Stapel Blätter zum Tisch zurück. »Übersetzt ist das Wort mit Zorn, richtig?«

»Richtig.«

»Und genau das hat uns dein Großvater auch aufgeschrieben. - Aber er hat viel mehr getan, als den Text zu übersetzen, er hat den Text hinter dem Text gefunden.«

Alice blinzelte betont langsam. »Text hinter dem Text«,

wiederholte sie und schüttelte dann den Kopf. »Ich verstehe nur Bahnhof!«

»Ich weiß zwar nicht, was das mit einem Bahnhof zu tun hat, erkläre es dir aber gerne trotzdem.« Er zeigte mit einer ausladenden Geste auf die Blätter, beinah wirkte es, als wollte er einen Zauberspruch sprechen. »Dein Großvater war doppelt schlau«, sagte er aber stattdessen. »Er hat nicht nur den Text dechiffriert, der da steht. Er hat auch den Sinn dahinter entdeckt. Denn den Text zu übersetzen, das war erst die erste Stufe dessen, was zu tun war. Die wahre Bedeutung erschließt sich einem erst, wenn man weiß, wie diese Worte dann wiederum zu deuten sind.« Er holte ein Blatt hervor, das er als Beispiel verwenden wollte. »Viele Wörter sind Füllwörter und haben im Prinzip überhaupt keine Bedeutung. Man kann sie weglassen. Die wichtigsten Wörter sind die mit Gefühlen: Zorn, Wut, Hass, Glut, und so weiter. - Dann spielt eine Rolle, wie sie gewinkelt sind.«

»Gewinkelt?«

»Wenn man ganz genau hinsieht - auch bei unserem Buch - dann erkennt man, dass die Wörter, die von Bedeutung sind, um winzige Nuancen verschoben sind, mal etwas höher, mal etwas tiefer, mal schräg.«

Alice starrte auf die Seiten und schüttelte den Kopf. »Und so lässt sich der Text entschlüsseln?«

»Ja, das ist zumindest meine Kurzfassung. Wenn du es genau wissen willst ...« Er ging zum Esstisch und holte einen weiteren Stapel Blätter. »Hier!«

Ihr Blick glitt über die geschätzt fünfzig Seiten. »Das ... ist der Code?«

»Ganz genau.«

»Fünfzig Seiten?«

»Vierundsechzig.«

»Grundgütiger.« Sie schüttelte den Kopf. »Mein Großvater muss Jahrzehnte daran gearbeitet haben.«

»Viel schlimmer noch. Er ist Jahrzehnte lang daran gescheitert. Erst in den letzten zwei Jahren, wie es scheint, gelang ihm der Durchbruch.«

Alice legte ihre Hand auf eine der Seiten.

»Das hat er alles nur für mich gemacht, oder?«

Ryan lächelte und nickte. »Ich denke, ja.«

»Wenn ich mich nur bei ihm bedanken könnte.«

Er zeigte auf die Seiten und sagte: »Bedank dich, indem du sein Geschenk annimmst und einsetzt.«

Alice nickte und zog den Stapel zu sich heran. »Das werde ich.«

Sie hätte nicht gedacht, dass es möglich wäre, aber Ryan und sie vergruben sich vier Tage in diesem Hotelzimmer, studierten die Übersetzungen, hielten sich mit Unmengen von Espresso wach. Während des Tages küssten sie sich nicht, sie berührten sich nicht, sie blickten sich nicht einmal lange an.

Nur nachts, wenn sie für drei oder vier Stunden den nötigen Schlaf fanden, dann liebten sie sich vor dem Einschlafen; atemlos und hungrig.

Am Morgen des fünften Tages tippte Alice das, was sie herausgefunden hatten, in den Laptop und speicherte es ab. Dann lehnte sie sich zurück.

Ryan hatte Recht gehabt: Der Schlüssel zum Verständnis des Buches lag bei dem zweiten Buch. Sie ergänzten sich, nicht nur was Licht und Schatten, Gut und Böse betraf, sondern auch was den Sinn der Worte anging; und vor allem die Botschaft. Und diese Botschaft war alles, was sie zu hoffen gewagt hatten.

»Denkst du, es stimmt?«

Ryan rieb sich die Schläfen. »Ich halte zumindest die Quelle für einigermaßen zuverlässig.«

Das stimmte also. Die Quelle war das weiße Buch, wie sie es seit ein paar Tagen nannten, und es besagte, dass es tatsächlich möglich war:

Der Bischof konnte besiegt werden!

Ja, mehr noch: Man konnte ihn mit seinen eigenen Waffen schlagen, denn wenn Ryan und Alice es richtig interpretiert hatten, dann konnte man ihn in das weiße Buch lesen und seinem Dasein auf diese Weise ein Ende setzen.

Sie blickte auf das Display, erinnerte sich zurück an den Keller der Bibliothek und wie sie das weiße Buch nur aufgeschlagen hatte, um den Bischof zu besiegen; wie es ihm die Kraft entzogen und Alices Flucht gewährleistet hatte.

Aber konnte das wirklich genügen?

»Vielleicht haben wir etwas übersehen«, erklärte sie. »Vielleicht ... gibt es einen Zauberspruch oder eine Beschwörungsformel oder ...« Sie schüttelte den Kopf. »Keine Ahnung, irgendwas ... Magisches.«

Ryan zeigte auf das Buch. »Ich halte das für ausreichend magisch.«

Sie zog die Lippe zwischen die Zähne und seufzte dann. »Okay, gut. Ich schätze, wir finden jetzt auch nichts weiter Weltbewegendes.«

»Wir haben alles durchgearbeitet«, bestätigte er.

»Also schön, und was machen wir jetzt?«

»Ganz einfach!« Ryan erhob sich und schob die Unterlagen zusammen. »Wir locken ihn zu uns.«

VIII

»Ich halte das für eine ganz miese Idee!«, bemerkte Alice und rieb ihre zitternden Finger ineinander.

»Ich auch. Aber von all den miesen Ideen, die wir hatten, war das doch noch die beste, oder nicht?«

Alice gab ein undefinierbares Geräusch von sich.

Ob es wirklich die beste, schlechte Idee war, dass sie sich im Antiquariat verschanzten, sich mit dem Buch bewaffneten und warteten, bis der Bischof kam, blieb abzuwarten.

Nirgendwo kennst du dich besser aus, hatte Ryan argumentiert und so gesehen natürlich auch Recht gehabt. Aber trotzdem war es riskant.

Alice hätte sich am liebsten irgendwo vergraben und gehofft, dass der Bischof sie nie finden würde. Andererseits, wenn er sie dann dennoch gefunden hätte, wären sie unvorbereitet gewesen. Also hatten sie beschlossen, den Weg zu wählen, der ihnen wenigstens ein wenig Vorsprung verschaffte.

Es gab bei der Sache allerdings einen entscheidenden Nachteil: Wie es aussah - zumindest war das Alices Vermutung - sorgte das weiße Buch dafür, dass sie für den Bischof nicht aufzuspüren waren, jedenfalls nicht über das Buch der Sinne, weil es wie ein Schutzschild wirkte.

Das bedeutete also: Wenn sie ihn anlocken wollten, dann mussten sie sich - wenigstens zeitweise - von dem Gegenstand entfernen, der sie als einziger zu schützen vermochte.

Alice hatte angeboten, dass sie im Antiquariat bleiben würde und Ryan derweil eine Runde im Taxi mit dem

Buch durch die ganze Stadt drehte.

Natürlich war die Idee für ihn undenkbar gewesen und musste ritterlich ins Gegenteil verkehrt werden.

Und nun waren sie so verblieben, dass Ryan im Antiquariat wartete und Alice mit dem Buch durch die Stadt kurvte. Beide hatten ein Telefon, so dass Ryan sie schnell verständigen konnte, wenn Gefahr drohte.

So oder so war der Plan, alle 30 Minuten zum Laden zurückzukommen. Wenn der Bischof sie ohne das Buch aufspüren konnte, würde er sich bald zeigen und versuchen, sein Werk an den beiden zu vollenden.

Alices Puls wollte sich trotz mehrmaligen Durchsprechens des Plans nicht beruhigen. »Ich habe ein mieses Gefühl, wenn wir uns trennen. - Es macht uns angreifbar.«

»Wir halten das Risiko so klein wie möglich«, hielt er dagegen. »Anfangs nur kurz Fahrten, maximal 30 Minuten. Erst am Nachmittag weiten wir es aus. Wir wissen nicht, wie weit das weiße Buch sich von uns entfernen muss, um uns auf den Radar des Bischofs zurückzubringen.«

»Ja, ich weiß.« Sie rieb sich die fröstelnden Arme. »Geht die Heizung nicht?«

»Die ist am Anschlag. Es hat fast 26 Grad.«

Alice schüttelte den Kopf. »Kommt mir viel kälter vor.«

Er machte einen Schritt auf sie zu und umarmte sie. »Wir müssen das jetzt durchstehen, Alice!«

Sie nickte an seiner Brust. »Ich reiß mich zusammen!«

»Brav.« Er ließ von ihr ab und lächelte aufmunternd. Falls er große Zweifel hatte oder besonders angespannt war, dann verbarg er es gut vor ihr.

»Hier ist das Buch«, er drückte ihr eine dicke, schwere Ledermappe in die Hand. »Lass es bloß nicht im Taxi liegen, hörst du?«

Sie lächelte matt und nickte. Fünf Sekunden später hupte es auch schon.

»Eure Droschke, Madame.«

Er küsste sie flüchtig. »Wir sehen uns ja gleich wieder.«

»Und du behältst dein Handy in Reichweite; am besten in der Hand.«

»Ich passe auf.«

»Gut.« Sie blickte ihn lange an. »Bis gleich.«

»Bis gleich.«

Alice riss sich los und trat mit dem Buch unter dem Arm ins Freie. Sie nannte dem Taxifahrer eine Adresse, die etwa 15 Minuten entfernt lag, wenn sie dort angekommen wären, würde sie wieder zurückfahren.

Als sie in den muffigen Wagen stieg und der Fahrer sich auf die Straße einfädelte, atmete sie tief durch. Der Bischof würde sicher eine Zeitlang brauchen, um Ryan ausfindig zu machen, also versuchte sie sich zu entspannen. Die Tasche mit dem Buch hielt sie vor der Brust fest und starrte aus dem Fenster auf die dicken Schneefetzen, die herunter schneiten.

Als das Taxi anhielt und sich der Fahrer herumdrehte, war sie für einen Augenblick orientierungslos.

»Wir sind da«, erklärte er knapp.

Alice lächelte. Schlafentzug und Angst machten es ihr nicht unbedingt leichter, sich zu konzentrieren. »Bitte fahren Sie mich wieder zurück.«

Er runzelte eine buschige, graue Braue. »Zurück?«

»Ja. - Bitte.«

»Von mir aus.« Er drehte sich um, startete den Wagen wieder und fädelte sich in den Verkehr ein.

Alice konnte gar nicht sagen, was genau es war, das sie plötzlich fühlte; das sie überrollte mit solcher Intensität und Vernichtungskraft, dass sie beinah bewusstlos wurde. Übelkeit presste ihren Magen zusammen und wollte ihr Innerstes nach außen kehren.

»Schneller!«

»Was?«

»Fahren Sie schneller!«

»Mädchen, es gibt sowas wie Verkehrsregeln!«

»Ich bezahle Sie! Ich ...« Sie wühlte in ihrer Tasche und zog alles heraus, was sie bei sich trug. 220 Euro. »Hier! Nur bitte, beeilen Sie sich!«

Während der Fahrer tatsächlich beschleunigte, wenigstens soweit es der dichte Verkehrsstrom zuließ, lehnte Alice sich zurück und versuchte, sich zu fassen.

Das Gefühl waberte in ihrem Körper, schwappte durch ihre Adern und Gedanken und konnte nur eines bedeuten: Sie hatten einen riesigen Fehler gemacht!

Als das Taxi vor dem Antiquariat hielt, sprang sie hinaus. Je näher sie dem Laden kam, desto stärker war das Gefühl geworden und als sie es endlich schaffte, die Tür aufzustoßen, explodierte es regelrecht in ihr.

Eine Druckwelle erfasste sie, die sie nur aus einem Grund nicht von den Füßen riss: Ryan.

»Lauf weg!«, brüllte er, während er sich dem lachenden Bischof entgegenstemmte, der mit dem geöffneten Buch der Sinne vor ihm stand.

Er war da gewesen!

Die ganze Zeit!

Er hatte ihr lächerliches Spiel durchschaut; lange bevor sie versucht hatten, es zu spielen.

All diese Dinge waren in ihrem Kopf und Alice war sich nicht sicher, ob es ihre Gedanken waren ... oder seine.

Als Ryan sich vor ihren Augen auflöste, entglitt ihr ein Schrei.

Wind toste, Bücher fielen aus den Regalen, flogen wie in einem Tornado durch die Gegend und wurden in alle Ecken geschleudert.

Der Bischof wandte sich Alice zu und lächelte bösartig.

»Wie dumm ihr wart!«, rief er aus, machte dabei einen Schritt auf sie zu. »Zwei dumme Kinder, die dachten, sie könnten jemanden überlisten, dem sie nie gewachsen sein werden! Niemals!«

Sie taumelte zurück und riss das Buch auf. Der Bischof stoppte, schüttelte aber den Kopf.

»Dein kleines Büchlein kann mir nichts anhaben. Zwei Sinne in weniger als einer Woche; ein wahres Festmahl für mein ewiges Leben!«

Alices Lippen bebten, doch die Wut drängte ihre Hoffnungslosigkeit zurück.

»Lass ihn frei!«

»Warum sollte ich?«

Sie fasste all ihren Mut zusammen und machte mit dem aufgeschlagenen Buch einen Schritt auf ihn zu.

Doch diesmal geschah nicht dasselbe, wie in Rom.

Er wurde nicht schwach, er taumelte nicht.

Stattdessen lachte er.

»Hast du denn eine Ahnung, wie stark er mich macht? Sein Tastsinn ist von erlesenstem Geschmack, einzigartig und köstlich. Er nährt mich wie kaum ein anderer! - Du hast nicht den Hauch einer Chance! Nicht den Hauch! - Gib mir das Buch!«

»Niemals!«

»Es wird dich nicht retten! Es kann dich kein bisschen beschützen!«

Alice machte noch einen Schritt und spürte den Schauder, der den Bischof überlief. Sein Lächeln verschwand, und doch ...: Er war viel zu stark.

Und er wusste es.

Sie war nicht gewappnet für das, was kam.

Die Sogwirkung, die sie bereits in der Bibliothek erlebt hatte, war wie tausendfach verstärkt. Es riss sie mit sich, ohne dass sie dieser unsäglichen Kraft etwas entgegenzusetzen hatte.

Für einen Augenblick explodierte ihr Körper in gleißendem Schmerz. Ein Schrei gellte durch ihre Gedanken, sie schmeckte Blut in ihrem Mund und dann ... nichts mehr.

*

Normalerweise kann man im Vakuum nicht leben.

Die Luft im Körper dehnt sich aus, die Lunge platzt. Das Blut und alle anderen Flüssigkeiten im Körper fangen an, zu kochen.

14 Sekunden kann man in Vakuum bei Bewusstsein bleiben, danach wird man besinnungslos und das Unvermeidliche nimmt seinen Lauf.

Alice wusste nicht, warum das ihr erster Gedanke war, als ihr Gehirn seine Tätigkeit wieder aufnahm; vielleicht weil sie sich schwerelos, körperlos fühlte; wenigstens schwebte sie. Es gab keine Anhaltspunkte dafür, wo oben und unten war; ob es überhaupt ein Oben und Unten gab. Daran änderte sich auch nichts, als sie es schließlich schaffte, die Augen zu öffnen.

Es war hell, vielleicht blickte sie in das reinste Weiß, das sie jemals zu Gesicht bekommen hatte. Es schmerzte in ihren Augen, ließ sie blinzeln.

Vielleicht, dachte sie, sah so das Nichts aus.

Und dann bemerkte sie es, spürte es ganz deutlich, wie es unter ihren Fingerspitzen kribbelte.

Das Buch!

Sie hatte es bei sich; hielt es fest vor ihre Brust gepresst.

Und mit dieser Erkenntnis setzte die Erinnerung wieder ein.

Das Antiquariat! Der Bischof! - Ryan!

»Ryan!« Ihre Stimme war tonlos. Sie versuchte es trotzdem noch einmal: »Ryan!«

Das Nichts um sie herum blieb leer und stumm. Also versuchte sie, sich zu bewegen.

Sie hielt das Buch mit einem Arm fest und ruderte mit dem anderen wild herum. Doch sie spürte keinen Widerstand, nichts geschah.

Panik durchflutete sie und machte es ihr schwer, zu denken.

Doch sie musste sich den Fakten stellen: Der Bischof hatte sie in das Buch gelesen. Doch ganz sicher war es nicht geplant gewesen, dass sie dabei das andere Buch mitgenommen hatte; vermutlich hatte er bis zu diesem Zeitpunkt genauso wenig gewusst, dass das möglich war, wie sie selbst.

Nur jetzt, wo es so war: Wie konnte sie es nutzen?

Konnte sie es überhaupt nutzen?

Sie beugte sich nach vorn, ohne dass es sie in irgendeiner Weise Anstrengung kostete. Ihr Körper war buchstäblich schwerelos.

Sie drehte das Buch und schlug es auf.

Doch als sie es aufschlug, waren alle Seiten leer. Sie

blätterte beinah panisch, doch nichts als weißes, alterndes Pergament starrte ihr entgegen.

Das Buch hatte seine Kraft verloren, schoss es ihr durch den Kopf. An diesem Ort, in diesem Nichts, war es ohne Bedeutung.

Verzweiflung überflutete sie und ein lautloses Schluchzen glitt aus ihrer Kehle, das das Nichts genauso verschluckte, wie alles andere.

War das die Existenz, wie Ryan sie 100 Jahre erlebt hatte? Falls ja, war sie die grässlichste Art von Folter, die sie sich vorstellen konnte.

»Du musst es schreiben!«

Die Stimme war plötzlich in ihrem Kopf. Sie wirbelte herum, zumindest versuchte sie es, aber in dem Nichts, in dem ihr Körper schwebte, war keine wirkliche Bewegung möglich.

»Was?« Ihre Stimme blieb lautlos.

»Schreib es! Es gehört jetzt dir!«

»Aber -«

»Du hast es über die Grenze getragen!« Die Stimme in ihrem Kopf veränderte sich, kippte, wurde mal hoch, mal tief, mal laut, mal leise. Es war, als würden unzählige Stimmen gleichzeitig sprechen. *»Sein Zauber ist jetzt dein Zauber! Nutze ihn!«*

Alice verstand rein gar nichts. »Welchen Zauber? Wer ... wer spricht denn da?«

»Wir sind die Seiten. Wir sind die Worte und Laute. Wir sind die verlorenen Sinne in der Dunkelheit.«

»Wo seid ihr?«

»Wir sind hier! Wir sind hier überall!«

Alice verdrehte sich heldenhaft, aber sie sah nur weißes Nichts. »Wie komme ich denn zu euch?«

»Du kannst nicht zu uns! Du darfst nicht zu uns! Wir kommen zu dir, wenn du uns lässt!«

»Was soll denn das heißen?«, rief sie verzweifelt aus, auch wenn ihre Stimme verschluckt wurde.

»Er hat keine Macht über deinen Zauber. Füll die Seiten und rette uns alle!«

»Euch alle retten? Ich kann nicht mal den Kopf drehen, verdammt nochmal!« Alice keuchte verzweifelt, versuchte sich an einem neuerlichen Drehmanöver, doch es gelang ihr nicht.

Die Stimmen waren verklungen.

»Seid ihr noch da?«

Doch sie bekam keine Antwort mehr. Alice stieß einen Fluch aus, wedelte hilflos mit dem freien Arm und den Beinen herum und schwebte weiterhin wie eine Qualle im leeren Raum.

»Verfluchte, verdammte, verf - » Sie stockte.

Irgendetwas kitzelte ihre Zehen.

Sie streckte den Fuß aus, immer weiter, bis sich ein Krampf in ihrer Wade ankündigte. Aber tatsächlich: Irgendetwas war an ihren Zehen. Etwas Festes! Materie!

Oh, großer Gott, wenn es doch nur ein Fußboden wäre, dachte sie sich und tastete nun auch mit dem zweiten Fuß.

Es war eine Oberfläche, glatt, unsichtbar.

Genau so könnte sich ein Fußboden anfühlen, wenn man nicht gerade irgendwo schwebte und keine Ahnung hatte, wo oben und unten war.

Und genau in dem Augenblick, als sie sich vorstellte, wie man auf dieser glatten Oberfläche laufen konnte, zerrte plötzlich etwas an ihrem Körper: Schwerkraft!

Sie stand. Aufrecht. Auf einem Boden, den sie zwar nicht sehen, wohl aber fühlen konnte.

Bewegung war möglich. Sie drehte sich einmal im Kreis, versuchte sich zu orientieren, doch nach wie vor war nichts weiter zu sehen, als strahlendweiße Leere.

Sie blickte hinab auf das Buch in ihren Händen und stockte. Ein kleiner Absatz war zu lesen.

Sie fuhr ihn mit den Fingern nach und begriff völlig erstaunt, dass sie ihn lesen konnte.

»Aus Nichts erschaffe Grund und Boden. Ring Luft und Gegenständlichkeit dem ewig Leeren ab.«

Alice blätterte weiter, doch die restlichen Seiten waren leer.

Sie hob den Blick und fragte sich:

Hatten sich die Seiten gefüllt, weil sich das Nichts um sie herum verändert hatte?

Oder hatte sie das Nichts verändert und so die Seiten gefüllt?

Es gab nur einen Weg, das herauszufinden.

»Farbe für den Boden«, sagte sie zögerlich. »Gerne braun.«

Ihre Füße schwebten noch immer im luftleeren Raum. Nichts geschah.

»Farbe, bitte! Braun! Holz!« Vielleicht fehlte es einfach an Details ... »Eiche.«

Nichts!

Alice starrte noch einmal auf das Buch.

Verdammt, sie hätte wirklich sehr gern den Boden gesehen, auf dem sie stand. Sie wollte nicht behaupten, dass sie Höhenangst hatte, aber in einem undefinierbaren Etwas zu stehen, ohne zu sehen, wie tief es hinabging -

»Großer Gott!« Sie starrte auf die Seite, die sich plötzlich mit Worten zu füllen begann. So schnell, dass sie kaum folgen konnte.

Sie schob das Buch aus ihrem Blickfeld und stand plötzlich auf festem Boden. Er war dunkel und massiv und vermutlich der schönste Boden, den sie jemals gesehen hatte.

Und da erinnerte sie sich auch an Ryans Worte: Gefühle! Sie spielten eine große Rolle bei der Übersetzung. Vielleicht waren sie auch entscheidend, wenn es darum ging etwas mit dem weißen Buch anzustellen.

Für einen Moment begriff sie die Groteske: War sie wirklich mit einem Buch in einem anderen Buch gefangen?

»Ich wünsche mir, dass das Weiß weniger grell ist.« Und das tat sie, denn in ihren außergewöhnlichen Augen brannte das Licht schmerzhaft und ließ sie ständig blinzeln.

Und diesmal klappte es sofort. Wie von Zauberhand schrieb sich ein Absatz in das Buch und praktisch im gleichen Augenblick verlor die Helligkeit ihre beißende Kraft.

Alice atmete auf. Gleichzeitig begann sich das Gedankenkarussell zu drehen: Wie weit konnte ihr das Buch helfen?

Wenn wirklich Gefühle eine, vielleicht sogar die entscheidende Rolle spielten, dann brauchte sie nicht lange zu überlegen.

»Ich will zu Ryan.« Sie presste für einen Moment die Lider zusammen und sagte dann noch einmal: »Bitte, bring mich zu ihm!«

Ohne, dass Alice einen Finger gerührt hätte, blätterten sich die Seiten um, fast bis fst zur Mitte des Buches. Dort erschien ein kunstvoller Anfangsbuchstabe, der für sie unleserlich blieb. Sie erkannte nur Sagengestalten mit

Hörnern und Reißzähnen, mit mächtigen Klauen und irrem Blick. Und dann füllten sich Seiten um Seiten mit Schrift. Diesmal konnte sie sie nicht lesen. Diesmal ...

Sie sah auf, als etwas in ihrem Augenwinkel flackerte. Doch auf den Anblick, der sich ihr nun bot, war sie nicht gefasst.

Um ein Haar fiel ihr das Buch aus den Händen, während sie zurücktaumelte. Plötzlich waren unzählige Menschen um sie herum. Männer, Frauen, Alte, Junge, Greise; manche in Lumpen, manche in edelsten Kleidern.

Doch sie standen nicht einfach da; sie waren nicht bei Bewusstsein, wie Alice es war. Sie schwebten in ebendieser Leere, die sie gerade noch selbst erlebt hatte; starrten in ein Nichts, das weder Kontur noch Zeit hatte. Keine Regung zuckte durch ihren Körper, kein Mienenspiel lag auf ihren Gesichtern.

Es mussten Dutzende sein.

»Ryan?«

Ihre Stimme war noch immer stumm. Sie wandte sich dem Buch zu. »Ich möchte, dass meine Stimme hörbar wird. Ich ... ich möchte, dass er mich hören kann!«

Das Buch blätterte zurück, dann wieder vor, wieder zurück, wieder vor. Alice starrte auf die herumwirbelnden Seiten, bis plötzlich irgendwo zwischen dem ihr Verständlichen und der fremden Sprache etwas geschrieben wurde.

Ein paar Worte konnte sie lesen, einige nicht.

Sie begann zu verstehen: Wenn sie selbst etwas schuf, konnte sie es lesen. Aber wenn etwas unter dem Einfluss des Bischofs stand wie die Menschen, die Sinne, die er über die Jahrhunderte gefangen genommen hatte, dann blieb die Schrift für sie genauso unleserlich wie sein

Zauber undurchdringlich.

Und bei Ryan war es ein klein wenig von beidem.

Alices Blick streifte durch die Menschen. Sie versuchte, auszublenden, was für ein schreckliches Schicksal sie erlitten; sie musste es, um klar denken zu können.

»Ryan! - Ryan, wo bist du?«

Sie schritt auf ihrem schmalen Pfad entlang durch die Masse an Besinnungslosen und suchte nach ihm.

»Ich will ihn finden! Ich ... muss ihn finden!«

Alice irrte weiter, starrte auf das Buch hinab, bis es endlich zu schreiben begann. Sie riss den Blick empor und direkt vor ihr war er.

»Ryan!«, hauchte sie. »Mein Gott.«

Genau wie all die anderen schwebte er, wie in einer unsichtbaren Blase. Sein Körper war regungslos, sein Blick starr.

»Er soll mich sehen, er ... soll mich erkennen!«, rief sie verzweifelt. Doch nichts geschah.

Zögerlich streckte sie die Hand aus, um ihn zu berühren. Seine Haut fühlte sich kühl an.

Kein Muskel regte sich unter ihren Fingerspitzen.

»Wach auf, Ryan!«, flüsterte sie. »Du musst aufwachen! Du ... musst mir helfen!«

Sie legte ihre Hand an seine kühle Wange, betete, dass er sich regte, selbst wenn es nur ein Blinzeln wäre. Doch nichts tat sich. Eine Träne lief über ihre Wange, tropfte hinunter und wurde vom Nichts verschluckt.

Alice horchte in sich hinein, versuchte, die Stimmen zu hören, die ihr von dem Zauber erzählt hatten; versuchte, irgendetwas zu sehen, zu entdecken, das ihr helfen konnte. Doch da gab es nur all diese gefangenen Menschen. Und Stille.

Sie strich Ryans Haar zurück, küsste ihn vorsichtig auf die blassen Lippen. Selbst dann tat sich nichts.

»Du kannst mich doch hier nicht alleine lassen«, flüsterte sie, legte ihre Stirn gegen seine und schloss die Augen. »Du musst mir helfen; mit mir zurückkommen! *Leben*!« Als sie ihn mit einem Arm umschlang, drehte er sich in der Schwerelosigkeit herum. Beinah war es, als würde er sich ihr zuwenden; eine wundervolle Illusion, die sie aufschluchzen ließ. »Ich liebe dich«, hauchte sie. »Bitte verlass mich nicht!«

Dann plötzlich ein Knall!

Und als Alice die Augen aufriss, lag Ryan vor ihr auf dem imaginären Boden.

Während er schmerzvoll stöhnte, lachte sie glücklich und warf sich auf ihn, was sein Stöhnen noch verstärkte.

»Oh Gott sei Dank!«, rief sie aus und presste ihre Arme um seinen Brustkorb.

»Ich glaub, ich hab mir was gebrochen«, nuschelte er, so dass Alice ihn endlich losließ.

Sie drehte ihn auf den Rücken, was neuerliches Stöhnen zur Folge hatte, und küsste ihn. »Ich liebe dich«, sagte sie und endlich schien Ryans Schmerz vergessen. Er blinzelte sie aus seinen braunen Augen an und schluckte trocken, rappelte sich auf in eine sitzende Position.

»Sag das nochmal!« Die goldenen Sprenkel in seinen Augen erwachten zum Leben.

»Ich liebe Dich!«

Er lächelte, grub seine Hand in ihr Haar und küsste sie. Dann ließ er wieder von ihr ab. »Dir ist klar, dass ich es zuerst gesagt hätte, wenn du mich gelassen hättest!«

»Mir ist zumindest klar, dass das keine Rolle spielt. - Und

mir ist klar, dass ich dich brauche, Ryan Somerset. Nicht nur, um von hier wegzukommen.«

»Hier? - Wo ist denn hier?«

Er sah sich um und begriff offenbar erst jetzt, was um ihn herum war. Er kam so schnell und hastig auf die Beine, dass Alice ihm mit einem beherzten Griff Gleichgewicht geben musste.

»Mein Gott, was ist das hier? Wer ...?«

»Das sind die Sinne, glaube ich.« Sie schluckte und ignorierte den eisigen Schauder, der sie überlief. »Du warst hier bis gerade eben auch noch ... so.«

»Ich?«

»Ja.« Sie blickte ihn stirnrunzelnd an. »Erinnerst du dich denn nicht, dass dich der Bischof in das Buch gelesen hat?«

Ryan rieb sich mit beiden Händen übers Gesicht. Dann nickte er. »Als du gerade zurückgekommen bist.«

»Ja, genau.«

»Und was hast du dann gemacht?«

»Ich wollte dem Bischof entgegentreten. Das war allerdings ... nicht sehr erfolgreich. Er hat mich auch ins Buch gelesen. Er ... war so gestärkt durch dich, dass ich ihm nichts entgegenzusetzen hatte.«

»Aber warum schwebst du dann nicht hier wie all die anderen?«

»Deswegen.« Sie tippte auf das weiße Buch in ihren Händen und schlug es schließlich auf. »Er konnte es mir nicht mehr wegnehmen. Und so ist es passiert, dass ich praktisch mit dem Buch hierhergekommen bin. Sieh mal: Die Seiten sind leer.«

»Leer?«

»Ja. Ich ... habe Stimmen gehört.«

Nun hob er eine Braue. »Stimmen?«

»Ich weiß selbst, wie verrückt das klingt, aber sie sagten mir, ich könnte das Buch jetzt mit meinem Zauber füllen. Also habe ich es versucht! Und es funktioniert! Ich habe dich gefunden. Ich habe dich aufgeweckt. - Das Buch hat hier Macht. Es ist, als hätte der Bischof seine eigene Giftkapsel geschluckt. Jetzt müssen wir nur noch rausfinden ...«

»... wie wir sie platzen lassen können.«

Alice nickte.

»Und was ist mit ihnen allen hier?«

»Ich weiß es nicht.«

»Wir können sie nicht herauslesen. Es sind so viele und wir haben keine Ahnung, wie sie heißen; wer sie sind.«

»Die Seiten hier sind sowieso geleert. Es ist, als würde alles von vorne beginnen. Als würden wir eine Geschichte schreiben können, die sich dem Bischof entgegenstellt. - Leider habe ich nicht den Hauch einer Ahnung, wie so etwas gehen könnte.«

Ryan schwieg nachdenklich. »Er hat dich und mich in das Buch gelesen, richtig?«

»Richtig.«

»Das hat ihn gestärkt.«

»Korrekt.«

»Aber du bist nicht mehr in seiner Luftblase gefangen. Und ich auch nicht.«

Alice nickte langsam. »Wir fehlen ihm also in seiner Kartei.«

»Trotzdem ist er noch nicht hier, um uns zurückzubringen.«

»Die Frage ist, ob das überhaupt möglich ist. Kann er denn in sein Buch hinein? Kann er sich hierhin zurückziehen?«

»Keine Ahnung. Ich nehme an, wenn er es könnte, wäre er schon hier.« Ryan rieb sich die Schläfe.

Alice nickte, dann kam ihr eine Idee. Sie wandte sich an das Buch. »Was müssen wir tun, um den Bischof zu besiegen?«

Ryan hob eine Braue und starrte auf die leeren Seiten. »Müsste sich jetzt etwas tun?«

»Nur, wenn es funktioniert.«

»Stell die Frage anders!«

»Und wie?«

»Frag das Buch, wie wir diese Seelen aus dem Nichts befreien können!«

Alice wandte sich an die leeren Seiten und stellte die Frage genauso. Sekunden später füllten sich die Seiten mit kunstvollen Buchstaben.

»Seine oder unsere Schrift?«, fragte Ryan.

Alices Augen erkannten es sofort. »Unsere.«

Sie legten das Buch auf den Boden und beugten sich darüber; lasen, was ihnen zu lesen gegeben wurde.

»Erlösung ist ein Pfad, der beschritten werden will. Vertraut seinen Schwächen, doch hütet Euch: denn Verrat lockt mit Schönheit und Wahn.«

Die beiden wechselten einen Blick.

»Welcher Pfad?«, fragten sie wie aus einem Munde.

Doch da verbreiterte sich plötzlich das Fleckchen Boden, auf dem sie standen, wurde länger, schlängelte sich durch die gefangenen Sinne hindurch.

»Das könnte eine Falle sein«, mutmaßte Alice. Sie blickte zu Ryan hinauf.

»Ja, aber du konntest mich befreien mithilfe des Buches. Warum soll es uns betrügen?«

Sie atmete tief ein. »Wir haben ja ohnehin wenig Alternativen.«

Ryan nickte und hob das Buch auf. »Gib mir deine Hand!«

»Warum?«

Er lächelte. »Weil ich mich dann besser fühle.«

Alice schüttelte entschuldigend den Kopf. »Tut mir leid. Ich bin etwas überspannt.« Sie verschränkte die Finger in seinen und spürte die Wärme und den sanften Druck seiner Berührung.

Sie versuchte, den quälenden Anblick der entseelten Körper, die um sie herumschwebten, wie Wassertropfen in der Schwerelosigkeit, zu ignorieren; sie wenigstens auszublenden.

»Siehst du das da vorne?«

Ryans Worte schreckten sie auf. »Was?«

»Wer hat denn hier die Superaugen?«, fragte er und zeigte geradeaus. »Da!«

»Tatsächlich.« Sie kniff die Lider zusammen, schärfte ihren Blick. »Das sieht aus wie ein Abgrund.«

»Ein Abgrund?«

»Mhm.« Sie folgten dem Weg, bis er endete. Oder vielmehr sah es aus, als würde er einfach einen 90-Grad-Knick nach unten machen. Da es keine Landschaft und keine anderen Anhaltspunkte einer Umgebung gab, sah es fast so aus, als müssten sie einfach nach unten weitergehen.

Alice blickte hinab und machte dann einen Schritt zurück. »Habe ich von meiner ... Höhenangst erzählt?«

Ryan hob eine Braue. »Nein.«

Sie nickte und schluckte, um die Übelkeit zu unterdrücken. »Ist nix für mich, wenn es weit runtergeht.«

»Die Frage ist ja, ob es wirklich weit runtergeht. Oder ob

es nur so aussieht!«

»Ich habe keine Ambitionen, das herauszufinden!«

Ryan drehte sich um die eigene Achse. »Wenn wir etwas hinunterwerfen könnten ...«

»Kleingeld, zum Beispiel?«

»Zum Beispiel.«

Alice kramte in ihrer Hosentasche und fand einen Euro. »Hier.«

Ryan nahm das Geldstück, stellte sich für Alice ein bisschen zu nah an die Kante, und warf es.

»Hm ...«

»Was heißt hm?«

»Es liegt auf dem Weg.«

»Auf dem Weg, der nach unten führt?«

»Ja.«

»Es fällt nicht?«

»Nein, aber ...«

»Das könnte ein Trick sein.« Alice nickte. »Könnte dem Bischof doch gut passen, wenn wir uns selbst entsorgen!«

Ryan nahm das Buch und schlug es auf, gab es wieder Alice. »Frag es!«

Und das tat sie, doch das Buch blieb stumm; auch nach mehreren unterschiedlichen Versuchen. »So ein Mist.«

Ryans Kopf schnellte nach oben. »Apropos Mist«, sagte er plötzlich alarmiert und griff nach Alices Arm.

Sie wirbelte herum. »Oh, verdammt!«

Und das war noch untertrieben!

Denn der braune Weg, auf dem sie bis hierhergekommen waren, löste sich regelrecht auf. Das Nichts schien ihn zu verschlucken und kam dabei rasend schnell auf sie zu.

Alice versuchte, die Panik zu unterdrücken. »Also entweder, wir fallen gleich hier irgendwo ins Nichts, oder ...«

»Wir gehen weiter!«

Schweiß brach ihr aus. »Und wenn wir fallen?«

»Wir fallen nicht!«

»Was macht dich so sicher?«, rief sie noch, doch da verlor sie bereits den Boden unter den Füßen und rutschte ab.

Ryans Griff war eisern. Er riss sie mit sich, geradewegs über den Abgrund.

Alices Magen hob sich, als sie fiel.

Doch im nächsten Moment landete sie auf etwas Hartem. Sie schrie auf vor Erleichterung, doch Ryans Gesichtsausdruck wirkte weniger begeistert.

Er packte sie am Arm, zerrte sie auf die Beine und riss sie mit sich.

Im nächsten Augenblick begriff sie, warum.

Der Abgrund hatte dem Nichts keinen Einhalt geboten; im Gegenteil: Es wirkte, als würde sich der Weg hinter ihnen noch schneller auflösen. Das gleißende Weiß gewann an Kraft, raste auf sie zu.

»Scheller!«, rief Ryan, seine Finger bohrten sich schmerzhaft in ihren Oberarm.

Alice sah sich noch einmal über die Schulter um, stolperte dabei und fing sich im letzten Moment.

»Schneller, verdammt!« Ryan zerrte sie unerbittlich mit sich. Alice versuchte, mit ihm Schritt zu halten, sah sich nicht mehr um, ignorierte das Brennen in ihren Lungen, den Schmerz in ihren Beinen, der einen Krampf andeutete.

Dann plötzlich: »Da vorne!«

»Was ist da?«

»Ein Graben! Oder sowas!«, brachte sie atemlos hervor. »Wir müssen ...«

»Springen!«

Alice fixierte die vielleicht zwei Meter breite Unterbrechung des Weges. Dahinter zeichneten sich Silhouetten ab, die sie jedoch nicht weiter beachtete, um nicht noch einmal ins Straucheln zu kommen.

»Zusammen!«, rief Ryan.

»Auf Drei! Eins! ...«

Doch sie verschätzte sich in der Geschwindigkeit, weswegen Ryan sie noch fester packte und aus vollem Halse brüllte: »Drei!«

Mit einem mächtigen Satz sprang er ab und Alice sprang mit ihm.

Wieder eine schmerzhafte Landung.

Wieder ein kurzes Aufatmen.

Doch dann ...

Zuerst dachte Alice, sie würde keine Luft bekommen, weil sich die Kante des Buches in ihren Brustkorb gedrückt hatte. Doch dann sah sie, dass auch Ryan strauchelte.

»Irgendetwas ...« Er sank auf die Knie, griff nach ihrer Hand, doch da merkte sie es selbst schon.

»Bekomme ... keine Luft«, keuchte sie, versuchte krampfhaft, Atem in ihre Lungen zu saugen.

Kraftlos sackte sie in sich zusammen. Das Letzte, was sie spürte, war Ryans Berührung an ihrem Arm, die immer schwächer wurde.

Dann war alles dunkel!

IX

Als sich Alices Bewusstsein wieder an die Oberfläche kämpfte, war das Erste, was sie wahrzunehmen glaubte, der Geruch von Blumen.

Oder nein, nicht einfach nur Blumen. Es war ein berauschender Duft, als läge sie in einem riesigen Bett aus duftenden Rosenblüten.

Sie wackelte mit den Zehen und Fingern, um ihren Körper auf Funktion und Vollständigkeit zu überprüfen. Soweit schien alles intakt.

»Ryan?« Sie versuchte den Kopf zu heben, doch das fiel ihr dank eines stechenden Schmerzes im Nacken schwer. »Ryan!«

»Hm?«

Seine Stimme zu hören, war eine Erlösung. »Geht es dir gut?«

»Mein Kopf ...« Er stöhnte leise. »Aber sonst: ja.« Seine tastenden Finger erreichten sie, legten sich auf ihre Bauchdecke.

Moment!

Mit einem Mal war Alice hellwach! Sie setzte sich ruckartig auf und ...

»Ich bin nackt!« Sie sah zu Ryan hinüber, da der nächste Schock: »Und ich ... sitze tatsächlich in einem Bett aus ... Rosenblättern!«

Ryan hob ein Augenlid.

»Und du bist auch nackt!«, keuchte sie.

Nun öffnete auch er die Augen, setzte sich auf und blickte an sich hinab.

Mit gerunzelter Stirn glitt sein Blick zu Alice.

»Was geht denn hier vor sich? Wo sind unsere Kleider?«

Sie sah sich um und entdeckte einen sorgfältig gefalteten Stapel unter einem Jasmin.

»Dort. - Moment!«

Nun sah sie sich zum ersten Mal wirklich um. Das konturlose Nichts war verschwunden. Stattdessen waren sie in einer Art Garten. Der Sonnenschein schien von überall und nirgendwo her zu kommen. Es war warm, aber nicht zu warm. Ein leichter, sanfter Wind streichelte ihre Haut.

Und überall war dieser herrliche Blütenduft.

»Wenn das eine Falle ist«, befand Ryan und zog die Beine an, wunderte sich scheinbar über die roten Blütenblätter, »dann ist das außerordentlich kreativ.«

»Und wohlriechend.«

Er lächelte. »Und anziehend.«

Sie blinzelte und hatte das Gefühl, dass ihr ein wenig schwindelig war; aber auf angenehme Weise, als wäre sie beschwipst und dabei äußerst gut gelaunt.

Das Gefühl verstärkte sich mit jedem Atemzug, wurde intensiver und gewann die Oberhand über ihre Gedanken. Überhaupt entfiel ihr, was genau sie gerade hatte sagen wollen.

Die Aufregung, die eben noch in ihr hatte hochkochen wollen, ebbte ab. Eine unwirkliche Ruhe legte sich über sie. Zufriedenheit. Der Schwindel wurde stärker, wurde zu einem konstanten Pochen in ihrem Hinterkopf.

Trotzdem lächelte sie, rückte näher an Ryan heran und legte ihre Hand auf seinen Oberschenkel, beugte sich über ihn.

»Du bist ein schöner Mann, Ryan Somerset.«

Ihre Hand glitt höher. In ihrem Kopf drehte sich alles,

doch als er sie in die Blüten presste, spielte das ohnehin keine Rolle mehr.

Sie schlang ihre Arme um seinen Nacken, spreizte die Beine und keuchte auf, als sich sein Gewicht auf ihre Hüften legte. Vor ihren Augen flimmerte es, also schloss sie die Lider. Für einen Moment zuckte der Gedanke durch ihren Geist, dass sie etwas Wichtiges vergessen hatte.

Doch Ryans Kuss, seine Hand in ihrer Kniekehle, seine Hitze an ihrem Schoß ...

Sie wirbelte ihn herum, saß rittlings auf ihm und packte seine vorwitzigen Hände, um sie über seinem Kopf festzuhalten.

Ihr Haar fiel über sein Gesicht und er schüttelte sich lachend. Und da plötzlich fiel es ihr ins Auge: Ein Buch.

Es war groß und in dickem, schwerem Leder gebunden. Es wirkte alt.

Alice wurde das Gefühl nicht los, dass sie es kennen sollte.

»Was ist das für ein Buch?«, fragte sie, doch Ryan beachtete die Frage nicht. Seine Hände lagen auf ihren Hüften, hoben sie etwas an und senkten sie wieder ab. Seine Hitze glitt in sie hinein, füllte sie aus, entriss ihr den letzten klaren Gedanken.

Sie stützte sich mit den Händen auf seinen Schultern ab, ließ das Becken kreisen und verlor sich für einen köstlichen Moment in dem Gefühl, das ihren Unterleib wie Lava überflutete und in Brand setzte.

Ryans Oberkörper schnellte empor, er schlang die Arme um sie und bewegte sich unter ihr.

Alice grub die Finger in sein dunkles Haar und ließ sich gehen.

Oder zumindest versuchte sie es, denn ihre Augen gehorchten ihr nicht. Immer wieder öffneten sie sich, fixierten das Buch, das am Rand des Rosenbetts lag. Es wirkte beinah vorwurfsvoll. Und es erinnerte sie an etwas; es war wie ein schmerzhaftes Stechen hinter ihren Schläfen. Eine Faust, die sich drohend gegen ihre Schädeldecke presste, und ihr die Lust nehmen wollte, die Ryan ihr schenkte.

Als er sie wieder herumdrehte, fielen ihre Arme kraftlos zurück.

Es war nur eine Fingerspitze, nur die ihres linken Zeigefingers, die das weiche Leder des Bucheinbandes berührte.

Doch es genügte!

Das Wissen; die Erinnerung! - Alles schoss im Bruchteil einer Sekunde zurück in ihren Geist! Sie riss die Augen auf!

»Hör auf!«

»Was?«

»Hör auf! Lass mich los!«

Er starrte verwirrt und atemlos auf sie hinab. »Aber -?«

Sie packte nach seinen Fingern, streckte seinen Arm über ihren Kopf hinweg und presste seine Hand auf das Buch.

»Was ...?« Und endlich drängte sich das Begreifen in seinen Blick. »Großer Gott ...«

Er löste sich von ihr, krabbelte auf das Buch zu und zerrte es an sich.

Alice erhob sich schnell. »Ich hole unsere Kleider.«

Sie lief zu dem Jasmin, der nichts weiter sein konnte, als eine Illusion, und kam zu Ryan zurück.

Schnell zog sie sich Unterwäsche und Shirt über, reichte Ryan seine Klamotten, die er langsam annahm.

Als sie wieder zu Sinnen kam, verschwand das Schwindelgefühl.

»... denn Verrat lockt mit Schönheit und Wahn«, zitiere Ryan das Buch und Alice nickte langsam.

»Ich wusste gar nicht mehr, wo wir sind und ... warum wir hier sind.«

»Ich auch nicht.« Er streifte sich sein Hemd über. »Wie lange hätte man uns hier wohl auf diese Weise festhalten können.«

»Für immer?«

Er nickte langsam, stieg in seine Hose und atmete tief ein. »Ein Zauber, dem wir nur deinetwegen entgangen sind.«

Alice nickte. »Erst die Seelen, jetzt dieser wahnwitzige Zauber ...«

»Man fragt sich, was als Nächstes kommt.«

»Warte!«

Ryan sah von seinen Schuhen auf. »Was ist?«

Alice setzte sich neben ihn und bemerkte beiläufig, dass die Rosenblüten verwelkten.

»Zuerst die Seelen, richtig?«

»Soweit ich mich erinnere ...«

»Und dann dieser Zauber. Eine Illusion, fern der Realität.«

»Von dir abgesehen: Ja!«

»Ich glaube, ich weiß, wohin uns der Pfad führt.«

Ryan hob eine Braue. »Tatsächlich?«

»Ja. Ich glaube, wir ... bewegen uns durch das Buch.«

»Das Buch der Sinne?«

»Ja, und zwar von hinten nach vorne. Sieh doch mal: Zuerst die Seelen, die sind im Buch ganz hinten, dann die Zaubersprüche mit all den fantastischen, unerklärlichen Bildern.«

»Ja, möglich wäre es. Und die Theorie ließe sich ja auch

gut überprüfen. Als nächstes müssten uns bekrallte Fabelwesen mit meterlangen Reißzähnen erwarten. Fünfköpfige Schlangen so groß wie Häuser und bärengesichtige Riesen, die Keulen schwingen.«

Alice nickte. Ihr war plötzlich ziemlich flau im Magen.

Die Rosenblätter unter ihnen waren bereits verdorrt, der Blütenduft verblasst, als wüsste die Illusion, dass sie gescheitert war.

Der Jasmin verlor an Kontur, genau wie der Rest des Gartens. Und wenige Augenblicke später war von dieser herrlichen Kulisse nicht mehr zurückgeblieben, als das weiße Nichts, das sie bereits kannten.

Sie standen wieder auf dem Pfad, der sich in der Ferne verlor, und blickten sich stirnrunzelnd an. Ryan gab Alice das Buch und nickte.

»Lass uns weitergehen!«

*

Der Weg zog sich so sehr in die Länge, dass Alice nicht mehr sagen konnte, wie lange sie eigentlich schon unterwegs waren. Es konnten zwei Stunden sein. Oder zwei Tage. Trotzdem spürte sie weder Hunger noch Durst; nur nagende Erschöpfung und Müdigkeit.

»Und wenn es wirklich so ist, dass wir zum Anfang des Buches gelangen müssen, um ihm zu entkommen?«, fragte Ryan nachdenklich. »Was meinst du, was uns dort erwartet?«

»Ich weiß es nicht. - Es gibt allerhand verwirrende Zeichnungen auf den ersten Seiten. Ich habe keine Ahnung, was sie bedeuten, und mit Großvaters Schlüssel waren sie auch nicht zu übersetzen, da sie ja nicht geschrieben, sondern gezeichnet waren.«

Ryan nickte. Auch er wirkte erschöpft. Immerhin hatten sie diese Unterhaltung bereits unzählige Male geführt, seit sie von dem Rosenbett aufgestanden waren.

Irgendwann war sie so zerschlagen, dass Alice einfach die Beine wegsackten; ohne Vorwarnung, ohne, dass sie es verhindern konnte.

Ryan dämpfte ihren Sturz und ging neben ihr in die Hocke, strich ihr das Haar zurück. »Du musst dich ausruhen«, sagte er. »Wir rasten hier.«

»Nein, wir müssen weiter!« Sie versuchte, sich in die Höhe zu kämpfen, doch ihr Körper verweigerte ihr schlichtweg den Dienst.

»Wir brauchen Kraft, Alice. Auch wenn wir noch nicht genau wissen, wofür! Ein paar Stunden Schlaf werden uns helfen ...«

Sie blinzelte langsam, ihre Lider waren so verdammt schwer.

»Und wenn uns das Nichts wieder einholt?«

»Wir haben keine Alternative.« Er setzte sich hin und zog Alice an sich. »Mach die Augen zu. Ich passe auf dich auf!«

Sie gehorchte und spürte den Schmerz in ihren Muskeln, als diese sich endlich ein wenig ausruhen durften.

»Du schläfst doch selbst gleich ein, oder?«, murmelte sie.

»Nein, ich bleibe noch wach. Wir wechseln uns ab! Schlaf jetzt!«

Und das tat sie.

*

Als Alice aufwachte, spürte sie Ryans Berührung. Sie lächelte und der Gedanken, dass sie womöglich jeden Morgen so aufwachen könnte, machte sie glücklicher, als kaum etwas zuvor in ihrem Leben.

Und wenn man bedachte, dass sie auch in diesem Moment um ihre pikante Lage wusste, war das enorm.

Apropos Lage: Sie öffnete die Augen.

Dann setzte sie sich auf.

Ein Wald! Oder ein Urwald, genauer gesagt, aber keiner von der tropischen Sorte. Riesige Kiefern, daneben haushohe Schachtelhalmpflanzen und etwas, das aussah wie gigantischer Bambus bewegten sich träge im Sonnenschein, dessen Wärme sie sogar auf ihrer Haut spürte.

Bei dem Gedanken, dass sie in einer neuen Illusion waren, überfiel Alice Enttäuschung. Sie hatte wirklich gehofft, dass sie diese Kapitel nun langsam hinter sich gelassen hätten.

Plötzlich veränderte sich der Druck von Ryans Fingern.

»Beweg dich nicht!«

Er flüsterte es, ohne sich zu rühren, und allein das verursachte bei Alice eine Gänsehaut. Ihr Puls schoss in die Höhe, ihr Atem ging stoßweise.

»Was ist denn los?«, hauchte sie.

»Ich spüre ... Schritte.«

Ihr Blick flirrte herum. »Aber ich sehe niemanden.«

»Es kommt nicht jemand. Sondern etwas.«

»Etwas?« Ihre Stimme ging im Tosen ihres Herzschlags unter. »Was denn für ein etwas?«

»Ich weiß nicht. Es ist schwer. Es muss ... verdammt groß sein. Es geht auf mehr als zwei Beinen.« Nun öffnete er die Augen und blickte sie an. »Um genau zu sein, geht es auf acht Beinen.«

Sie starrte so fassungslos zu ihm hinab, dass sie sogar vergaß zu blinzeln.

Wenn Ryan Recht hatte, dann hatten sie die Zaubersprüche verlassen und waren geradewegs in die Welt der furchteinflößenden Monster hineingestolpert.

Einerseits war das gut, weil der Weg zum Anfang des Buches dann nicht mehr so weit war.

Andererseits -

»Grundgütiger!« Alice erstarrte völlig.

»Siehst du es?«

»Ja.«

»Was ist es?«

»Ein ... eine ...« Sie starrte auf die gigantischen Bambusrohre, die haushoch waren, und doch zur Seite geknickt wurden, als wären es Streichhölzer, als die Kreatur näherkam.

»Was denn?«

»Eine Spinne.« Alices kompletter Körper wurde von einer Gänsehaut überzogen, als sie es aussprach.

»Eine Spinne?« Ryans Griff wurde schmerzhaft fest.

»Irgendwie. Sie hat ...- verdammt sie hat einen riesigen Bärenkopf, Augen so groß wie Medizinbälle. Ihre Beine sind schwarz, gekrümmt und übersät von Widerhaken, die aussehen, als wären sie aus Stahl.«

Ryan schloss für einen Moment die Augen. »Hat uns die Kreatur gesehen?«, fragte er.

Wenn man die Zielstrebigkeit bedachte ... »Ich glaube, ja.«

»Können wir fliehen?«

»Ja, aber wohin?«

Nun drehte er vorsichtig den Kopf. »Es müsste etwas sein, wo wir uns verkriechen können. Eine Nische. Eine

Höhle ...«

Alices Blick glitt fieberhaft umher, während das Knacken von Ästen, schließlich von ganzen Kiefernstämmen zu hören war.

»Da!«, rief sie vielleicht eine Spur zu laut aus. »Hinter dieser Baumgruppe gibt es Felsen. Sie sind zerklüftet. Sicher gibt es darin Spalten!«

»Wie sicher?«

Alice gab ein abwägendes Geräusch von sich und starrte wieder auf die Spinne; die riesige Spinne! Die riesige Spinne mit dem Bärenkopf.

»Ziemlich sicher!«

»Dann komm!«

Blitzartig sprang Ryan auf die Beine, packte Alice und zerrte sie mit sich.

»Verdammt! Sie verfolgt uns!«

Ihr Blick flirrte für einen Augenblick nach hinten.

Das Monstrum hatte seinen gemächlichen Gang verloren und raste nun mit solcher Geschwindigkeit hinter ihnen her, dass Alice den Bewegungen der Beine kaum noch folgen konnte.

»Schneller!«, rief sie aus und schaffte es plötzlich, mühelos mit Ryan Schritt zu halten.

Was so eine bärenköpfige Spinne mit armeslangen Reißzähnen nicht alles bewirken konnte!

Die Felsen kamen immer näher.

Alices Beine brannten, ihre Lungen fühlten sich an wie ausgetrocknet.

»Ich sehe keine Spalten!«, rief Ryan. Mittlerweile bebte der Boden unter ihren Füßen, als wären sie in ein Erdbeben geraten.

»Da hinten! Links!«

»Links?«

»Rechts, meine ich!« Sie keuchte atemlos. »Tschuldigung!«

Im vollen Lauf murmelte Ryan irgendwas über *Frauen*, das nicht gerade wie ein Kompliment klang.

»Schneller!«, rief Alice noch einmal.

Der Boden wurde steinig, so dass sie über einige scharfkantige Felsen springen musste.

»Sie ist schon ziemlich nah!«, rief Ryan aus.

»Ja, ich weiß, verdammt!« Sie keuchte und zeigte dann nach oben. »Da! Da passen wir rein!«

»Niemals!«

»Klar!«

»Nein!«

Sie waren kurz vor den Felsen und verdammt: Das war ein schmaler Spalt! Ein sehr schmaler Spalt!

»Wir müssen! Und zwar jetzt!«

Ohne auf den Schmerz zu achten, der in ihre Arme fuhr, als sie an den kantigen Felsen entlang schrammte, schob sie Ryan mit dem Buch vor sich her, der mit einem Ächzen zwischen den Steinen verschwand.

Ein heftiges Beben fuhr durch den Boden. Es knackte laut und Alice verlor den Halt. Es war, als würde der Erdboden unter ihr einfach wegbröckeln.

Ryan packte ihren Arm, etwa eine Millisekunde, bevor sie ins bodenlose Nichts stürzte. Er zerrte sie zu sich in den Felsspalt und hielt sie in festem Klammergriff.

Doch es gab keine Sekunde Entwarnung, denn für die Spinne, oder wie man dieses achtbeinige Ungetüm auch nennen wollte, war der Abgrund, der sich aufgetan hatte, offenbar kein Hindernis.

Gerade als Alice sich tiefer in den Spalt drängen wollte, riss etwas an ihrem Fuß.

»Ryan!«, rief sie aus, doch er stemmte sich schon mit aller Kraft gegen die silberne Kralle, die sich in ihrem Schuh verhakt hatte.

»Zieh ihn aus!«

»Er sitzt so fest!« Sie versuchte, sich den Schuh abzustreifen, den Fuß schmal zu machen, ohne dabei den Halt zu verlieren, krallte sich mit allem, was sie hatte, an Ryan.

Ein fester Ruck zog sie fast zur Hälfte aus dem Felsspalt. »Oh Gott!«

Sie blickte Ryan aus weit aufgerissenen Augen an. »Lass mich nicht los!«

Sein Griff war eisern.

»Niemals!«, presste er zwischen den Zähnen hervor und stemmte die Beine gegen den Felsen, um sie zurückzuziehen.

Genau in dem Moment riss ihr Schuh auseinander und Alice flog in Ryans Arme. Er presste sich mit ihr gegen die Höhlenwand, während die Spinne wieder und wieder versuchte, ihre Haken zwischen die Felsen zu treiben, um sie zu erwischen. Doch sie schaffte es nicht.

Ryan hielt Alice immer noch in seinem unnachgiebigen Griff.

»Ich ... kriege keine Luft.«

»Das macht nichts.« Er ruckte ein Stück mit ihr zurück. »Da scheint es noch weiter rein zu gehen.«

»Aber -«

»Nach vorne können wir ja wohl keinesfalls, oder?«

Sie starrte durch den Spalt auf das Ungetüm, das ein wildes, grimmiges Brüllen ausstieß.

»Nimm das Buch und komm!« Er zog sie noch ein Stück weiter zurück.

Alice starrte auf ihren nackten Fuß.

Der Nagellack an ihrem großen Zeh war zur Hälfte abgeplatzt.

Ob man wohl einen Schock hatte, wenn einem so etwas in so einer Situation auffiel?

»Hier ist irgendetwas!« Ryan rutschte mit ihr noch ein Stück weiter zurück. »Sieh mal!«

Alice drehte sich etwas mühsam in seinen Armen. »Ein Tunnel?«

»Ja, aber einer, in den offenbar von irgendwoher Licht kommt. Er kann nicht lang sein.« Jetzt blickte auch er hinab auf ihren Fuß. »Bist du verletzt?«

Sie schüttelte den Kopf. »Geht schon.«

In dem schmalen Felsgang konnten sie nur gebückt stehen. Hinter ihnen war noch immer das furchteinflößende Toben des Monstrums zu hören.

»Dann mal los.«

Ryan hatte Recht. Der Tunnel war kurz und öffnete sich nach weniger als etwa zwanzig Metern. Doch das stellte sie dennoch vor ein neues Problem.

»Du ... kannst schwimmen, oder?«, fragte Ryan und starrte auf die eisblaue Oberfläche eines Sees, der direkt am Ende des Tunnels lag. Das nächste Ufer war schätzungsweise fünfzig Meter entfernt.

Wenn Alice daran dachte, was sich in den Tiefen alles tummeln konnte, wurde ihr schwindelig. Allerdings war der Rückweg zu diesem wenig kooperativen Spinnenmonster auch keine Alternative.

Also nickte sie. »Kann ich. - Es sei denn irgendetwas

Fleischfressendes zieht mich in die Tiefe und ertränkt mich am Grund des Sees.«

»Warum sagst du sowas?«

Alice schluckte. »Hast du denn nicht solche Gedanken, wenn du dir das hier ansiehst? - Du weißt doch, in welchem Abschnitt des Buches wir sind.«

»Wir können das Wasser ja ein wenig beobachten. Vielleicht ... fällt uns etwas Entscheidendes auf.«

»Vielleicht ...« Sie starrte auf die ruhige Oberfläche. Das Wasser war so eisblau wie das eines Gletschersees. Wenigstens war es warm, wie ihre zögerliche Fingerprobe ergab. Sie holte tief Luft. »Das Wasser ist ziemlich klar. Ich könnte versuchen, zu erkennen, wie tief es ist.«

Ryan überlegte kurz und nickte dann. »Ich halte dich fest!«

»In Ordnung.«

Alice überwand sich, holte Luft und tauchte dann vorsichtig das Gesicht ins Wasser. Während sie den Kopf nach links und nach rechts drehte, ihn etwas tiefer ins Wasser streckte und Luftblasen aus ihrem Mund aufstiegen, sah sie nichts weiter, als die ruhige, unbelebte Grundlandschaft eines seichten Sees; einige Wasserpflanzen, rundgeschliffene Kieselsteine, abgestorbene Wurzeln.

Von fleischfressenden Seemonstern war soweit nichts zu sehen.

»Und?«, fragte Ryan, als sie wieder auftauchte. Er strich ihr das nasse Haar zurück und sie rieb sich das Wasser aus den Augen.

»Es sieht seicht aus; und ruhig. Man kann mindestens zehn Meter weit sehen. Der Boden ist mit Steinen bedeckt. Es wirkt alles ziemlich ... harmlos.«

Alice hob eine Braue. »Hier wirkt am Anfang alles ziemlich harmlos.«

»Ich weiß. - Aber der Spinne sind wir nur entkommen, weil wir weitergegangen sind. Ich fürchte fast, selbst wenn im Wasser irgendetwas lauert: Wir haben kaum eine andere Wahl, als hineinzugehen.«

Sie seufzte, atmete dann tief ein und nickte. »Wie gehen wir vor?«

»Wir ziehen unsere Schuhe aus - die, die noch übrig sind -, und schwimmen.«

»Und das Buch?«

Ryan zog die Stirn kraus. »Ich kann versuchen, es über Wasser zu halten.«

»Und wie?«

»Ich binde es mir auf den Rücken.«

Alice hob eine Braue. »Womit?«

Er gab ein ungeduldiges Geräusch von sich und zog sich das Hemd aus. »Hier.«

»Aber -«

»Versuch es einfach, in Ordnung?«

Er beugte sich etwas nach vorne und Alice tat ihr bestes, um das Buch auf seinem Rücken mit dem Hemd zu fixieren. Sie verknotete die Ärmel vor seiner Brust und nickte.

»Gut«, sagte er gebeugt, »dann los.«

Alice erinnerte sich an wenige Situationen, bei denen ihr auch nur annähernd so unwohl gewesen wäre. Aber Ryan hatte recht: Sie hatten keine Wahl.

Und so stieg sie mit mühevoll unterdrückter Todesangst ins Wasser. Es waren nur wenige Meter, bis das Wasser so tief war, dass sie schwimmen musste. Ihre Beine bebten, ihre Finger zitterten, ihr ganzer Körper verkrampfte sich, obwohl das Wasser so warm war, als würden sie in einer karibischen Lagune schwimmen.

Sie warf einen Blick zu Ryan, der versuchte, das Buch auf seinem Rücken über Wasser zu halten. »Geht es?«

»Alles bestens«, brachte er mühsam hervor, während er versuchte, gleichzeitig zu schwimmen und einen Katzenbuckel zu machen.

Alice zählte die Sekunden und Meter, die sie hinter sich brachten. Ihre Augen suchten das Wasser ab, ob sich irgendwo etwas Verdächtiges regte, doch nichts tat sich.

Kein Windchen war zu hören, keine Welle war zu sehen.

»Spürst du irgendetwas?«

»Nein.« Ryan versuchte, den Mund über Wasser zu halten. Sie fragte sich, wie er in dieser Haltung überhaupt schwimmen konnte.

Das Ufer war nur noch wenige Meter entfernt, kam immer näher und schließlich ... erreichten sie es.

Alice konnte es kaum fassen, als sich ihre Hände in den weichen, schneeweißen Sand gruben. Wasser tropfte von ihrem Gesicht, ihr Atem ging stoßweise und allmählich lockerten sich die Krämpfe in ihren Gliedern. Sie strich sich das Wasser aus dem nassen Haar und atmete tief durch.

»Komm«, sagte sie zu Ryan, »ich nehme dir das Buch ab.«

Doch als sie sich umdrehte, war er verschwunden.

X

Alice kämpfte sich auf die Beine, wirbelte um die eigene Achse, während sich ihr Pulsschlag vertausendfachte.

»Ryan!«, rief sie aus. »Ryan! Wo bist du?«

Vor ihr lag eine Einöde aus weißem Sand. Hinter ihr das Wasser. Sie taumelte zurück. »*Ryan*!«

Ihr Blick flirrte umher.

Alice fiel vor dem Wasser auf die Knie.

Zitternd beugte sie sich nach vorne, atmete einmal tief ein und tauchte den Kopf unter.

Sie sah ihn sofort und der Anblick fuhr wie ein elektrischer Schlag in ihren Körper.

Er stand auf dem Meeresboden, anders konnte man es nicht sagen. Seine Augen waren geschlossen, sein Gesichtsausdruck entspannt und ruhig; viel zu ruhig; als wäre er wieder einer der gefangenen Sinne.

Alice hatte keine Ahnung, was ihn dort am Uferboden halten konnte, doch ganz gleich, was es war: Sie durfte nicht zögern!

Mit einem langen Satz sprang sie zurück in die Fluten. Das Wasser war plötzlich kühl geworden, und mit jedem Zug, den sie schwamm, wurde es noch kälter; eisig.

Sie holte tief Luft und tauchte unter, kämpfte sich mit kraftvollen Armschlägen hinab zum Boden und packte nach Ryans Schultern. Doch sie konnte ihn nicht bewegen. Keinen Millimeter konnte sie seine Beine vom Boden ablösen.

Sie presste die Lippen zusammen und tauchte ganz hinab zu seinen Füßen. Es war, als wären sie mit dem

Grund des Sees verbunden, als wären sie ... buchstäblich damit verwachsen.

Verzweifelt schüttelte sie ihn, doch er regte sich nicht.

Die einzige Hoffnung, die ihr noch blieb, waren seine geschlossenen Augen. Kein Ertrunkener sah so aus. Es musste ein Zauber sein, der auf ihn einwirkte.

Zauber!

Das Buch!

Obwohl ihre Lungen platzen wollten, riss sie an dem Hemd, das noch immer das Buch auf Ryans Rücken fixierte.

Ihr wurde schwindelig und sie bemerkte, dass sie um ein Haar eingeatmet hätte.

Ob sie es wollte oder nicht, sie musste noch einmal nach oben. Sie musste auftauchen, also schwamm sie mit kräftigen Zügen an die Oberfläche und sog die Luft in ihre Lungen, machte zwei, drei, Atemzüge und tauchte wieder hinab.

Sie schaffte es, das Buch aus dem Hemd zu lösen und schlug es auf. Die Tinte zerlief nicht und auch sonst fühlte sich das Buch seltsam an. Es dauerte Augenblicke, bis Alice es begriff: Es veränderte sich.

Ihre lesbare Schrift verformte sich, wurde zu den Chiffren des Buchs der Sinne.

Dann plötzlich blätterten sich die Seiten um, bis zu einer leeren Stelle.

Schrift erschien, fremdartige Schrift, die sich mit bösartigen Fratzen abwechselte.

»Nein, nein, nein!«, dachte Alice fieberhaft und blickte Ryan an.

Plötzlich lief eine Art Druckwelle durch das Wasser. Sie fuhr herum.

Irgendein Schatten näherte sich ihnen; irgendetwas Großes. Das Buch füllte sich mit unlesbaren Worten; es war, als würde die Schrift mit jedem Augenblick schneller erscheinen, je näher der Schatten kam.

Für einen Sekundenbruchteil drängte ihr Überlebensinstinkt Alice zur Flucht. Doch dann fiel ihr Blick auf Ryan und die Gewissheit durchflutete sie: Sie würde ihn niemals verlassen!

Egal, was war!

Egal, was passierte!

Die Luft drängte aus ihren Lungen, doch die Dunkelheit, die auf sie zuraste, machte ihr klar, dass sie keine Gelegenheit mehr haben würde, zu ertrinken.

Sie schloss das Buch und ließ es auf den Grund des Sees sinken, wo es neben Ryans Füßen liegenblieb. Dann zog sie sich näher an ihn heran, küsste seine kalten Lippen, umarmte ihn und erwartete das Unvermeidliche.

Eine weitere Druckwelle erfasste sie. Und was auch immer dieses Dunkel war, es trieb eisige Kälte vor sich her.

Alices Lungen wollten zerbersten. Die Luft verließ ihren Brustkorb, obwohl sie versuchte, es zu verhindern. Immer wieder ein kleines Bisschen.

Sie wusste, wenn sie nur versuchte, einzuatmen, dann wäre es vorbei; dann wäre alles vorbei.

Einen letzten Blick warf sie noch auf das schwarze Nichts, das auf sie zuraste, dann vergrub sie das Gesicht an Ryans Hals und ließ den Atem aus ihren Lungen entweichen.

Die Wucht des Aufpralls explodierte als ungekannter Schmerz in ihrem Körper.

Sie dachte nicht darüber nach, ob sich so jeder Tod anfühlte. Alles, was für sie in diesem Augenblick zählte, war, dass sie Ryan hier nicht zurückließ.

Wieder roher Schmerz in all ihren Gliedern; als würden sie Fäuste in die Magengrube, Nieren und ins Gesicht gleichzeitig treffen.

Es tat so weh, dass sie die Besinnung verlor.

Zumindest glaubte sie das.

Doch dann bemerkte sie das Ziehen an ihrem Körper. Ihr Haar verfing sich an etwas, Strähnen wurden ihr herausgerissen, etwas peitschte an ihren Beinen entlang.

Mit der letzten Kraft öffnete sie die Augen, genau in dem Augenblick, da sie aus dem Wasser geschleudert wurde. Sie flog regelrecht durch die Luft und schlug hart auf dem Boden auf. Sand wirbelte auf, nahm ihr die Sicht und den Atem. Sie drehte sich, bis sie völlig orientierungslos war, rollte und rollte und blieb schließlich auf dem Bauch liegen.

Mit einem kraftlosen Ächzen öffnete sie die Augen und starrte auf weißen Sand. Alles drehte sich, ihr ganzer Körper schmerzte wie eine einzige, klaffende Wunde.

Dann wurde sie auf den Rücken gedreht.

»Alice!«

Oh Gott, diese Schmerzen!

»Alice, wach auf!«

»Ryan?«

»Nein, ich bin es! Mach die Augen auf, Mädchen!«

Sie öffnete blinzelnd die Augen und starrte in das Gesicht eines älteren Mannes, der ihr irgendwie bekannt vorkam.

»Wer sind Sie?«

Er runzelte die Stirn. »Alice, das ist nicht witzig!«

Und da endlich begriff sie, wen sie vor sich hatte. »Sirius?« Glauben konnte sie es dennoch nicht. »Bist du auch eine Illusion?«

»Nein, glücklicherweise nicht.«

»Wo ist Ryan?«, rief sie panisch aus, doch Sirius machte eine beruhigende Geste. »Da vorne. Es geht ihm gut. Er war nur verzaubert, während du um ein Haar wirklich ertrunken wärst.«

»Wie kommst du hierher?«

»Erzähle ich dir zu Hause. Ich muss mich beeilen.«

»Aber -«

»Steck die Hand in deine Tasche!«

»Was?«

»Mach es!«

Alice gehorchte und ertastete etwas. Als sie es hauszog, war es der Anhänger. Der Anhänger, den Sirius als Katze immer getragen hatte, den er ihr in Rom gegeben hatte.

»Ihr braucht ihn, um hinauszukommen. Es öffnet euch den Weg in unsere Welt, genau wie es das Buch geöffnet hat, als du es das erste Mal aufgeschlagen hast.«

Alice starrte auf den Anhänger. »Weißt du, wie weit es noch ist?«

»Die größte Prüfung steht euch noch bevor. Erinnerst du dich an die Zeichnung auf der ersten Innenseite?«

Alice runzelte die Stirn. »Mit all diesen Händen und Ohren und -«

»Genau. Alle Sinne werden sich euch entgegenstellen. Sie bewachen das Tor, das euch nach draußen führt.« Sirius flackerte wie ein kraftloses Hologramm. »Mir läuft die Zeit davon! Hast du das verstanden, Alice?«

Sie nickte hastig, obwohl sich in ihrem Kopf alles drehte. »Ja. - Woher weißt du das alles?«

»Kommt heil hier raus! Und dann erkläre ich euch alles! - Weck ihn auf! Schnell!«

Wieder flackerte er. Und dann ... war er plötzlich verschwunden.

Alice zögerte nicht, sie überwand die wenigen Meter zu Ryan, indem sie durch den tiefen Sand stolperte und schließlich auf die Knie fiel. Sie rüttelte an seinen Schultern.

»Ryan! Ryan, du musst aufwachen!«

Er schlug die Augen auf und Alice schluchzte auf vor Erleichterung.

»Was ... war denn?«

»Ich dachte, ich hätte dich verloren.« Sie wischte sich mit dem Handrücken unter der Nase entlang.

»Warum?«, fragte Ryan verwirrt.

»Keine Zeit.« Sie zog seinen Oberkörper empor und er gab ein schmerzvolles Stöhnen von sich. »Mir tut alles weh.«

»Ich weiß.« Alice atmete tief ein. »Wir haben noch ein Hindernis vor uns. Wenn wir das überwinden, können wir aus dem Buch entkommen. - Hiermit.«

Sie zeigte ihm den Anhänger.

»Wie kommst du darauf, dass uns das Amulett helfen kann.«

»Lange Geschichte! - Erinnerst du dich an die erste Zeichnung im Buch der Sinne?«

»Dieses Gebilde aus Händen und Augen?«

»Genau. - Das wird sich uns noch entgegenstellen.«

»Aber wie denn?«

»Keine Ahnung, aber seit ich eine bärenköpfige Spinne gesehen habe, die so groß ist wie ein fünfstöckiges Haus, zweifle ich daran nicht mehr. - Mit Sirius Amulett gelangen wir nach draußen.« Alice schärfte ihren Blick und ließ ihn umherstreifen, während Ryan offenbar versuchte, die

Informationen zu verarbeiten und der rasenden Geschwindigkeit der Ereignisse zu folgen.

»Wo ist das Buch?«

Sie stockte. »Auf dem Grund des Sees. Ich habe es fallengelassen, als ich dich von dort befreien wollte.«

Er nickte schweigend, hob dann den Blick.

»Dort hinten gibt es eine Kontur«, sagte sie einige Augenblicke später. »Ich kann nicht genau sehen, was es ist, aber es hebt sich deutlich vom Einerlei des Wüstensandes ab.«

»Dann ist das wohl unser Ziel.« Ryan erhob sich schwerfällig. Sein nackter Oberkörper war mit Sand verklebt. Einige Schrammen und blaue Flecken bedeckten große Teile seines Rückens.

»Kannst du gehen?«, fragte sie Ryan, der nickte.

Die Kontur, die sie am Horizont ausgemacht hatte, entpuppte sich als eine Art Mauer. Und je näher sie der Mauer kamen, desto mehr schien sie sich auszudehnen, bis sie links und rechts bis an den Horizont reichte. Sie bestand aus scharfkantigem Schiefer und war unüberwindbar hoch.

Ryan blieb stehen. »Siehst du, wo der Durchgang sein könnte?«

Alice, die schon die ganze Zeit den steilen Fels absuchte, schüttelte den Kopf. »Nein, leider.«

»Und siehst du irgendetwas Besorgniserregendes?«

»Nein. Spürst du schwere Schritte von zwei oder mehr Beinen?«

»Auch nicht.«

Sie seufzte. »Dann müssen wir wohl näher ran.«

Also setzten sie ihren Weg fort, bis sie die Mauer erreicht

hatten. Sie war mindestens zehn Meter hoch und warf einen langen Schatten. Außerdem verströmte sie eine Art von Kälte, die Alice trotz des diffusen Sonnenscheins bis auf die Knochen drang.

Die beiden folgten der Mauer in beide Richtungen hunderte Meter, vielleicht sogar Kilometer. Aber Stunden später hatten sie weder ein Tor gefunden, das sie aus dem Buch bringen konnte, noch ein Monster, das es bewachte.

»Vielleicht sind wir einfach in die falsche Richtung gegangen«, erklärte Ryan und ließ sich mit einem Ächzen auf dem weichen Sand nieder. Alice tat es ihm gleich.

Ihre Beine schmerzten und ihre Füße brannten. Sie war es nicht gewohnt, so lange barfuß zu gehen.

»Es gab doch sonst nur Wüste weit und breit. Wo hätten wir denn hingehen sollen, wenn nicht hierher?«

»Es war vielleicht nur eine weitere Illusion oder Falle.« Ryan strich sich die Waden aus und hob dann den Blick, sah Alice fest an. »Wie lange wir wohl schon hier sind?«

»Das wüsste ich auch gerne.«

»Zeig mir mal den Anhänger, bitte.«

Alice griff in ihre Hosentasche und förderte das kleine Amulett zutage. Wie oft hatte sie es zwischen Sirius schwarzem Fell baumeln sehen? - Sie blickte es lange an und gab es dann an Ryan weiter.

Er drehte es in seinen Händen und runzelte die Stirn. »Das gleiche Motiv wie auf dem Buchdeckel«, nickte er.

»Ja, damit habe ich ja damals das Buch geöffnet und dich befreit.«

»Also öffnet es tatsächlich eine Pforte.«

»Ja.« Sie streckte ihren Rücken durch, bis ihre Wirbel knackten. »Zumindest wenn man weiß, wo diese Pforte ist.«

Ryan nickte und warf ihr den Anhänger wieder zu. Doch Alice verfehlte ihn und er fiel in den Sand.

Der Anhänger wog nur ein paar Gramm, doch als er sich bei der Landung ein wenig in den Sand grub, bebte der Boden, als wäre ein Haus eingestürzt.

Alice packte das Amulett und erhob sich hastig.

Ryan tat es ihr gleich.

»Ich nehme an, du hast das auch gespürt?«, fragte sie.

»Allerdings. - Komm! Lass uns noch einmal zur Mauer gehen.«

Sie traten vor die unüberwindbare Schieferwand und hoben die Blicke.

Alice nahm das Amulett und hielt es an seinem dünnen Lederband fest.

»Soll ich es gegen die Mauer halten?«

»Versuch es mal!«

Sie hob mit zitternden Fingern das Amulett an, nahm noch einen tiefen Atemzug und legte das kleine Schmuckstück gegen den Stein.

Sofort lief wieder dieses Beben durch die Erde. Stärker diesmal. Lauter. Beängstigender.

»Mach es noch einmal!«

Ryan legte seine Hand auf ihre und gemeinsam hielten sie das Amulett gegen die Wand.

Es knackte, es poltere.

Fast klang es, als würde eine riesige Gerölllawine auf sie zurasen. Doch stattdessen bekam der Stein vor ihnen Risse. Die beiden traten zurück und beobachteten, wie große Schieferbrocken aus der Mauer herausbrachen und etwas freilegten, das dahinter war.

»Ist das Leder?«, fragte Ryan mit gerunzelter Stirn und Alice nickte.

»Das muss der Bucheinband sein.«

»Und wo ist der Ausgang?«

Noch bevor sie antworten konnte, lief ein weiteres Beben durch die Erde. Dann noch eines. Und wieder eines.

Alice drehte sich und erstarrte.

»Großer Gott!«, hauchte sie.

Ryan folgte ihrem Blick und zog sie unwillkürlich ein wenig zurück gegen die Mauer.

»Das ...« Er brach ab; war offenbar sprachlos, genau wie sie selbst es war.

Denn bei allem was heilig war, diese Kreatur war jenseits dessen, was sie sich hatte vorstellen können.

Sie rollte heran, schob sich vorwärts, wie ein lebender, riesiger Felsblock, der sich ständig verformte, der brach, um sich im nächsten Augenblick wieder neu zusammenzusetzen. Er hatte nicht zwei Augen, nein. Er hatte tausende davon. Menschenaugen, Facettenaugen, er hatte Fühler und unzählige Hände, die an wild herumrudernden Armen die Finger nach etwas reckten. Überall gab es Lippenpaare, die sich öffneten, als wollten sie etwas schmecken, Nasen, die mit geblähten Nüstern erschienen, verschwanden und dann wenige Augenblicke an einer anderen Stelle wieder auftauchten. Es war auf die beängstigendste Weise grotesk, die sich Alice vorstellen konnte.

»Das Monstrum wäre also hier.« Ryan war der Erste, der seine Sprache wiederfand. »Aber wo ist der Ausgang?«

Alice blickte kurz auf die lederne Haut, die hinter den Felsen aufgetaucht war. »Es muss hier sein.«

Ryan kletterte über die scharfkantigen Schieferbrocken, versuchte, sich dabei nicht die Fußsohlen aufzuschlitzen.

Dann reichte er Alice die Hand.

Sie folgte ihm und hielt das Amulett in die Höhe, dann legte sie es gegen das Leder.

Dort, wo das Metall den dunkelbraunen Einband berührte, veränderte sich dessen Struktur. Es verlor die Farbe, die Elastizität. Es war, als würde sich das Leder vor ihren Augen zersetzen.

»Zurück!«

Alice zog die Hand weg und Ryan versuchte, das Leder mit einem kräftigen Ellbogenschlag zu durchstoßen. Doch es gelang ihm nicht.

Die Kreatur kam immer näher; schneller, seit sie das Amulett noch einmal eingesetzt hatten. Die grotesken Augen waren genauso auf Alice und Ryan gerichtet, wie sich auch die Arme nach ihnen streckten.

»Versuch es noch einmal!«, rief Ryan aus. »Beeil dich!«

Alice hielt das Amulett gegen das angegriffene Leder, presste es dagegen und sprach ein Gebet, das vermutlich nicht helfen würde.

Das Leder zersetzte sich immer weiter, doch es geschah einfach zu langsam.

Ryan griff hinab und suchte zwischen den Schieferplatten einen spitz zulaufenden Splitter.

Dann holte er aus und trieb ihn mit aller Kraft in das brüchige Leder.

Alice riss die Augen auf.

»Es klappt!«, rief sie aus. »Nochmal!«

Ryan holte noch einmal aus und trieb den Splitter mit so viel Kraft in das Leder, das schon eine Hand hindurchpasste.

»Das geht nicht schnell genug«, presste er hervor. »Halt

das Amulett dagegen. Direkt neben dem Loch!«

Die Kreatur wurde schneller. Vielleicht waren es noch einhundert Meter, die sie entfernt war. Sie stieß ein Brüllen aus, das aus all ihren Mündern drang!

Alice presste mit zitternden Fingern das Amulett gegen den Einband, versuchte das Beben zu ignorieren, das durch den steinigen Boden lief und ihren Magen zusammenquetschte.

Ryan stach auf das Leder ein, wieder und wieder.

Die Kreatur hatte sie fast erreicht, griff mit unzähligen Händen nach ihnen, brüllend, bebend.

»Du passt durch!« Ryan atmete schwer, der Schweiß stand ihm auf der Stirn. »Los!«

»Bist du verrückt?«

»Los!«

Alice wollte widersprechen, wollte ihm sagen, dass sie ihn niemals zurücklassen würde, doch er packte sie einfach und hob sie hoch.

Sie versuchte, sich zu wehren, doch da schob er sie schon bis zur Taille durch die Öffnung.

»Ryan!«

»Mach schon!«

Sie schlug hart auf einem Holzfußboden auf.

Mit einem Ächzen kam sie auf die Beine.

»Wo bist du gelandet?«, rief er.

Alice hob den Blick und konnte es nicht fassen. »Im Antiquariat! Ich bin raus aus dem Buch, ich -«

Ryan verschwand für einen Moment aus ihrem Sichtfeld. Panik wallte in ihr auf. »Ryan!«

Er streckte ihr beide Hände hin. »Zieh mich raus!«

Sie packte seine Handgelenke und stemmte sich gegen die lederne Wand, die plötzlich zwischen den Regalen stand. Mit aller Kraft zog sie, doch Ryans breite Schultern verkeilten sich in dem zu kleinen Loch.

»Du musst es größer machen!«, rief sie panisch aus.

»Dafür habe ich keine Zeit mehr! - Verdammt!« Wieder verschwand er für einen Augenblick aus ihrem Sichtfeld. Sie verlor den Kontakt zu einer Hand, während die Kreatur aufbrüllte.

»Gib mir die andere Hand, Ryan! Verdammt, gib mir deine andere Hand!«

Tatsächlich schaffte er es und Alice zog wie verrückt. Doch sie konnte ihn nicht durch die Öffnung ziehen. Im Gegenteil. Die Kreatur packte nach ihm, immer wieder sah Alice fremde Hände, die Ryan zurückzerrten.

Sie spürte, wie seine Finger durch ihre Hände glitten. Und etwa eine Sekunde, bevor sie ihn verlor, schoss ein kräftiger Arm an ihr vorbei und packte ihn.

Alices Blick flog herum. »Sirius!«

»Tut mir leid, dass ich nicht schneller hier sein konnte!«

Alice packte Ryans linken Arm, Sirius seinen rechten.

»Das könnte jetzt etwas wehtun«, kündigte Sirius an, Ryans Gesicht war ohnehin schmerzverzerrt.

»Kein Problem!«, presste er hervor.

Alice stemmte ihr Bein gegen die Wand, das gleiche tat Sirius. Und dann zogen sie mit aller Kraft.

Ryan stieß einen Schmerzensschrei aus, doch darauf konnten sie in diesem Augenblick keine Rücksicht nehmen.

Denn es schien zu klappen. Sie bewegten ihn, Zentimeter für Zentimeter und als die Schultern endlich hindurchgerutscht waren, folgte der Rest wie von allein.

Alice fand sich auf dem Rücken liegend. Unter ihr der harte Holzfußboden, über ihr ein vor Schmerz stöhnender

Ryan.

Sirius war schon wieder auf den Beinen. »Weg von der Pforte!«, drängte er und Alice rollte sich mühevoll unter Ryan hervor, der sich den Arm hielt.

Sie traten einige Schritte zurück und starrten auf die Lederwand, die mitten im Raum stand. Dutzende Hände griffen hindurch, doch sobald sie einige Sekunden im realen Diesseits waren, zerfielen sie zu Staub.

»Sie können hier nicht existieren«, erklärte Sirius atemlos. »Ihr Zauber kann hier nicht wirken.«

»Gut zu wissen«, befand Ryan keuchend.

Erst jetzt bemerkte Alice, dass sein Arm in einem unnatürlichen Winkel abstand. »Du hast dir die Schulter ausgekugelt.«

»Ich weiß.«

»Ich renke sie dir wieder ein.«

»Kannst du das?«

»Ich bin immerhin Ärztin.«

»Du bist Studentin. Und zwar der Augenheilkunde. Augen kann man sich nicht ausrenken, glaube ich.«

Sirius stöhnte. »Na, euch scheint ja nicht viel zu fehlen.«

Er trat vor Ryan und besah seinen Arm. »Darf ich mal?«

Ryan ließ widerwillig los und Sirius fasste den Arm an Ellbogen und Handgelenk.

»Entspannen!«

»Schwierig.«

»Dann versuchen zu entspannen. Und ausatmen!«

Ryan gehorchte und mit einer vorsichtigen, aber doch zügigen Bewegung schob Sirius den Arm wieder in die richtige Position.

»Großer Gott«, stieß er aus und fasste sich an die Schulter. Doch dann entspannte sich seine schmerzvolle

Miene ein wenig. »Danke.«

»Apropos, danke.« Alice legte ihre Hand auf Sirius Arm. »Du hast uns gerettet.«

»Ich habe mein Möglichstes getan. Nach all der Zeit ...«

Alice und Ryan wechselten einen Blick. »Wie lange ... waren wir denn weg?«

»Fast vier Wochen.«

»*Was*?«, riefen die beiden wie aus einem Munde.

Sirius nickte. »Ich dachte mir schon, dass es sich nicht so anfühlen würde.«

»Woher wusstest du, dass wir in dem Buch sind?«

»Wie gesagt, ich hatte viel Zeit. Nachdem ich die Übersetzungen und den Code gefunden hatte, habe ich mich durchgearbeitet - Es gibt Wege für uns, die wir vom Zauber der Bücher berührt wurden; Wege, die uns auch weiterhin mit ihnen verbinden, wenn wir es zulassen.«

»So konntest du mich im Buch der Sinne finden?«, fragte Alice und Sirius nickte zur Antwort.

»Auch wenn es mich viel Kraft gekostet hat. Ich habe fast zwei Tage lang geschlafen wie ein Toter.«

Ryan und Alice wechselten einen kurzen Blick. Gefühlt waren für sie beide von Sirius Auftauchen bis jetzt weniger als zwei Stunden vergangen.

»Und der Bischof?«, fragte sie dann. »Ich meine, ist er jetzt ... besiegt? Tot?«

»Ihr habt das weiße Buch mit in das Buch der Sinne genommen?«

»Ja.«

»Dann ist der Bischof auf ewig gebannt.«

Genau in dem Augenblick, als Sirius das sagte, geschah etwas.

Zuerst konnte Alice es gar nicht ausmachen, doch dann

begriff sie, dass das Tosen des Monstrums jenseits der ledernen Wand verstummt war. Oder vielmehr war es abgelöst worden von einem Knistern.

Das Knistern rührte daher, dass das Leder bröckelte, sich die Pforte weiter und weiter öffnete, bis sie so groß wie eine Eingangstür war.

Und durch diese Tür trat der Bischof.

Alice warf einen Blick zu Sirius, der einen Schritt zurückmachte, dabei ein Achselzucken von sich gab.

»Möglicherweise ein ... Übersetzungsfehler!«

Ryan schob Alice hinter sich.

»Verschwinde, elender Bastard!«

Alice taxierte den Bischof genau.

Die Kapuze hatte er weit ins Gesicht gezogen. Er war also geschwächt, wirkte vermutlich gealtert. Denn als er frisch und jung gewesen war, hatte er sich ihr nur zu gerne gezeigt. Sie trat hinter Ryan hervor und hob das Kinn.

»Dein Zauber ist gebannt«, erklärte sie.

Der Bischof hob seine Hand und förderte ein Buch zutage. Es war das weiße Buch, das sie in der anderen Welt zurückgelassen hatten.

Es hätte ihn schwächen sollen, aber stattdessen ...

Alices Blick flirrte wieder zu Sirius. »Eventuell mehrere Übersetzungsfehler?«

»Eventuell«, erklärte er leise.

Der Bischof trat vor und lächelte. »Es ist dumm, die Kette seines Rettungsankers zu kappen.« Er stellte den Fuß auf das weiße Buch und förderte nun das andere unter seinem Umhang zutage. »Und noch viel dümmer ist es, Rettungsanker und Ruder über Bord zu werfen.«

»Für Nautik hatten wir noch nie viel übrig«, erklärte Sirius kühl. Wenigstens ihm war die innere Unruhe nicht anzusehen.

Der Bischof trat vor, jetzt streifte er die Kapuze ab. Er war wieder gealtert, aber er wirkte nach wie vor stark. »Wie war das Leben als Kater, Eure Lordschaft?«

»Es gibt schlimmere Leben als solche jener Wesen, die 22 Stunden am Tag schlafen.«

Alices Mundwinkel zuckte. Sirius hatte Mut, das musste man ihm lassen. Und er war offenbar noch nicht fertig:

»Ich schlage vor, Seine Exzellenz zieht sich zurück und lässt uns in Frieden.«

»Warum sollte ich?«

»Wir sind drei vom Zauber berührte. Eure Chancen gegen uns dürften schlecht sein.«

»Wie kommt ihr darauf?«

»Ihr seid allein.«

Der Bischof warf den Kopf in den Nacken und lachte. Er tat es so laut und so lange, dass Alice fragend zwischen Ryan und Sirius hin und her blickte.

Dann hörte er abrupt wieder auf. »Ihr drei jämmerlichen Sterblichen unterschätzt nicht nur mich. Ihr unterschätzt auch jenen, der mir diesen Zauber verlieh.«

»Den Teufel?«, fragte Sirius, doch der Bischof lachte wiederum abfällig.

»Ammenmärchen für kleine Kinder und dummes Weibsvolk.«

»Äh...« Alice verschränkte die Arme vor der Brust.

»Meine Kraft entsteht durch eine Symbiose. Sie ist Empfänger und Quell ein und derselben Energie.« Er trat zurück und legte das dunkle Buch der Sinne auf den Boden. Es schlug sich auf und es war beinah, als würde etwas von dem Buch in den Bischof hineinströmen.

Und etwas strömte von ihm in das Buch!

Ryan berührte Alices Arm, ganz unauffällig, doch sie deutete ein Nicken an. Sie begriff: Wenn sie den Bischof nicht zerstören konnten, so mussten sie das Buch zerstören, das ihn am Leben erhielt.

Aber wenn sie das taten, was geschah dann mit den Sinnen? Mit all den Menschen, die im selben Nichts gefangen waren, wie es einst Ryan war?

Sirius trat etwas näher zu ihr und dann sprang er so unvermittelt auf den Bischof zu, dass dieser für einen Augenblick überrumpelt war. Doch die Attacke machte ihn nur noch wütender. Mit einer ausladenden Geste riss er die Arme empor und ließ Sirius zusammenbrechen.

Alice versuchte, das weiße Buch an sich zu reißen, doch im nächsten Moment traf sie ein unsichtbarer Schlag. Sie wurde mehrere Meter durch die Luft geschleudert, schlug mit dem Kopf gegen eine Regalwand und war für Augenblicke benommen.

Ryans Aufbrüllen ließ sie dennoch die Augen aufreißen, und obwohl sich alles um sie herum drehte, kämpfte sie sich auf die Beine und taumelte vorwärts.

»Vielleicht könntest du mich mal einweihen«, presste er angestrengt hervor, während er versuchte, das weiße Buch von einem unsichtbaren Band fortzuzerren, das es offenbar an den Bischof kettete.

»Wir brauchen beide!«, brachte sie hervor und wich einigen Büchern aus, die plötzlich umherflogen. Sirius versuchte, den Bischof abzulenken, doch er war viel zu stark. Alice eilte zu Ryan und half ihm dabei, das Buch zu befreien. Es war, als würde es von einem Kraftfeld gehalten.

Ihr Blick fiel wieder auf das große Loch in der ledernen Wand.

Und plötzlich hörte sie sie: Die Stimmen.

Die Stimmen, die ihr anfangs den Weg gewiesen hatten und die sie auch nun wieder so deutlich vernahm, dass es unmöglich Einbildung sein konnte.

»Was ist?«

Ryans Gesicht war angespannt, während er verbissen versuchte, das Buch endgültig an sich zu reißen.

»Die Stimmen. Ich höre sie wieder.«

»Und was sagen sie?«

Alice wandte sich dem Bischof zu, ohne das weiße Buch loszulassen; im Gegenteil, sie konzentrierte sich auf das Gefühl des weichen Leders unter ihrer Haut. Sie stellte sich vor, wie ein Federkiel über das alte Pergament kratzte und schrieb, was sie ihm befahl.

»Du wirst von ihm ablassen!« Im Tosen, das mittlerweile im Antiquariat herrschte, ging ihre Stimme fast unter. Also wiederholte sie noch einmal, lauter diesmal: »Du wirst ablassen, Elender, von dem was rein und gut ist von Grund auf!«

Der Blick des Bischofs fuhr zu ihr herum.

»Du wagst es!«, keifte er, was Alice nur noch mehr bestärkte. Die Stimmen, sie waren in ihr, sprachen durch sie.

»Du, der du von schlechtem Blut und niederem Wesen bist! Du, der du genommen hast, was dir nie zustand! Du, der du längst zu Staub zerfallen sollst, gib uns frei!«

Nun traf auch Sirius Blick auf sie.

Alice wusste nicht, warum es ihr gelang. Aber die Seelen, sie wiesen ihr den Weg. Sie versammelten sich um sie, stellten sich hinter sie.

Alice machte einen Schritt nach vorne. Sie riss an dem weißen Buch und befreite es nicht nur aus Ryans Händen, sondern auch von seinen unsichtbaren Fesseln. Der Bischof taumelte, nicht sein Körper, aber sein Blick. Er flackerte. Unsicher. Voller Zorn.

»Du jämmerliche, kleine -«

Sirius warf sich auf ihn, doch der Bischof versetzte ihm einen Schlag, der ihn augenblicklich leblos zu Boden gehen ließ.

Alice entfuhr ein Schrei. »Sirius!«, rief sie verzweifelt aus, doch er starrte sie nur aus leblosen, weit aufgerissenen Augen an.

»Ich kümmere mich um ihn!« Ryan zog Sirius ein paar Meter zurück, beugte sich über ihn.

Alice spürte die Wut, den Zorn, die Verzweiflung. Verlorene Leben, geraubte Seelen, eingepfercht in einem Nichts, um ein unwürdiges Dasein bis ins Unendliche zu verlängern.

Als sie diesmal auf den Bischof blickte, war keine Angst mehr in ihr, kein Zweifel.

Wieder ein Schritt nach vorne. Das Buch in ihren Händen vibrierte. »Du bist jenseits all dessen, was mit irdischer Strafe abgegolten werden kann.« Sie spürte die Kraft der anderen in sich aufwallen und der Bischof spürte es auch. Er strauchelte, ging beinah zu Boden. »Wir sind die Sinne. Wir sind die gestohlenen Leben! Wir sind das Kostbarste, das du nicht verdienst!« Alice machte noch einen weiteren Schritt, kaum noch wusste sie, ob sie selbst sprach oder all diejenigen, die in ihr diese unbändige Kraft aufbauten. Sie hielt das Buch fest und schaffte es endlich, es aufzuschlagen. Es blätterte bis auf auf eine leere Seite und dann schrieb es. In leserlicher Schrift.

»Wir nehmen uns, was dir nie gehört hat, lehnen uns auf gegen dieses unrechte Joch! - Wir reißen uns los! Nehmen uns dir fort!« Alice starrte auf den Bischof, der sich kaum noch auf den Beinen halten konnte. Und dann geschah das Unglaubliche: Das Buch der Sinne, es wandte sich ihr zu.

»Zeig sie mir!«, befahl sie und tatsächlich schlug der Buchdeckel auf und die Seiten rasten dahin bis zu dem Kapitel, das all die gefangenen Seelen beschrieb.

»Nein!«, brüllte der Bischof auf, doch Alice war schon auf den Knien. Mit aller Kraft presste sie die Bücher gegeneinander.

»Kommt zu mir!« Während sie sprach, brandete Wind auf. Regale krachten, Glühbirnen explodierten. »Lasst euch befreien! Strömt aus dem Nichts in die Wärme!«

Alices Hände fingen an zu kribbeln. Hitze kroch in ihre Arme, verteilte sich in ihrem Körper. Für einen winzigen Augenblick spürte sie sie. Für einen Sekundenbruchteil war sie unzählige Augen, Ohren, Zungen. Für diesen kleinen Moment waren sie alle eins.

Dann fuhr eine Art Schockwelle durch den Laden, die alles umwarf und durch die Luft katapultierte, das bis dahin noch gestanden hatte. Das weiße Buch fiel zur Seite und während sich die Seiten im Buch der Sinne leerten, schrieb sein Gegenstück unablässig neue Seiten auf.

Die Sinne, sie strömten an einen Ort, der ihnen Frieden schenkte; an dem es Wärme statt Kälte gab.

Ein Ort, an dem der Bischof keine Gewalt mehr über sie hatte.

Als sie den Blick hob, war sein Gesicht wie um fünfzig Jahre gealtert. Die Augen lagen tief in den Höhlen, die Wangen waren eingefallen, die Lippen bläulich.

Die Bücher entzogen ihm alle Energie.

Alice wirbelte herum. »Ryan?«

Er war über Sirius gebeugt und nickte. »Er lebt.«

Erleichterung durchflutete sie, während sie nickte. »Mach ein Feuer!«

»Hier?«

»Hier.« Sie stand auf. Die aufgeschlagenen Bücher lagen schwer auf ihren Unterarmen.

Der Bischof zerfiel vor ihren Augen zu einem Greis. Als die Seiten des Buchs der Sinne leer waren, gab sie es Ryan. »Verbrenn es!«

»Bist du sicher?«

»Absolut.«

Ryan nahm es und schob einige lose Seiten, die aus den herumfliegenden Büchern gefallen waren, zusammen. Er griff nach dem Feuerzeug unter der Theke und hielt es unter das große Buch.

Der Schrei, den der Bischof ausstieß, hatte nichts Menschliches mehr. Er spie wilde Flüche.

Gleichzeitig zischte das Buch der Sinne. Gleißend gelbe Flammen schlugen plötzlich bis unter die Decke und während es von der Hitze verzehrt wurde, stieß der Bischof einen letzten gellenden Fluch aus und zerfiel danach buchstäblich zu Staub.

Alice starrte auf den Haufen Asche, der zwischen den leergefegten Regalwänden lag. Die lederne Wand war verschwunden, das Buch der Sinne erloschen. Alles war still. Sie drehte sich zu Ryan herum, der Sirius Oberkörper auf seinen Schoß zog.

»Aus ...« Er brach ab und Alice kam schnell zu ihm, kniete sich neben Ryan und nahm Sirius Hand.

Er lächelte, wenn auch schwach. »Ausgezeichnet, Alice. Meine liebe, kleine Alice.« Er legte seine Hand auf ihre und drückte sie leicht. »Dein Großvater wäre so stolz auf dich«, hauchte er. »Und ich bin es auch.«

Alice unterdrückte die Tränen. »Du darfst jetzt nicht sprechen. Du musst dich ausruhen.«

»Ich habe noch mehr als genug Zeit, um mich auszuruhen.«

»Sag doch so etwas nicht.« Sie warf Ryan einen hilfesuchenden Blick zu.

»Wir brauchen einen Arzt«, sagte er leise. Alice nickte schnell und stand auf, eilte zum Tresen, wo das Telefon stand und rief den Notarzt.

Danach kam sie wieder zu den beiden. Sirius wirkte blass, fast gräulich. Seine Lippen waren bläulich verfärbt, genau wie seine Finger, mit denen er wieder nach Alices Hand griff.

»Egal, was passiert«, sagte er und sie sah ihm an, wie viel Kraft es ihn kostete. »Du sollst wissen, kleine Alice, dass dich dein Großvater über alles geliebt hat. Und ich liebe dich genauso; kein bisschen weniger, hörst du?«

Sie presste die Lippen zusammen und nickte, sah, wie eine Träne von ihrer Wange tropfte.

»Ich liebe dich auch, Sirius«, hauchte sie.

Dann schloss er die Augen.

Epilog

1 Jahr später:

Alice schloss das Antiquariat auf, auch wenn ihre Finger dabei so sehr zitterten, dass sie mit dem Schlüssel kaum das Schloss traf.

»Soll ich?«, fragte Ryan.

»Nein, ich schaffe das schon.«

Die Tür schwang auf und der vertraute Duft der Bücher stieg ihr in die Nase.

Ryan griff nach ihrer Hand und küsste den goldenen Ring, den er ihr vor weniger als einer Woche angesteckt hatte.

»Bist du bereit?«

Darüber hatten sie lange nachgedacht und Alice wusste, dass sie genau das Richtige taten.

»Mehr als bereit.« Er lächelte und küsste sie sanft.

Die Türglocke ging, kaum dass die Tür hinter ihnen wieder zugefallen war.

»Tut mir leid. Bin ich zu spät?«

Alice lächelte Sirius an, der eine riesige Papiertüte in der Hand hielt. »Wie immer«, bestätigte sie.

»Ich musste ihr doch noch ein kleines Geschenk besorgen.« Er stellte die Tüte auf den Tresen und atmete tief durch. Seit jenem schicksalsvollen Tag vor einem Jahr schien er eher jünger als älter geworden zu sein. Alice konnte sich schwer vorstellen, dass es auf diesem Planeten einen weiteren Mann gab, der sich von einem schweren Herzinfarkt so blendend erholt hatte, wie er.

Sie trat neben ihn, legte kurz die Hand auf seine und umrundete dann den Tresen.

Nachdem der Bischof besiegt worden war und sie es geschafft hatten, das Antiquariat wieder auf Vordermann zu bringen, hatte Ryan alle Bücher zusammen mit Sirius gesichtet. Dann hatten sich die drei ans Sortieren gemacht und einige Bücher abgestoßen, um sich zu spezialisieren.

In *O'Rourkes Finest Books* hatte sich der Bestand halbiert. Es gab keine modernen Bände mehr, nur noch Bücher von 1922 und früher. Auch thematisch hatten sie sich festgelegt.

Okultes! Mysteriöses! Fantastisches!

Wer etwas zu diesem Thema suchte und auf alte Schätze und Raritäten lauerte, der wurde hier fündig; nicht zuletzt, weil Ryan und Alice die ganze Welt bereisten, um entsprechende Bände aufzuspüren. Besonders hatten sie dazu Gelegenheit, seit sie vor zwei Monaten ihr Studium abgeschlossen hatte.

Jetzt arbeitete sie an ihrer Doktorarbeit. Aber nicht nur deswegen würden sie die Reisen nun einschränken.

Dafür gab es noch einen weiteren Grund ...

Vorsichtig holte sie das weiße Buch aus dem neuen Tresor. Das Buch der Sinne, das darunter lag, war leer. Das Feuer hatte die Schrift verbrannt, das Buch selbst jedoch unbeschädigt zurückgelassen. Alice und Ryan verwahrten es sicher.

»Hast du es?«

Ryan kam zu den beiden, streifte sich seine Jacke ab und rieb sich die Hände.

Alice legte das weiße Buch auf den Tresen und schlug es auf.

Das letzte Jahr hatten sie nicht nur ihrem Antiquariat, sondern auch der vollständigen Übersetzung der Bücher und der Durchsicht dessen, was ihr Großvater schon herausgefunden hatte, gewidmet.

So hatten sie entscheidende Erkenntnisse über die Sinne gewonnen und begriffen, dass es keinen Weg gab, sie aus dem Buch zu befreien. Zu gering war die Energie, die ihnen geblieben war, zu viel hatte der Bischof von ihnen gezehrt.

Doch das Nichts, die Kälte und die endlose Leere in einem weißen Vakuum, hatten sie hinter sich lassen können. Das weiße Buch, das ihnen nun Heimat war, füllte die Seiten der Sinne mit Freude und Wohlwollen.

Allerdings gab es zwei Ausnahmen. Machéz hatten sie aus dem Buch herauslesen können. Der Bischof hatte sich kaum an seinem Sinn gestärkt und der Bibliothekar war nach so kurzer Zeit bei bester Gesundheit und Kraft wieder ins Hier und jetzt gekommen.

Und dann gab es noch eine weitere Seele, der genug Energie für den Übertritt ins Diesseits geblieben war; ein Umstand, den sie zweifellos ihrer Jugend zu verdanken hatte. Eine Seele, die Ryan besonders berührt hatte ...

»Sie mag doch sicher Puppen, oder?« Sirius Zweifel unterbrachen Alices Gedanken. Sie hob lächelnd den Kopf. »Na, mit einer Spielekonsole wird sie erstmal nicht viel anfangen können.«

»Das dachte ich mir auch.«

Alice nahm Sirius Hände und strahlte. »Sie wird freikommen«, sagte sie. »Sie wird nicht mehr das Mädchen sein, das dreckig im Hinterzimmer eines Bordells versteckt wird, damit seine Mutter arbeiten kann.« Genau das war es, was sie über die Kleine herausgefunden hatten, wo ihr Abschnitt im Buch erst einmal leserlich geworden war.

Alices Hände glitten über die Seite. Das Prickeln in ihren

Fingern zeigte ihr, dass sie noch immer damit verbunden war.

»Bereit?«, fragte sie die beiden Männer.

»Bereit«, bestätigten sie angespannt wie aus einem Munde.

Alice nickte. Sie spreizte die Finger auf den Seiten und schloss die Augen.

Die Seelen, sie strömten um sie herum, verbanden sich mit ihr, berührten sie.

Es dauerte nicht lange, bis Alice das Mädchen gefunden hatte. Ihr Puls schoss wild in die Höhe, als sie die Seele ansprach, wie sie es auch mit Ryan und Machèz getan hatte. Sie weckte sie sanft, reichte ihr die Hand, führte sie hinaus.

»Sie kommt«, hörte sie Sirius flüstern und öffnete langsam die Augen. Die Schrift unter ihren Händen verblasste. Und mit jedem Buchstaben, der an Farbkraft und Intensität verlor, wurde das Bild des kleinen Mädchens kräftiger, das reglos vor dem Tresen zu stehen schien, bis der Augenblick eintrat, der mehr als alles andere Magie war: Sie erwachte zum Leben!

Ein tiefer Atemzug weitete ihre Lungen, der erste seit 190 Jahren. Sie blinzelte, ihre dunklen Augen irrten suchend umher, bis sie Alice fanden.

»Wo bin ich?«

Selbst so überwältigt von der Magie des Augenblicks konnte sie für Sekunden kaum sprechen. Dann kam sie um den Tresen herum und ging vor der Kleinen in die Hocke.

Ihr Gesicht war schmutzig, das lange, lockige Haar verknotet und die hervorstehenden Wangenknochen zeigten, dass sie dringend etwas zu Essen brauchte.

Alice nahm vorsichtig ihre kühle Hand. »Du bist in

Sicherheit, hier bei uns.«

»Ist das ein Bordell? Hat meine Mama mich verkauft?« Allein die Frage war ein Schlag in die Magengrube, und offenbar nicht nur in Alices, denn nun regte sich Ryan, ging neben den beiden in die Hocke.

»Erinnerst du dich an mich?«

Die Kleine starrte ihn für einige Momente lang schweigend an, dann nickte sie.

»Du warst am See.«

»Ja, genau.«

Die Kleine legte den Kopf ein wenig schräg. »Du stinkst nicht. Viele Männer stinken arg. Ganz arg. Besonders wenn sie schwitzen. Der Gestank ist überall. Meine Mama hat gesagt, ich darf das nicht sagen und dann hat sie mich gehauen.«

Ryan nahm ihre freie Hand. »Hier darfst du sagen, was du willst, hörst du?«

Sie blickte wieder zu Alice, als suchte sie nach einer Bestätigung.

»Ich bin Sirius«, erklärte dieser. Er hatte sich dezent im Hintergrund gehalten, bis er es nun offenbar nicht mehr aushielt. »Ich habe ein Geschenk für dich.«

Sie riss die Augen auf. »Ein Geschenk?«

»Eine Puppe.« Er gab sie ihr. »Magst du sie?«

Das Mädchen nahm die Puppe und betrachtete sie staunend. »Darf ich mit ihr spielen?«

»Sicher. Sie gehört doch jetzt dir.«

Da presste sie die Puppe gegen ihre Brust, als wäre ihr das größte Geschenk gemacht worden, das es auf Erden gab. Ryan und Alice wechselten einen tränenfeuchten Blick.

»Ich bin Greta«, sagte das Mädchen nun.

»Und ich bin Alice.«

»Ich bin Ryan.«

Alice erhob sich und streichelte ihr über den Kopf. Wie konnte es nur möglich sein, dass man für so ein kleines, hilfloses Geschöpf innerhalb von Augenblicken diese unbändige Liebe empfand.

»Hast du Hunger, Greta?«

»Ein bisschen«, sagte sie, doch ihr Magen knurrte, als wäre sie kurz vor dem Verhungern.

»Was ist dein Lieblingsessen?«, fragte Sirius.

»Eintopf.«

Ryan lächelte. »Sirius ist ein ganz toller Koch. Hast du Lust mit zu kommen und dich satt zu essen?«

Sie blickte wieder zu Alice und Ryan auf. »Kommt ihr beide denn auch mit?«

»Natürlich«, sagte Alice und Ryan fügte hinzu:

»Wir lassen dich nie wieder allein.«

Greta blinzelte und dann geschah etwas Wundervolles: Das erste Lächeln trat auf ihr Gesicht.

Ende

Leseprobe »Dämonenkuss«

Liz Carter schob das leere Geschirr auf ihrem Tablett zusammen und blickte auf die Uhr.

Heute würde sie nichts weiter erwarten, als langweilige Vorlesungen, deren Inhalt sie bereits kannte; vermutlich kannte sie sie besser als diejenigen, die es ihr beibringen wollten.

Aber das war eben der Nachteil, wenn man den Umstand, dass man ungewöhnlich begabt war, verstecken wollte: man versank im Sumpf von Banalität und Langeweile. Nichts vermochte es, einen zu fesseln; zu faszinieren.

Und selbst wenn sie alle ihre Kurse in Rekordzeit bestand, würde sie noch mindestens drei Jahre hier festsitzen, bevor sie endlich ihren regulären Abschluss bekam.

Das MIT war zwar das beste College im Land, wenn es um Mathematik und Quantenphysik ging, aber trotzdem fehlte ihr etwas. Sie hungerte nach mehr Wissen; wollte etwas Neues erforschen und Dinge sehen, die noch niemand vor ihr gesehen hatte.

Sie seufzte. Vielleicht hätte sie Astronautin werden sollen; da hätte sie bessere Chancen gehabt.

Sie strich sich ihr dunkles Haar zurück und strich ihren dünnen Pullover glatt.

„Hey, Carter!“

Liz rollte mit den Augen. Sie hasste diese verdammten Football-Team-Neandertaler. – Sie fragte sich ernsthaft, wie es diese Idioten mit einem Football-Stipendium an dieses Institut geschafft hatten.

„Was willst du, Jones?“

„Dir nur sagen, wie geil dein Arsch ist!“

Da sie derlei Sprüche auswendig kannte, drehte sie sich herum und blickte ihn abschätzend an. „Lass dir einen Schwanz wachsen, dann reden wir weiter!“

Bobby Jones Kumpels brüllten auf vor Lachen und klopften ihm auf die Schulter.

„Die hat's dir ordentlich besorgt, Alter!“, rief einer davon aus und ein gutes Dutzend Studenten, die zufällig auf dem Korridor waren, fielen in das Lachen von Jones Freunden mit ein.

Er selbst schien das überhaupt nicht witzig zu finden.

„Dafür bezahlst du, Liz! Das schwöre ich dir!“

„Ja, schon klar!“ Sie winkte ab und blickte auf die Uhr. In weniger als fünf Minuten begann ihr Numerik-Kurs.

Daniels verstand überhaupt keinen Spaß beim Zuspätkommen, also hielt sie sich ran und lief los.

Zeitgleich mit dem Gong überschritt sie die Stufe zum Hörsaal.

Professor Joshua Daniels, ein hochgewachsener, dunkelhaariger Mann, der vermutlich attraktiv gewesen wäre, wenn er nicht jeden in seiner Umgebung gemustert hätte, wie ein Auftragsmörder, hatte einen Detektor für Studenten, die zu spät kamen. Ohne aufzusehen, nickte er.

„Das war knapp, Miss Carter!“

Sie war etwas atemlos und eilte zu einem freien Platz. Als sie saß, blickte er sie ernst an. Sie lächelte.

„Knapp aber ausreichend.“

Er nickte. „In der Tat.“

Er griff nach einem Stapel Papier und ließ Blätter herumgehen.

Viele Studenten hielten ihn für schräg, weil er sie immer

wieder zwang, mit solchen Aktionen ihre Laptops zuzuklappen und zu ihm aufzusehen.

„Die Mathematik“, hob er an, ohne selbst den Blick zu heben, „erfreute sich bereits blühenden Lebens und strahlender Entwicklung, bevor Ihre technischen Spielereien erfunden wurden, meine Damen und Herren. – Ich bitte Sie, sie dementsprechend zu würdigen.“

Währenddessen riss er die Fenster auf und ließ die Jalousien herunter, bis es fast stockdunkel war.

„Äh, Mister Daniels!“, meldete sich einer der beiden Hauptstreber.

„Ja, Mister Blue?“

„Ich heiße Green.“

Der Professor hob eine Braue. „Haben Sie eine Frage?“

„Nein, aber … es ist stockdunkel.“

Daniels drehte sich zu ihm herum. Ein Ausdruck lag in seinem Gesicht, als würde er Jonas Green am liebsten in der Luft zerreißen. „Und was tun wir da?“

Der junge Student schluckte. „Licht anschalten?“

„Bravo!“ Daniels machte eine knappe Kopfbewegung. „Ich denke, man braucht dafür kaum länger als zwei Sekunden, nicht wahr?“

„Natürlich, Sir.“ Jonas sprang von seinem Platz auf und obwohl er nun wirklich nicht der Fitteste war, erreichte er den Lichtschalter in Rekordgeschwindigkeit.

Liz nahm ihr Blatt entgegen und überflog es.

„Wer kann mir sagen, worum es heute geht?“, fragte Professor Daniels und ging zur Tafel, klappte sie auf. Er wandte sich so wenig dem Kurs zu, als wäre es ihm zuwider, einem der Studenten ins Gesicht zu blicken.

Einige ihrer Mitstudenten fürchteten sich regelrecht vor ihm.

„Ja, Miss Morningside?"

„Morningstar."

Er verzog grimmig das Gesicht. „Haben Sie eine Antwort für mich?"

„Eine numerische Gleichung, Sir."

„Was für eine Überraschung im Numerik-Kurs. – Ich gratuliere Ihnen, Miss Morningstar. Eine glänzende Karriere steht Ihnen bevor, in der Reinigungsbranche oder Systemgastronomie vielleicht."

Das war ein weiterer Grund, warum die Studenten so eine Angst vor ihm hatten. Er war verletzend, brutal in seiner Wortwahl. Jeanny Morningstar hatte Mühe ihre Tränen zu unterdrücken.

„Miss Carter?"

Na, wenigstens kannte er ihren Namen.

„Das ist eine Navier-Stokes-Gleichung", stellte sie fest.

Er nickte.

„Wozu werden Navier-Stokes-Gleichungen eingesetzt?"

Wieder schweifte sein Blick umher, nach zwei völlig irrwitzigen Antworten und einer Studentin, die nach seiner Reaktion auf ihre Antwort in Tränen ausbrach und aus dem Hörsaal lief, atmete er tief ein.

„Stellen Sie sich vor, Ihr Leben hinge davon ab, diese Frage richtig zu beantworten!" Irgendetwas an seinem Tonfall ließ das nicht wirklich witzig klingen. Er schritt lautlos die vorderste Reihe von Studenten ab.

Seine dunkelgrünen Augen fixierten einen nach dem anderen. „Stellen Sie sich vor, ich töte Sie! Brutal! Bestialisch." Er lächelte. „Langsam. – Und nur die richtige Antwort kann Sie retten: Welche Antwort würde das sein?"

Betretene Stille.

Liz fragte sich, ob sie sich melden sollte.

Sie wollte kein Streber sein. Sie wollte nicht auffallen; deswegen machte sie diesen Zirkus mit dem regulären Studium ja überhaupt erst mit. Doch als es nun wirklich so völlig still blieb …

Sie hob die Hand und Professor Daniels fixierte sie; ähnlich freundlich, wie eine Hyäne einen Aasklumpen fixiert.

„Erlösen Sie Ihre Mitstudenten, Miss Carter", befand er nickend.

„Navier-Stokes-Gleichungen sind mathematische Strömungsmodelle von linear-viskosen newtonschen Flüssigkeiten und Gasen. Sie werden unter anderem in der Fahrzeugindustrie eingesetzt."

Für einen Sekundenbruchteil lag fast ein Lächeln auf seinen vollen Lippen und ließ ihn zugegebenermaßen verdammt sexy aussehen; also … wenn man auf den Profikiller-Typ stand.

Er nickte.

„Miss Carter überlebt." Er wurde wieder ernst und ließ seinen Blick umherschweifen. „Und alle anderen … sterben."

Eines musste man ihm lassen: Er konnte Menschen einschüchtern.

Nachdem der Kurs vorbei war, sammelte Liz ihre Unterlagen zusammen und strebte umgeben von ihren Mitstudenten zur Tür.

„Miss Carter?"

Sie drehte sich noch einmal um. „Professor?"

Er blickte sie durchdringend an. „Ein wacher Geist ist ein Geschenk. - Verstecken Sie ihn nicht!"

Während sie einige fragende Blicke auf sich spürte, nickte sie. „Alles zu seiner Zeit, Sir."

Dann wandte sie sich zum Gehen.

*

Der Rest des Tages verlief in derselben gleichförmigen Langeweile, wie sie es gewohnt war. Sie ließ ihn ausklingen, indem sie ihrer WG-Freundin Mary, die gleichzeitig ihre einzige Freundin war, beim Cheerleader-Training zusah.

Wenn sie ehrlich war, hatte sie überhaupt keine Schwäche für rhythmische Ausrufe, Pompons und Frauen, die sich gegenseitig in die Luft schleuderten.

Aber sie mochte Mary. Sie war eine wirkliche Freundin und deswegen respektierte sie ihre völlig anders gelagerten Interessen. Und Liz freute sich darüber, dass sich Mary freute, wenn sie ihr zusah.

Als sie aus der Dusche kam, strahlte sie. Ihr blasses Gesicht hatte einen Roséton angenommen und das weißblonde Haar war noch nass.

„Wie fandest du uns heute?"

„Sehr gut. – Naja, ich kenne mich nicht aus, aber … niemand wurde fallengelassen, also …"

Mary lachte. „Ich bin mit Jason verabredet. Ich muss los."

Liz hob eine Braue. „Du studierst am MIT und hast eine Verabredung mit einem Baseballspieler?"

„Er hat einen ziemlich knackigen Arsch, also … ja! Ich bin mit ihm verabredet! Und wie ich das bin! – Du wartest besser nicht auf mich!" Sie drückte Liz einen Kuss auf die Wange und tanzte davon.

Liz blickte ihr nach und grinste. Von Marys Unbeschwertheit hätte sie sich gerne eine große Scheibe abgeschnitten.

Sie ging den nach Fußschweiß stinkenden Korridor der Turnhalle hinab und strebte zum Ausgang. Gleichzeitig wühlte sie in ihrer Handtasche nach den Wagenschlüsseln. Um diese Jahreszeit war es um kurz vor Fünf bereits fast dunkel und außerdem wehte ein eisiger Wind. Sie hatte keine Lust vor ihrem Wagen stehend zu erfrieren, weil sie ihre Schlüssel zwischen all den Büchern und Unterlagen nicht fand.

„Verdammt nochmal“, murmelte sie. „Wo ist das Ding?“

Fast im selben Augenblick packte sie jemand bei den Schultern und schleuderte sie mit so viel Kraft gegen die Wand, dass sie für einen Augenblick benommen war.

Allein dem Adrenalin war es zu verdanken, dass sie nicht völlig in der Bewusstlosigkeit abglitt.

„Na, du kleine Schlampe!“

Während Liz versuchte, ihren Blick zu schärfen und dabei auf die Beine zu kommen, kramte sie in ihrer Erinnerung, wessen Stimme sie da hörte. Und wurde fündig.

„Jones“, brachte sie mühevoll hervor.

„Ja, ganz genau.“ Er packte sie bei den Haaren und zerrte sie in die Höhe, presste sich gegen sie. „Hättest mich nicht so lächerlich machen sollen, du Miststück! Denkst wohl, mit einem geilen Arsch und solchen Titten kannst du dir alles erlauben.“

Liz hatte Mühe ihn zu fixieren. „Lass mich los, Bob!“

„Oh, keineswegs.“ Er warf einen schnellen Blick über die Schulter zurück und packte dann Liz bei der Kehle; so fest, dass sie kaum noch atmen konnte. Sie umfasste sein Handgelenk, doch er war stark; zu stark.

Seine freie Hand glitt zu seinem Gürtel.

Als Liz begriff, was er vorhatte, wurde ihr übel.

„Ja, ganz genau“, stieß er zwischen zusammengebissenen Zähnen hervor. „Ich ficke dich jetzt! – Und danach – und erst dann! – kannst du mich um Gnade anflehen!“

„Verpiss dich, du Scheißkerl!“ Ihr Magen zog sich zusammen und sie presste für einen Augenblick die Lider zusammen, um nicht ohnmächtig zu werden. Irgendetwas sagte ihr, dass das Jones nicht aufhalten würde.

„Oh, das wird richtig geil“, keuchte er.

Sie hörte, dass seine Hose zu Boden glitt und presste die Beine zusammen. Gleichzeitig versuchte sie, seine Hand von ihrer Jeans wegzuschlagen. Aber sie hatte keine Chance.

Sie riss den Mund auf, wollte um Hilfe schreien, doch er sah auch das vorher.

„Wenn du schreist, stech‘ ich dich ab!“

Liz nahm all ihre Kraft zusammen, zog das Knie in die Höhe und trat ihm in die Weichteile.

Er krümmte sich für einen Augenblick und sie versuchte wegzukommen, doch sofort packte er sie im Genick und schlug ihren Kopf hart auf den Fliesenboden.

„Ich stopf dir das Maul mit meinem Schwanz, du Miststück!“

Liz presste die Lippen zusammen, während er sich über sie beugte, ohne dass sie es verhindern konnte.

Schwindel und Übelkeit überfielen sie und die Gewissheit, dass sie diesen Kampf nicht gewinnen konnte.

Da plötzlich verschwand das Gewicht von ihrem Körper. Ein erstickter Schrei war zu hören. – War das Jones?

Sie versuchte, die Augen zu öffnen. Doch es fiel ihr schwer, irgendetwas zu fixieren.

Dann noch ein Ächzen!

Irgendetwas wurde gegen die verglaste Außenwand geworfen und fiel regungslos zu Boden.

Sie schärfte ihren Blick, so gut es ging. Ein Schatten war über Jones. Ein dunkles Wabern, undurchdringlich wie schwarzer Nebel. Ein Schatten ohne Ursprung und Gestalt …

Es war beängstigend. Aber gleichzeitig überfiel sie ein Gefühl. Das Gefühl, dass noch jemand hier war. Dass sie jemand beobachtete; jemand, der sie kannte. Eine Stimme war in ihrem Kopf, die sie nur zu gut kannte; eine Stimme, die brutal war, rücksichtslos zu all denjenigen, die seinen Ansprüchen nicht genügten.

„Professor Daniels?"

Sie hatte keine Ahnung, wie sie darauf kam. Sie sah sich um, doch außer dem Schatten war nichts zu sehen. Er musste sich irgendwo verstecken.

Er war hier.

Sie hatte ihn gehört!

Gespürt!

Ihr Bewusstsein taumelte und verlor um ein Haar den Kampf. Doch Liz brachte all ihre Willensstärke auf. Sie kroch auf den Schatten zu, versuchte, ihn zu greifen; ihn näher zu betrachten und zu verstehen, was er war, woher er kam.

Bobby Jones fiel herab.

Der Schatten verschwand.

Liz kam mühevoll auf die Beine und blickte hinab zu ihrem Angreifer. Sein Gesicht war von unzähligen Schnitten übersät. Sein Körper auf so seltsame Weise verworfen, dass unzählige Knochen gebrochen sein mussten. Und die Glaswand hinter ihm war voller Blut.

Sie stützte sich an der Wand ab und taumelte fort von ihm.

Sie wusste, sie hätte den Notarzt rufen sollen; sie wusste, sie hätte irgendetwas tun sollen.

Doch er hatte versucht, sie zu vergewaltigen. Und da war noch immer diese Stimme in ihrem Kopf. Diese wohlbekannte Stimme, auch wenn sie in ihren Gedanken anders klang. Und sie wiederholte immer wieder dieselben Worte: *Lauf weg!*

Sie verharrte noch Augenblicke und dann tat sie genau das. Sie lief nach draußen.

Der eisige Novemberwind schaffte es, ihre Gedanken ein wenig zu klären. Ihr Wagen stand auf der anderen Seite des Parkplatzes und sie wusste gar nicht mehr genau, wie sie ihn überhaupt erreichte, aber als sie endlich hinter dem Steuer saß, schloss sie die Augen. Ihr Herz trommelte schmerzhaft gegen ihre Rippen, ihr Atem ging stoßweise und kalter Schweiß stand ihr auf der Stirn.

Was war dort drinnen nur geschehen?

Was hatte sie gesehen? Gehört?

Es war der Professor gewesen.

Sie hätte seine düstere Stimme immer und überall erkannt.

Er *war* da! – Aber nichts und niemand hatte Bobby Jones berührt. Außer diesem … Schatten!

Sie konnte jetzt nicht in ihre Wohnung fahren. Sie brauchte eine Antwort. Und zwar schnellstmöglich.

Danksagung

An dieser Stelle möchte ich mich einmal ganz herzlich bei all den Leserinnen und Lesern bedanken, die mich – nun schon teilweise über vier Jahre – bei meinen Geschichten begleiten, mich anspornen und mir immer wieder neue Kraft verleihen mit ihren lieben Nachrichten und Kommentaren.

Ohne Sie alle wäre es mir nicht möglich, meine Ideen in dieser Form weiter auszuschöpfen und auszuführen!

Ganz besonders möchte ich mich bei dem lieben *Lichtlein* und *Vanessa Ostiadal* bedanken, die nicht nur Leserinnen der allerersten Stunde sind, sondern überdies auch mit der Leitung der Facebook-Gruppe „Steelies“ so viel Einsatz für mich zeigen.

Ich danke euch von Herzen.

Natürlich bedanke ich mich ebenso auch bei all denjenigen, die innerhalb der Gruppe als Mitglieder alles Wissenswerte rund um Neuerscheinungen und Infos mit so viel Eifer verfolgen.

Diesmal ganz besonders bedanken möchte ich mich bei Miriam Reichel, die mir über so manche Hürde im »Buch der Sinne« hinweggeholfen hat und mir mit ihren Gedanken die entscheidenen Schritte weitergebracht hat. Auch Andrea Fitzner und Meike Lindemann haben mich diesmal besonders auf Kurs gehalten, wenn ich einmal gestrauchelt bin. Dafür danke ich Euch von Herzen!

*

Wer noch mehr über meine aktuellen und kommenden Projekte erfahren möchte, findet mich natürlich auf Facebook (https://www.facebook.com/LaraSteelAutorin/), Twitter (**@steel_lara**) und Instagram (lara_steel_autorin).

Wer mir eine Email schreiben möchte, erreicht mich unter lara.steel.mail@gmail.com

Und zu guter Letzt möchte ich allen „alten" und neuen Lesern dafür danken, dass Sie *„Das Buch der Sinne"* gelesen und Alice, Ryan und Sirius auf ihrer Reise begleitet haben.

Wenn es Ihnen gefallen hat, freue ich mich jederzeit über eine Rezension bei *Amazon*, oder natürlich auch über ein Feedback bei *Goodreads*, *Lovelybooks* oder *Leserkanone*.

Ich hoffe, ich darf Sie noch mit vielen Geschichten erfreuen und bedanke mich abschließend nochmals von Herzen!

Ihre Lara Steel

Impressum:

Lara Steel
c/o **Papyrus Autoren-Club**
Pettenkoferstr. 16-18
10247 Berlin

Printed in Poland
by Amazon Fulfillment
Poland Sp. z o.o., Wrocław

74271602R00160